21世纪
新畅销译丛

EXTREMELY LOUD AND INCREDIBLY CLOSE
JONATHAN SAFRAN FOER

特别响，非常近

〔美〕乔纳森·萨福兰·弗尔 著　　杜先菊 译

人民文学出版社
PEOPLE'S LITERATURE PUBLISHING HOUSE

著作权合同登记号　图字 01-2018-3306

图书在版编目(CIP)数据

特别响,非常近 / (美)乔纳森·萨福兰·弗尔著;杜先菊译. —北京:人民文学出版社,2018
(21 世纪新畅销译丛)
ISBN 978-7-02-014151-7

Ⅰ.①特… Ⅱ.①乔… ②杜… Ⅲ.①长篇小说-美国-现代 Ⅳ.①I712.45

中国版本图书馆 CIP 数据核字(2018)第 086208 号

责任编辑　马爱农
特约策划　张玉贞
封面设计　汪佳诗

出版发行　人民文学出版社
社　　址　北京市朝内大街 166 号
邮政编码　100705
网　　址　http://www.rw-cn.com

印　　刷　上海盛通时代印刷有限公司
经　　销　全国新华书店等

字　　数　315 千字
开　　本　890 毫米×1240 毫米　1/32
印　　张　12
版　　次　2012 年 6 月北京第 1 版
印　　次　2018 年 10 月第 1 次印刷

书　　号　978-7-02-014151-7
定　　价　59.00 元

如有印装质量问题,请与本社图书销售中心调换。电话:010-65233595

献给妮科尔，

我理想中的美丽

目录

咋回事？

要不发明一种茶壶？茶壶嘴在冒热气的时候能够张开，合上，所以它能变成一张嘴，然后它能吹出好听的调调，或者演出莎士比亚，或者只是和我一起哈哈大笑。我可以发明一只能够用爸爸的声音阅读的茶壶，这样我就能睡着了。或者一套可以合唱《黄色潜水艇》的水壶，《黄色潜水艇》是甲壳虫乐队唱的一首歌，甲壳虫乐队是我热爱的，因为昆虫学是我存在的理由[①]（raison d'être），存在的理由是我知道的一句法语。我还有个绝妙的想法：我可以训练我的屁眼在我放屁的时候说话。要是我想特别逗乐，我会训练它在我每次放了一个特别缺德的臭屁的时候说："不是我！"如果我在那个镜子厅里，就是凡尔赛宫里的那个镜子厅，就是巴黎郊外的那个凡尔赛宫，就是法国的那个巴黎，如果我在那个镜子厅里放了一个缺德的臭屁，我的屁眼会说："不是我！"[②]

要不发明一种小麦克风？每个人都把麦克风吞了，再放一只小喇叭在外套的兜兜里，然后麦克风就能够通过小喇叭播放我们心跳的声音了。晚上滑着滑板从街上滑过的时候，你能听见每个人的心跳，他们也能听见你的心跳，就像超声波一样。但有一件怪事我想知道：人的心会不会哪天同时起搏，就像住在一起的女人同时来月经一样。我知道女人的月经这件事儿，但其实我并不想知道。那样就太怪了，除了医院里小婴儿出生的地方听起来该像个游艇里的水晶枝形吊灯一样叮铃铃作响，因为小婴儿们还没有来得及把他们的心跳协调起来，纽约市马拉松长跑的终点线会像打仗一样热闹。

---

① 下文中，"存在的理由"这一短语的原文均为法语。
② 原文为法语。

还有，很多时候，你得尽快逃跑，可是人类没有自己的翅膀，或者是暂时还没有吧。那么，要不发明一件带鸟食的衬衫？

爱怎么着怎么着。

我的第一次柔术课在三个半月以前。因为明显的原因，我对防身术特别好奇，妈妈也觉得我除了玩铃鼓外，另外能再有一项体育活动也不错，所以三个半月以前我上了第一次柔术课。班上有十四个小孩儿，我们都穿着很整洁的白衣服。我们练习鞠躬，然后按美国土著印第安人的姿势坐下，然后马克老师叫我到他那边。“踢我的私处。”他对我说。这让我觉得不自在。“什么？”[①] 我对他说。他张开腿，对我说：“我叫你踢我的私处，越狠越好。”他把手叉在身体两侧，吸进一口气，闭上眼睛，然后我就明白了他确实是玩儿真格的。“没门儿。”我对他说。我心里想：咋回事？他对我说：“来吧，伙计。踢毁我的私处。”“踢毁你的私处？”他仍闭着眼睛，但笑了一笑，说：“你想踢，也踢不毁我的私处的。这就是柔术。我们是在演示，一个训练有素的身体，可以承受得住直接攻击。现在来吧，踢毁我的私处。”我对他说：“我是和平主义者。”因为我这个年龄的大部分人不懂和平主义者是什么意思，所以我转过身对其他人说：“我觉得踢毁别人的私处是不对的。永远不对。”马克老师说：“我能问你点事吗？”我回过头来对他说：“‘我能问你点事吗？’这句话已经是在问我点事了。”他说：“你梦想过成为一个柔术大师吗？”“没有。”我对他说，虽然我已经不再梦想管理家族的珠宝生意了，可我也不想当柔术大师。他说：“你想知道柔术学生怎样才能变成一个柔术大师吗？”“我什么都想知道。”我对他说，但这也不再是实话了。他对我说：“一个柔术学生变成柔术大师的途径，就是踢毁他老师的私处。”我告诉他：“真是太有意思了。”我最后

---

① 原文为法语。

一堂柔术课是在三个半月以前。

我满心渴望铃鼓现在就在我身边，因为即使想尽千方百计之后，我依然心情沉重，有时候，尽兴地拍一通铃鼓可以小有帮助。我能在铃鼓上演奏的最精彩的歌是尼古拉·里姆斯基–科尔萨科夫的《蜜蜂的飞行》，这首歌也是我为爸爸死后我得到的那部手机下载的铃声。我能奏出《蜜蜂的飞行》很了不起，因为在有些段落你得拍得飞快，这对我来说特别难，因为我还没有真的长出手腕来。罗恩主动提出要给我买一套五件的鼓。钱显然不能为我买来爱，但我还是问那种鼓里是不是有齐尔德日安[①]牌子的钹。他说："你要什么牌子就有什么牌子。"然后他从我桌子上拿走了我的溜溜球，开始用它做出遛狗的动作。我知道他只是想友好一点，但这还是令我火冒三丈。"这是我的[②]溜溜球！"我告诉他，把球抓了回来。我真正想告诉他的话是："你不是我的爸爸，你永远也不会是。"

死去的人在不断增加，而地球却保持同样的大小，总有一天，地球上不再有地方埋人了，这是不是很怪啊？去年，我过九岁生日时，奶奶给我订了《国家地理》杂志，她管它叫"那《国家地理》杂志"。她还送了我一件白色上衣，因为我只穿白色衣服，她送给我的衣服大得眼下没法穿，因为这样我就能多穿些年头。她还把爷爷的相机给了我，我喜欢爷爷的相机有两个原因。我问奶奶，为什么爷爷离开她的时候没有把相机带上。她说："有可能他想让你得到这个相机。"我说："但我那时负三十岁。"她说："那又怎么着。"我从《国家地理》上读到了很有趣的事：现在活着的人，比人类历史上所有死去的人都多。换句话说，如果所有的人都想同时扮演哈姆莱特，他们演不成，因为没有足够的骷髅头！[③]

① 名牌乐器制造商，以其钹而著称于世。最早由一个亚美尼亚人于17世纪创建于土耳其，现在美国。
② 原文为法语。
③ 《哈姆莱特》中有王子手持骷髅头的情节。

那么，要不给死去的人盖那种头朝下的摩天大楼？它们可以盖在给活人盖的那些头朝上的摩天大楼的下面。你可以把人埋在一百层楼下，一个完整的死人的世界可以存在于活人的世界之下。有时候我想，要是能有一种可以上下移动，而里面的电梯却静止不动的摩天大楼，那可就神了。如果你想去九十五层，你只要按九十五号按钮，九十五层楼就会降到你面前来。另外，这种大楼非常有用，因为假如你是在九十五层，一架飞机撞在你下面的地方了，大楼可以将你带到地面，每个人就都会安全了，即使你那天把鸟食衬衫忘在家里了也没关系。

我总共只坐过两次豪华加长轿车。第一次很可怕，尽管轿车本身很棒。我不能在家里看电视，也不能在加长轿车里看电视，但汽车里有电视，这毕竟还是很酷的。我问他们能不能从学校旁边开过，这样牙膏和明奇[①]就能看见我坐加长轿车了。妈妈说学校不顺路，我们去墓地不能迟到。“为什么不能迟到？”我问，我真的觉得这是个合理的问题，因为你想想看，“为什么不能迟到？”尽管我现在不是无神论者了，但我曾经是一个无神论者，这也就意味着，我不相信不能观察到的事物。我相信，一旦你死了，你就永远死了，你不能感觉到任何东西，你甚至都不能做梦。倒不是说我现在相信不能观察到的事物，我不相信。我只是相信事物是万分复杂的。而且，说到底，说到底，我们又不是真的去埋葬他。

尽管我费了九牛二虎之力不让自己烦扰，可奶奶不断地碰我还是令我烦透了，于是我爬到前座上捅司机的肩膀，直到他理会我。“你的。代号。是。什么。”我用斯蒂芬·霍金的声音问道。“你说啥呢？”“他想知道你的名字。”奶奶从后座上说。他把他的名片递给我。

---

① 《星球大战》中人物，尤达大师手下的武士。

杰拉尔德·汤普森 阳光加长轿车公司 服务五大区 （212）570—7249

我把他的名片还给他，对他说："问候。杰拉尔德。我。是。奥斯卡。"他问我干吗这么说话。我对他说："奥斯卡的处理器是一个神经网络处理器。一个学习机。他和人类交往越多，学得就越多。"杰拉尔德先说了"好"，然后又说了个"吧"。我说不清他是喜欢还是不喜欢我，所以我跟他说："你的眼镜肯定得值个一百美元。"他说："一百七十五。""你知道很多骂人话吗？""我知道一些。""我不能说骂人话。""糟糕。""'糟糕'是什么？""是个不好的东西。""你知道'狗屎'（shit）吗？""那是句骂人话，对吧？""你说'臭臭'（shiitake）就不算骂人话了。""可能吧。""玉米豆汤我的巴尔扎克，沾点臭臭。"杰拉尔德摇摇头，笑了笑，但不是那种不好的笑，也就是笑话我的那种笑。"我连'发包'都不能说，"我对他说，"除非我是真的在说一只用兔子做成的包子。你的开车手套很酷。""谢谢。"然后我又想起了什么事，于是我就说出来了。"实际上，如果加长轿车特别特别的长，它们就不需要司机了。你可以走上后排座，穿过轿车，然后从前排座走出去，你也就到了你想去的地方。就现在的情况来说，前排座就是在墓地了。""那我现在就该在看球赛了。"我拍拍他的肩膀，告诉他："你到字典里查查'滑稽'这个词，那就是你的模样。"

后排座上，妈妈在抓着她手袋里的什么东西。我可以看出她是在捏那个东西，因为我看得见她胳膊上的肌肉。奶奶在织白色的手套，我知道这手套是给我的，虽然外面天气还没有冷起来。我想问妈妈在捏什么，她为什么把那个东西藏起来。我记得我当时还想道，即使我正在挨冻，也不会，永远不会，戴上那些手套。

“我想起来了，”我对杰拉尔德说，“他们也可以造出一种倍儿长倍儿长的加长轿车，后排座在你妈的阴道上，前排座在你的陵墓上，那这辆加长轿车就和你的生命一样长了。”杰拉尔德说：“对，不过假如每个人都那么活着，那谁也不能遇见谁，对吧？”我说：“那又怎么着？”

妈妈还在捏，奶奶还在织，我对杰拉尔德说：“我有一回踢过一只法国鸡的肚子。”因为我想让他发笑，因为假如我能让他发笑，我的心情也会轻松一点。他没说什么，可能是因为他没听见我说什么，所以我说：“我说我有一回踢过一只法国鸡的肚子。”“啊？”“它叫道：‘蛋。’①”“什么意思？”“是个笑话。你想听别的笑话吗，还是你已经有了一只蛋②？”他从镜子里看着奶奶说：“他说什么呢？”她说：“他爷爷爱动物胜过爱人。”我说：“明白了吗？蛋？③”

我爬回后座来，因为一边开车一边说话很危险，尤其是在公路上，而我们正在公路上。奶奶又开始碰我，她碰我让我觉得很烦，虽然我并不想觉得烦。妈妈说：“宝贝儿。”我说：“哎。”她说：“你把我们公寓的钥匙给邮差了吗？”我觉得她这时候提起这件事有点怪，因为这和别的事情一点都不相干，但我觉得她是在回避那件显而易见的事情，找点别的事情来讲。我说：“邮差是个女的。”她点点头，但不完全是朝着我，她又问我是不是把钥匙给了邮差。我点点头，因为在一切发生之前我还从来没有对她撒过谎。我以前没有理由撒谎。“你干吗要给她钥匙？”她问。于是我告诉她：“斯

①②③ 原文均为法语。

坦——”她说：“谁？”我说：“看门人斯坦。有时候他会跑到街角去买咖啡，而我想确保我所有的包裹都顺利到达，所以我想，如果艾丽西亚——”“谁？”“女邮递员。如果她有钥匙，她就可以把东西放在我们家屋里面。”“但你不能把钥匙给陌生人。”“幸亏艾丽西亚不是个陌生人。”“我们公寓里有很多值钱的东西。”“我知道。我们有一级棒的东西。”“有时候，看起来很好的人结果却没有你所想的那样好，你知道吧？要是她偷你的东西怎么办？”“她不会的。”“要是她就要偷呢？”“但她不会偷的。”“那么，她给你她公寓的钥匙没有？”很明显，她很生我的气，但我不明白为什么。我又没有做错什么事。或者说，即使我做了错事，我也不知道自己做了什么错事。我肯定没想做错什么事。

我挪到轿车里靠奶奶那一边，对妈妈说：“我要她公寓的钥匙干吗？”她看得出来，我在拉上睡袋，开始自闭，我也看得出她并不爱我。我知道真相，真相就是，如果她能够做出选择，那么我们坐车前往的将会是我的葬礼。我抬头看着轿车的顶棚，我想象着顶棚发明之前的世界，然后我就琢磨：山洞没有顶，还是山洞就是顶？“下次有事你先跟我商量一下，好吗？”“别生我的气。”我说。我越过奶奶，将车门的锁来回开关了几次。“我没生你的气。”她说。“一点都没有？”“没有。”“你还爱我吗？”这时候提起这件事可不太合适：我已经将钥匙配给了必胜客的外卖员，美国联合包裹服务公司的邮递员，还有绿色和平组织里的那些好人们，那样当斯坦去买咖啡的时候，他们可以把那些关于海牛和其他即将灭绝的动物的文章送到我家。“我比以前更爱你。”

“妈妈？”“嗯？”“我有个问题。”“好。”“你在手袋里捏什么？”她拉出她的手，手里什么都没有。“就是捏捏。”她说。

尽管这是让人特别忧伤的一天，她看起来还是那么、那么美丽。我一直试着想办法告诉她这个，但我想出来的办法都很奇怪，很不合时宜。她戴着我给她做的手链，这让我觉得十分得意。我喜欢为她做饰品，因为我做的饰品让她感到幸福，而让她幸福，是我存在的理由之一。

很长一段时间内，我的梦想是接管我们家的珠宝生意，但现在，这已经不是我的梦想了。爸爸时常告诉我，我太聪明，不能搞零售。我觉得这没有道理，因为他比我还聪明，如果我太聪明，不能搞零售，那他就真的太聪明，不能搞零售。我这么跟他说了。“首先，”他告诉我，“我不比你聪明，我只是知道的东西比你多一些，而这仅仅是因为我比你岁数大。父母总是比他们的孩子们知道得多一些，而孩子总是比他们的父母聪明。”“除非那孩子是智障。”我对他说。他对这句话不置可否。“你说‘首先’，那其次是什么呢？”“其次，如果我真聪明，那我怎么在干零售？”“这倒是。”我说。然后我又想起了什么：“等等，如果家里没有人来管理珠宝生意，那它就不能叫家族珠宝生意了。”他对我说：“当然还可以这么叫。只不过会是别的家族的珠宝生意罢了。”我问：“那么，我们家怎么办呢？我们会做别的生意吗？”他说：“我们是要做点什么生意。”我想起我第二次坐加长轿车：那个房客和我一起去挖爸爸的空棺材。

我和爸爸有时候会在星期天玩一个很棒的游戏，叫文艺复兴探险。有时候，文艺复兴探险很简单，比如他让我去从二十世纪的每一个十年找回一样东西——我很聪明，带回一块石头——有时候又难得难以置信，要花两个星期才能做完。我们做的最后一个游戏——永远不会结束的那一个——是，他给了我一幅中央公园的地图。我说：“还有呢？”他说：“还有什么？”我说：“提示呢？”他说：“谁说一定得有提示？”“总是有提示啊。”“这句话本身就不能说明任何问题。”“一个提示都没有？”他说：“除非没有提示也是一个提示。”“没有提示也是一个提示？”他耸耸肩，好像压根儿不知道我在说什么。我太喜欢他耸肩的样子了。

我那天整天都在公园里走，寻找能够告诉我什么事情的东西，但问题是，我根本就不知道自己在找什么。我向人打听，问他们是否知道我应当知道的东西，因为有时候爸爸设计文艺复兴探险的时候，就是让我一定要去和人交谈。但我找的每个人都是同样的反应：*咋回事？*我在水库周围找线索。我阅读所有灯柱和树上的招贴。我在动物园里查看关于动物的描述。我甚至请放风筝的人把风筝卷起来让我查看，尽管我知道线索不大可能在风筝里。但爸爸就是这么精细。什么都没有，这可是太不幸了，除非“什么都没有”本身也是一条线索。“什么都没有”算一条线索吗？

那天晚上，我们叫了左公面筋当晚餐，我注意到爸爸用叉子吃饭，尽管他用筷子很熟练。“等等！”我说，站了起来。我指着他的叉子，“这把叉子是一条线索吗？”他耸耸肩，在我看来，这可是一条大线索。我想：*叉子，叉子。*我跑到我的实验室，从柜子里的盒子里拿出我的金属探测器。因为我晚上不能单独去公园，奶奶和我一起去了。我从八十六街入口开始，十分细心地走着，就像那些割草的墨西哥人一样，这样我就不会漏过任何东西。我知道昆虫叫得响，因为那是夏天，但我没听见它们叫，因为耳塞堵住了我的耳朵。只有我和金属的地下世界。

每当金属探测器的叫声变得密集的时候，我就叫奶奶用手电筒照那个地方。然后我就戴上白手套，从工具包里拿出手锹，然后特别小心地开始挖掘。看见什么东西时，我就像一个真正的考古学家那样，用一只画笔轻轻地擦去上面的尘土。那天晚上我只搜了公园里一块很小的地段，但是我挖出了一枚二十五美分硬币，一把回形针，还有我觉得是台灯上你一拉就亮的那根链子，还有放在冰箱盖儿上的寿司形状的磁铁，我知道寿司是什么东西，但我自己巴不得不知道。我把所有的证据都放进一只袋子，然后在地图上标出了我找到它们的位置。

回家以后，我在我实验室的显微镜下，一件一件地检验物证：一只弯曲的勺子，一些螺丝，一把生锈的剪刀，一台玩具汽车，一支笔，一个钥匙圈，某个眼睛特别糟糕的人坏了的眼镜……

我把这些证据拿给爸爸看。爸爸在厨房桌子旁一边看《纽约时报》，一边用红笔在上面标出错误。“这是我找到的。”我说，用装物证的盘子将我的猫赶下桌子。爸爸看了看，点点头。我说：“怎么？”他耸耸肩，好像压根儿就不知道我在说什么，然后他又继续看他的报纸。“你难道都不告诉我究竟是不是在正确的道路上前进吗？”巴克敏斯特呜呜叫着，爸爸又耸了耸肩。“但是，假如你什么都不告诉我，我怎么能搞对呢？”他在一篇文章里的某个地方画了一个圈，说：“另外一个看问题的方法是，你怎么可能搞错呢？”

他站起来去喝水，我查阅他在报纸上画圈的地方，因为他就是那么诡计多端。这是一篇关于一个失踪女孩的文章，人人都认为是那个干了她的国会议员杀了她。几个月后，他们在岩石谷公园发现了她的尸体，岩石谷公园在华盛顿特区，不过到那个时候，一切都不一样了，谁也不在乎了，除了她的父母。

> 声明，利维的父亲在自家房子后面一个临时搭起的新闻中心里对成百名新闻记者读了他的声明，他坚定地重申自己的信心：他的女儿能够找回来。“我们不会停止搜索[①]，除非得到了非常可信的理由让我们停止搜索，也就是，钱德拉回家了。”在随后简短的提问时段，《国家报》的一个记者问利维先生，他说的“回家”是不是“安全回家”。利维先生情绪激动，说不出话，他的律师拿过了麦克风，“我们仍然希望并祈祷钱德

---

① 本书中用下划线表示红圈。下同。

拉安全，但同时我们一定会竭尽全力。”

这不是报纸上的错误！这是给我的一条线索！

接下来三个晚上，我天天都会去公园。我挖出了一只发夹，一摞分币，一枚图钉，一个大衣架，一节九伏电池，一把瑞士军刀，一个小小的相框，一条叫图尔波的狗的狗牌，一张包装锡纸，一枚戒指，一把剃须刀，还有一只特老的怀表，时间正停在五点三十七分上，虽然我不知道这是早上还是晚上的五点三十七分。但我还是搞不明白这一切有什么意义。我发现得越多，明白得就越少。

我把地图在桌子上铺开，然后用V8牌饮料的罐子压住地图的边角。我发现东西的地点，看起来像是宇宙间的星辰。我像一个星相学家那样把这些点连起来，如果你像一个中国人那样把眼睛斜眯起来，地图上所有连起来的点看起来有点像“脆弱”这个词。脆弱。什么东西脆弱？中央公园脆弱吗？自然脆弱吗？我发现的东西脆弱吗？图钉不脆弱。弯曲的勺子脆弱吗？我擦了连线，将点另外连了一回，连出了“门”字。脆弱？门？然后我想到了porte，就是法语里的“门”字。我擦了连线，把点连成了porte。我开窍了，我可以将这些点连成“电子人”、“鸭嘴兽”、“奶子”，甚至奥斯卡——如果你把眼睛眯得特别像中国人的话。我可以将它们连成差不多任何我想要连成的东西，这也就意味着我没有接近任何东西。现在我永远也不会知道自己应当发现什么。这又成了我睡不着的一个原因。

爱怎么着怎么着吧。

我不能看电视，虽然我可以租借经许可后我可以看的资料片，我也可以读我想读的任何东西。我最喜欢的书是《时间简史》，尽管我事实上还没有读完，因为数学特别难，妈妈也没法帮我的忙。我最喜欢的段落之一就是第一章的开头，斯蒂芬·霍金讲了一个故事，一位著名的科学家在作一次关于地球围着太阳转、太阳围着太阳系转，诸如此类的讲座。然后大厅后面的一位女士举起手来说："你告诉我们的都是垃圾。世界实际上是驮在一只大乌龟背上的一块平板。"于是科学家就问她，那乌龟是站在哪里。她说："它的身体下面全都是海龟！"

我热爱这个故事，因为它告诉我们人们能够有多么无知。也因为我热爱乌龟。

最坏的那一天结束几个星期后，我开始写很多信。我也不知道为什么，但那是能让我心情稍微轻松一点的少数几桩事情之一。有一件怪事：我不用普通邮票，而用我收集的邮票，包括很名贵的邮票，有时候，这让我觉得，我这么做，是否是想故意抛弃一些东西。我头一封信是写给斯蒂芬·霍金的。我用了一张印着亚历山大·格雷厄姆·贝尔①的邮票。

亲爱的斯蒂芬·霍金，

我能当你的门徒吗？

谢谢。

奥斯卡·谢尔

我想他是不会回信的，因为他是那么了不起的人物，而我这么平凡。但是有一天我从学校回来，斯坦递给我一封信，用我教给他的"美国在线"的那种声音说："你有邮件！"我跑了一百零五级台阶跑到了我们家的公寓，再跑到我的实验室，再跑进我的壁橱，再打开我的手电筒，再打开信封。里面的信当然是打印的了，因为斯蒂芬·霍金不能用手，因为很不幸，他有肌萎缩性脊髓侧索硬化

① 亚历山大·贝尔（1847—1922），美国发明家和企业家，电话的发明者。

症，这个我知道。

谢谢你的来信。因为我收到的信很多，我不能亲自回信。不过，请记住，我读了并存下了每一封来信，希望哪一天能够给每一封信它所应得的认真回复。

你最忠实的

斯蒂芬·霍金

我打通了妈妈的手机。“奥斯卡？”“电话没响你就接了。”“你都好吧？”“我需要一个塑封机。”“塑封机？”“我有一样美妙得难以置信的东西要存起来。”

爸爸过去总是在我睡前给我掖被子，他会讲最棒的故事，我们会一起读《纽约时报》，有时候他会用口哨吹《我是海象》，因为这是他最喜欢的一首歌，尽管他解释不出这首歌有什么意义，这一点让我很懊恼。有一件事很棒，就是他能够在他看到的每一篇文章里找到错误。有时候是语法错误，有时候是关于地理或事实的错误，有时候是文章没有把故事讲全。我喜欢有一个比《纽约时报》还聪明的爸爸，我喜欢我的脸颊可以感受到从他衬衣里刺出来的胸毛，他总是有刚刮过胡子的味道，即使是一天快结束的时候。和他在一起，我的大脑感到平静。我不用发明任何东西。

那天晚上，最坏的那天的前一天，爸爸来给我掖被子的时候，我问他世界是不是一个撑在乌龟背上的大平板。“什么？”“就是说，为什么地球能够在一个地方停住，而不是掉到宇宙里去？”“我是在给奥斯卡掖被子吗？是不是外星人把他的大脑偷去做实验了？”我说：“我们不相信外星人。”他说：“地球是在朝宇宙里掉。你知道这一点，哥儿们。它不停地朝太阳掉过去。公转就是这个意思。”我说：“当然了，但为什么会有地心引力呢？”他说：“你问为什么有地心引力是什么意思?”“是什么原因?”“谁说什么都得有个原因?”“确实没有人说过。”“我的问题是修辞性的。”“什么意思?”“意思是，我不是在问一个问题，而是在提出一个论点。”“什么论点?”“就是不必事事都有原因这个论点。”“但是，假如没有原因，那么，宇宙存在在这里干什么?”“因为一些客观条件。”“那么，为什么我是你的儿子?”“因为妈妈和我做爱了，我的一颗精子使她的一颗卵子受精了。”“对不起，我要吐了。”“别跟你那个年龄的小孩子似的。”“那么，我不明白的是，我们为什么存在? 我不是说如何存在，而是为什么存在。”我看见他思想的萤火虫在围着他的头公转。他说:“我们存在，是因为我们存在。”“咋回事?”“我们可以想象出很多种和这个宇宙不同的宇宙，但这一个是已经发生了的一个。”

我明白他的意思，我并不是不同意他说的，但是我也不是同意他说的。仅仅因为你是个无神论者，并不表示你不喜欢万事都有它如此存在的理由。

我打开我的短波收音机，在爸爸的帮助下，我找到了一个有人说希腊语的台，这很不错。我们听不懂他在说什么，但我们躺在那里，看着我房顶上那些在黑暗中闪光的星座，听了一会儿。“你爷爷以前会说希腊语。”他说。“你的意思说，我爷爷现在会说希腊语。”我说。“对的。他只是不在这里说。”“说不定我们听见的就是他的声音。”报纸头版像一只毯子一样盖在我们身上。爸爸背上有张网球运动员的照片，我猜他是赢家，不过我看不出他是高兴还是不高兴。

“爸爸?”“嗯?”“你能给我讲个故事吗?”“当然。”“一个好故事?”“而不是我以前讲的那些乏味的故事。”“对了。”我把我的身子靠得离他倍儿近倍儿近，我的鼻子都钻进了他的胳肢窝。“你不打岔?”“我尽量不打岔。”“你打岔的话，我就很难讲故事了。”“打岔也很烦人。”“是很烦人。”

他开始讲故事之前的那个时刻，是我最喜爱的时刻。

“从前，纽约有个第六区。”“什么是区?”“这就是我说的打岔。”“我知道，但是，如果我不懂什么是区，我就听不懂这个故事。”“区就像是一个居民小区。或者是很多个居民小区的集合。”“如果有一个第六区，另外那五个区都叫什么区?”“曼哈顿，当然了，还有布鲁克林、皇后区、斯塔滕岛和布朗克斯。”“我去过这几个区吗?”“你又打岔了。”“我只是想知道。”“我们去过一回布朗克斯动物园，几年前。记得吗?”“不记得。”“我们也去布鲁克林看过植物园里的玫瑰。”“我去过皇后区吗?”“没有。”“我去过斯塔滕岛吗?”“没有。”“当真有个第六区吗?”“我正要跟你讲呢。”“我不再打岔了。我保证。”

故事结束后，我们把收音机重新打开，找到有个人在说法语的台。法语台真是特别亲切，它让我想起我们刚刚结束的假期，我真希望那个假期永远都不结束。过了一会儿，爸爸问我是不是还醒着。我告诉他我睡着了，因为我知道他不喜欢在我睡着之前就走开，我也不想让他早上上班时太累。他亲了亲我的额头，道了晚安，然后他就到了门口。

“爸爸?”“嗯，哥儿们?”“没啥。”

我再次听到他的声音，是我第二天从学校回家之后。因为出事了，我们早放学了。我甚至一点都没有恐慌，因为妈妈和爸爸都在中城上班，奶奶当然没有上班，所以我爱的所有人都平安无事。

我知道我到家的时候是十点十八分，因为我不停地在看表。公寓里空旷极了，安静极了。我走向厨房的时候，在脑子里发明了一个可以放在前门的杠杆，这个杠杆可以发动客厅里巨大的轮辐车轮，来转动从房顶上挂下来的金属牙齿，这样金属牙齿就可以演奏出美丽的音乐，比如说《堵住一个洞》或《我想告诉你》，这么着，整套公寓就会变成一个巨大的八音盒。

我拍了巴克敏斯特几秒钟，表示我爱它，然后就开始查电话留言。我自己还没有手机，我们离开学校的时候，牙膏告诉我他会打电话给我，问我能不能跟他去公园看他玩滑板的花样，或者我们能不能一起去药店，在那些没有人看得见你在看什么的架子中间躲着看《花花公子》杂志，我其实不想干这个，不过嘛……

第一条留言。星期二，上午八点五十二分。有人吗？喂？我是爸爸。如果你在家，请接电话。我刚给办公室打过电话，但没有人接。听着，出事了。我没事儿。他们叫我们在这里待着，等救火队来。我敢肯定没事儿。等我搞清楚怎么回事以后会再给你打电话。只是想告诉你我没事儿，不要担心。我马上会再打电话。

另外还有四条他的留言：九点十二分一个，九点三十一分一个，九点四十六分一个，十点零四分一个。我听了这些留言，然后将所有留言又听了一遍，然后，在我想清楚该怎么办之前，或者在我想到或感觉到什么之前，电话开始响了。

时间是十点二十二分二十七秒。

我看了看来电显示，知道是他打来的。

为何我不在你身边

六三年五月二十一日

给我尚未出世的孩子：我以前并不沉默，我曾经说啊说啊说啊说啊，我不能闭上我的嘴。但有一天沉默像癌症一样征服了我：

那是我在美国吃的头几顿饭中的一顿，我试图告诉那个侍者：“你给我餐刀时的那样子，让我想起了……”但我没法说完那句话，她的名字没有出现，我又试了一遍，她的名字还是出不来，她被锁在我的身体里面了。多么奇怪，我想，多么令人懊恼，多么可怜，多么忧伤。我从口袋里掏出一支笔，在餐巾纸上写下了“安娜”(Anna)。两天后又出现了这种情况，第二天又出现了。她是我想谈论的唯一话题，这样的情况不断发生，没有笔的时候，我就在空中写“安娜”——反着写，从右到左——以便我谈话的对象能够看见。打电话的时候，我会拨这个号——2，6，6，2——以便电话那头的人能够听见我自己不能说的名字。接下来我又忘了“和”(and)字怎么说，大概因为这个字和她的名字接近，这个词多么容易说，丢了这么深刻的一个词，我不得不说“加号”，听起来真是荒唐，但也只能这么着了。“我要一杯咖啡加号一点甜东西。”谁也不会故意这么说话。“要”是我很早就失去的一个词，这并不是说我不再要东西——我要的东西越来越多——我只是不再能表达我的要求，所以我换说“求”：“我求两只面包卷。”我会告诉面包师，但这也不太对。我思想的意义开始从我这里飘走，就像树叶从树上飘到河里，我是树，世界是河。一天下午和狗待在公园的时候我丢了“来”字，当理发师将我转向镜子的时候我丢了“行”字。我丢了“羞愧”——同一个时刻把名词和动词一块儿丢了；真是羞愧。我丢了“带着”，我丢了我带着的东西——“日记”“铅笔”“口袋里的零钱”和“钱包”——我甚至丢了“丢”。过了一阵，我只剩下很少一些字了，如果什么人对我做了一件好事，我会告诉他：“‘不用谢’前面那句话。”如果我饿了，我会指着肚子说：“我是吃饱了的反面。”我丢了“是”，但我还有“否”，所以如果什么人问我：“你是托马斯吗？”我会回答：“否否。”但后来我又丢了“不”，我到了一家文身店，请他们在我左手的手掌上刺上“是”，右手的手掌上刺上“否”。我想说的是，这没有使生活美妙起来，它只是使生活可以继续。当我在冬天里搓手的时候，我是在用“是”和“否”的摩擦来暖和我自己，当我鼓掌的时候，我是用“是”和“否”的聚合来表达我的赞赏，我分开又合上手掌，以这个办法做出“书”的手势。对我来说，每一本书都是“是”和“否”组成的天平，甚至这本书，我的绝命书——特别是这本书。这是不是令人心碎？当然了，每一天的每一刻，我的心都碎成了比原来组成它的碎片还要多的碎片。我从来没想到过我是个安静的人，更不会沉默，我从来没想到过任何事情。一切都改变了，锲入我和我的幸福之间的不是世界，不是炸弹和燃烧的建筑物，而是我自己，我的思考，这种无法舍弃的癌症。无知是福吗？我不知道，但思考是这么痛苦。告诉我，思考究竟给我带来了什么，思考把我带到了什么伟大的地方？我想啊想啊想啊，我把自己从幸福中想出来了一百万次，却一次也没有把自己想进幸福中去。“我”是我能够大声说出的最后一个字，这事真可怕，但事实就是如此，我会在街坊里走来走去，说着“我我我我”。“你要一杯咖啡吗，托马斯？”“我。”“兴许什么甜东西？”“我。”“这天气怎么样？”“我。”“你好像不高兴。什么事不对头吗？”我想说：“当然了。”我想问：“什么事对头吗？”我想拉出线，拆开我的沉默的头巾，然后从头开始，但我没有那么做，而是说：“我。”我知道我不是唯一得这个病的人，你在街上会听见老年人说话，有些人哼哼“哎呀呀”，但有些人在拼命抓住他们最后一个词“我”，他们说话，因为他们绝望，这不是抱怨而是祈祷，然后我丢了我的“我”，然后我的沉默就完整了。我开始随身带着这样的空白笔记本，我可以写下我不能说出的所有话，事情就是这么开始的，如果我想从面包师那里买两只面包卷，我会在空白页写上“我要两只面包卷”，再给他看，如果我需要什么人帮忙，我就写上“帮忙”，如果什么事让我发笑，我就写上“哈哈哈”。我不在浴室里唱歌，而是在浴室里写出我最喜欢的歌的歌词，墨水会将水变成蓝色或红色或绿色，音乐会沿着我的腿流下去，每一天结束时我会把笔记本带上床，阅读我生命的篇章：

我想要两只面包卷

一点甜东西也不错

对不起，但这是我最小的了

开始宣布消息吧……

请给我老花样

谢谢，可我撑得快爆炸了

我不确定，不过天晚了

请帮助我

哈哈哈！

这样的日子也不少见：就是一天还没完我就用完了所有的空白纸张，如果我在街上或者面包店或者汽车站要跟人说什么，我能做的也就是翻过笔记本，找到最合适的一页来重新使用一遍，如果有人问我："你感觉如何？"我最好的回答可能是："请给我老花样。"或者可能是："一点甜东西也不错。"当我的老朋友里希特先生建议："要不你试着重新搞雕塑呢？最坏的情况能是什么？"我翻到写满字的笔记本的半中间："我不确定，不过天晚了。"我用了几百个本子，几千个本子，它们在公寓里堆得到处都是，我用它们挡门和压纸，我需要够什么东西的时候将它们摞起来，我把它们塞到摇摇晃晃的桌腿下面，我用它们当锅垫和杯垫，摆鸟笼，打虫子，并向虫子们请求原谅，我从来没觉得我的笔记本有什么特殊，如有必要，我可能会撕下一张——"对不起，但这是我最小的了"——来擦掉什么脏污，或用一整天的页数来包装那些应急灯泡，我记得我和里希特先生在中央公园动物园度过的一个下午，我带了很多食物给动物们吃，只有从来没有当过动物的人才会树个牌子叫不要喂它们，里希特先生开了个玩笑，我把汉堡包扔给了狮子，他笑得摇晃着狮笼，动物们跑到了角落，我们笑啊笑啊，一起笑，分开笑，大声笑，默默地笑，我们决心无视需要无视的所有东西，从一无所有中建构一个新世界，如果我们这个世界没有任何东西可以挽救出来的话，那是我生活中最美好的一天之一，那一天，我可以过我的生活，而一点都没有去想我的生活。那一年后来的日子，当雪开始掩埋前门台阶的时候，当我坐在沙发上看早晨变成晚上的时候，当我被我失去的所有东西掩埋的时候，我生了一堆火，用笑的拟声词来表示兴奋："哈哈哈！""哈哈哈！""哈哈哈！""哈哈哈！"我遇见你母亲的时候已经不能说话了，可能正是因为这样我们的婚姻才成为可能，她从来就不需要了解我。我们是在百老汇大街上的哥伦比亚面包房相识的，我们都是带着孤独、悲伤、迷惘来到纽约的，我坐

在角落里，将奶油搅入咖啡，咖啡像一个小太阳系那样转啊转，面包店有一半的地方空着，不过她径直滑向我。“你什么都失去了，”她说，好像我们有一个共同的秘密，“我看得出来。”如果我是另一个世界的另一个人，我会做一些不同的事情，但我是我自己，世界还是这个世界，所以我沉默着。“没事，”她小声说，她的嘴太靠近我的耳朵，“我也是。你隔着一个房间都能看得出来。我们和意大利人不同。我们就像疼痛的大拇指一样突兀地伸出来。瞧瞧他们看我们的样子。他们可能不知道我们失去了一切，但他们知道有什么不对。”她是树，也是从树旁流过的河，“还有更糟糕的事情，”她说，“比像我们这样子还糟糕的事情。瞧，至少我们还活着，”我可以看出她想收回她说的最后那些话，但水流太急，“而且天气还这么棒，不过，我还是得提，”我搅拌着我的咖啡，“我听说今天晚上天气要变糟。或者至少收音机里的人是这么说的，不管怎么说，”我耸耸肩，我不知道“糟”是什么意思，“我正要去 A & P 店里买些金枪鱼。我今天早上从《邮报》上剪下来一些优惠券。三罐的价钱可以买五罐。多划算的买卖！我其实不喜欢金枪鱼。坦率地说，我吃了金枪鱼就胃痛。但你真是找不到比这更低的价钱。”她试着想让我笑，但我耸耸肩，搅着我的咖啡。“我真是不明白，”她说，“天气这么棒，收音机里的那个人却说晚上天气要变糟，所以说不定我应当改去公园，尽管我很容易晒伤。嗨，不管怎么着，也不是说我今晚一定就得吃金枪鱼，对吧？也许永远也不会吃，如果我坦率一点的话。金枪鱼让我胃痛，完全坦率地说。所以我不用着急吃金枪鱼。不过天气，这好天气可长不了。或者说至少以前从来没有持续地好过。我还应当告诉你，我的医生说出门对我有好处。我的眼睛变糟了，他说我出门太少，如果我稍稍多出门几次，如果我不这么害怕……”她伸出一只手，我不知道该怎么握，所以我坐着不动，接着她的手收了回去，她说：“你不想跟我说话，对吧？”我从背包里拿出我的笔记本，找出空白页，倒数第二页。“我不能说话了，”我写道，“对不起。”她看看那张纸，然后再看看我，然后又回去看那张纸，她用手遮住眼睛哭了，眼泪从指间渗漏出来，并在那里汪成一片，她哭啊哭啊哭啊，周围没有纸巾，所以我把那一页从本子上撕下——“我不能说话。对不起。”——用它来帮她擦干脸颊，我的解释和道歉像睫毛膏一样从她的脸上流下，她从我手里拿过我的笔，在我笔记本的下一页，最后一页写道：

请你娶我

我往回翻，指着："哈哈哈！"她往后翻，指着："请你娶我。"我翻回去，指着："对不起，但这是我最小的了。"她往后翻，指着："请你娶我。"我翻回去，指着："我不确定，不过天晚了。"她往后翻，指着："请你娶我。"这一次她把手指放在"请"上，好像是想按住这一页，结束谈话，又好像想跳开这个字，说出她真正想说的话。我想起生活，我的生活，尴尬，小巧合，床边小闹钟的阴影。我想到了我的小胜利和我目睹着被毁灭的所有东西，我父母在楼下主持聚会的时候我曾经在床上的貂皮大衣堆里游过泳，我失去了我可以与之一同度过我唯一的一生的唯一的一个人，我留下了一千吨的大理石，我本来可以发表雕塑，我本来可以将我从我自己的大理石里释放出来。我享受过快乐，但完全不够，快乐有个够吗？苦难的结束不能证明苦难是应当的，所以苦难永远不会结束，我陷入了什么样的混乱，我想，我是个多大的傻瓜，多么愚蠢狭隘，多么无用，多么遭罪和可怜，多么无助。我的宠物们都不知道它们自己的名字，而我是个什么样的人啊？我像拎起唱片针头那样拎起她的手指，一页一页地往回翻：

请帮助我

古戈尔普勒克斯

妈妈在葬礼上戴的那个手链，我是这么做的：我把爸爸最后一条留言转换成了摩尔斯密码，我用天蓝色的珠子代表沉默，栗色珠子代表字母间的间隔，紫罗兰色的珠子代表词之间的间隔，珠子之间长和短的线代表长和短的嘟嘟声，实际上这种声音的名字是叫光点——我想是这样——或是叫别的什么。爸爸肯定知道。做这个东西花了我九个小时，我本来想过把它给桑尼，因为他让我心情压抑，桑尼是我有时候会在法国协会门口看见的那个无家可归者。或者是给林迪，那个志愿在自然历史博物馆里给人解说的整洁的老太太，这样我会成为对她很特别的人。或者甚至是给哪个坐轮椅的人。但是，我还是把它给了妈妈。她说这是她得到过的最好的礼物。我问她是不是比“可以吃的海啸”还好。那是我还热衷于玩“可以吃的气象事件”时候的词语。她说：“不一样。”我问她是不是爱罗恩。她说：“罗恩是个大好人。”她答非所问。所以我又问了，“真或假：你爱罗恩。”她把那只戴着戒指的手插入自己的头发，说：“奥斯卡，罗恩是我的朋友。”我要问她她是不是在干她的朋友，如果她说是，我就要跑开，如果她说不是，我就要问她是不是在和她的朋友互相手慰，这事我可知道。我想告诉她，她不应该现在就玩拼字游戏。或者是在镜子前搔首弄姿。或者是把音乐音量调得高过你完全可以听得到的程度。这对爸爸不公平，对我也不公平。但是我把这一切都埋在自己心里。我用爸爸的留言给她做了别的摩尔斯密码饰品——一条项链，一条脚链，一些摇摇摆摆的耳环，一件头饰——但手链肯定是最漂亮的，可能因为最后的东西最弥足珍贵。“妈妈？”“嗯？”“没啥。”

即使一年已过，我要做一些事情还是特别难。比如说，也不知道什么原因，我怕洗淋浴，当然还有，我怕进电梯。很多事情让我觉得怕怕，比如说吊桥、细菌、飞机、烟花、地铁里的阿拉伯人（虽然我不是种族主义者），餐馆、咖啡店和其他公共场所的阿拉伯人，脚手架、下水道和地铁里的铁格栅、没有主人的袋子、鞋、有胡子的人、烟雾、绳结、高楼、头巾。很多时候，我觉得自己像在一个巨大的黑色海洋里，或者是在太空的深处，但不是以迷人的那种方式。所有的东西都离我无比遥远。晚上最严重。我一开始发明东西，就无法停下来，就像河狸一样，我知道河狸的。人们以为它们啃倒树是为了筑坝，实际上，它们的牙齿从来不会停止生长，如果它们不坚持通过从不间断地啃树来控制牙齿的生长，它们的牙齿会长到脸里面去，要它们的命。我的大脑就是这样。

一天晚上，在发明了好像有古戈尔普勒克斯那么多的东西以后，我走进了爸爸的壁橱。我们曾经在那里玩过希腊-罗马摔跤，开过滑稽的玩笑。有一回我们在壁橱顶上挂了一只钟摆，然后在地上放了一圈多米诺骨牌，来证明地球确实是在公转。但是，他死后我还没有进过这个壁橱。妈妈和罗恩在客厅里，听着音量太高的音乐，玩着棋类游戏。她没有在想念爸爸。我握了一会儿门把手，然后打开壁橱。

尽管爸爸的棺材是空空的，他的壁橱却是满满的。即使是一年以后，这里闻起来好像还是有他刚刚刮过胡子的气味。我抚摸了他所有的白T恤衫。我抚摸了他从来没有戴过的好手表，还有他的球鞋的备用鞋带，这些鞋带永远也不会再环绕着水库跑了。我把我的手放进他所有夹克的口袋（我找到了一张出租车发票，一张“克拉克尔”牌小巧克力的包装纸，一个钻石供应商的名片）。我把我的脚穿进他的拖鞋里。我看着他的金属鞋拔里的自己。正常人花七分钟入睡，但我睡不着，好多小时过去了还睡不着。置身于他的物品中间，抚摸他曾经抚摸过的东西，将衣架挂得更直一些，尽管知道这么做并没有什么意义，但我还是觉得心情不那么沉重了。

他的燕尾服放在他曾经坐着系鞋带的椅子上。我想，怪。为什么燕尾服没有和他的西装挂在一起？在去世的前一天晚上，他是不是去参加一场高级晚会了？不过，为什么他把燕尾服脱下来却没有挂起来呢？可能是要洗？但我不记得有什么高级晚会。我记得他来给我掖被子，我们一起听短波收音机里的一个人讲希腊语，他给我讲了一个关于纽约第六区的故事。要不是注意到了别的怪事，我可能也不会再想燕尾服了。但我慢慢注意到了很多事情。

在最高一层的架子上有一个漂亮的蓝色花瓶。一个漂亮的蓝色花瓶在那么高的地方干什么？我自然够不着它，于是我把放着燕尾服的椅子挪过去，然后到我的房间去拿奶奶发现我要演约里克①时给我买的《莎士比亚全集》。我把那些书都搬过来，一次搬四部悲剧，直到我摞得够高。我站在所有东西的上面，在最开始的那一刻，我好像挺稳当。可是，等我的指头够上了花瓶，悲剧就开始晃悠，燕尾服也特别滑溜，下面发生的事就是所有的东西都在地上了，包括我，包括花瓶——花瓶已经碎了。“不是我干的！”我大声喊道，但他们居然没听见我的话，因为他们放的音乐音量太高，他们说笑得太多。我把自己更深地藏进我自己想象中的睡袋里，不是因为我受伤了，不是因为我打碎了什么东西，而是因为他们在说笑。尽管知道不该这么做，我还是给自己掐出了一个伤痕。

我开始收拾各样东西，这时我注意到别的怪事。在那一大堆碎玻璃中间有一个和无线网卡差不多大小的小信封。咋回事？我打开信封，里面是一把钥匙。咋回事，咋回事？那把钥匙看着怪怪的，

① 《哈姆莱特》中的人物。

显然是开什么特别要紧的东西的，因为它比普通的钥匙要胖一些，短一些。我没法解释这事：一把又胖又短的钥匙，在一只小信封里，在一只蓝色花瓶里，在他壁橱的最高一层。

我做的头一件事是很合逻辑的：我把钥匙秘密地藏起来，然后用钥匙在公寓里所有的锁上去试。即使没试，我也知道它不是开大门的，因为它看着就不像没人在家要自己回家时用线挂在我脖子上的那枚钥匙。我蹑手蹑脚地走路，这样就没有人会注意到我，我在厕所门上试钥匙，在不同的卧室门上试钥匙，还试了妈妈衣橱的抽屉。我试了厨房爸爸曾经坐着付账单的那张桌子，也试了放床单的壁橱旁边的那个壁橱，我们玩捉迷藏的时候我偶尔会藏在那里。我也试了妈妈的珠宝匣。但这些都不是。

那天晚上，在床上，我发明了一种特别的下水道。这个下水道连在纽约每一只枕头的下面，然后通向水库。人们哭着睡觉的时候，所有的眼泪会流到同一个地方，早上气象员可以报告眼泪水库的水位是上升了还是下降了，这样你就可以知道纽约是不是心情沉重。如果什么真正恐怖的事情发生了——像核武器，或者至少是生物武器袭击——一只特别大声的警报会响起来，告诉每个人到中央公园去，在水库周围堆起沙包。

爱谁谁吧。

第二天早上，我告诉妈妈我不能上学，因为我病得太厉害。这是我被迫说的第一个谎话。她把手放在我额头上，说："你确实有点发热。"我说："我查了体温，是一百零七度[①]。"这是第二个谎话。她转过身，让我拉上她衣服背后的拉链，其实她自己也可以拉上，但她知道我喜欢帮她拉拉链。她说："我今天要开很多个会，但如果你需要什么东西，奶奶可以过来，我还会每个小时打电话

① 华氏温度。

回来看看你怎么样。”我对她说：“如果我没接电话，我可能是在睡觉，或者是在上厕所。”她说：“最好接。”

她出门上班以后，我穿上衣服下了楼。斯坦正在楼前打扫。我想溜过去，不让他注意到我，但他还是注意到了。“你看着不像生病的样子。”他说，将一堆叶子扫到街上。我对他说：“我觉得我病了。”他问：“我觉得我病了先生要到哪里去？”我对他说：“去八十四街的药店买点咳嗽糖。”第三个谎话。实际上我要去的地方是钥匙店，就是弗雷泽父子店，在七十九街。

“又要配钥匙吗？”瓦尔特问。我抬起手和他击掌，然后给他看我找到的钥匙，问他能不能看出这是什么钥匙。“这是用在什么箱子锁上的，”他说，将钥匙举在面前，从眼镜上方看，“保险箱，我猜。从它的构造你能看出它是用在箱子锁上的。”他给我看一个有好多钥匙的架子。“你看，和这些都不一样。这个要厚得多。更难弄坏。”我摸了摸所有我能够得着的钥匙，不知道为什么，这让我感觉不错。“但这不是一个固定的保险箱上的，我觉得不是。不是什么大家伙。可能是什么便携式的保险箱。实际上，可能是一个保管箱。一个很旧的保管箱。或者是一种延缓火势的阻燃柜。”这句话让我笑了笑，虽然我知道大脑迟缓一点也不是什么好笑的事情。“是一把老钥匙，”他说，“可能有二三十个年头了。”“你怎么知道的？”“我懂钥匙。”“你真酷。”“很多保险箱已经不用钥匙了。”“不用？”“嗯，差不多没人用钥匙了。”“我用钥匙。”我告诉他，把我们公寓的钥匙给他看。“我知道你用，”他说，“但像你这样的人是正在消失的品种。这年头什么都是电子的了。键盘。指纹识别。”“这太绝了。”“我喜欢钥匙。”我想了一会儿，然后我的心情变得十分、十分沉重。“唉，假如像我这样的人是真正消失的品种，那你的生意怎么办呢？”“我们会成为专门店，”他说，“就像打字机店一样。我们现在还有用，但很快我们就会变成有趣的稀罕玩意儿了。”“可能你得做别的生意。”“我喜欢这门生意。”

我说：“我一直想问一个问题。”他说：“问吧。”“问吧？”“问吧。想问就问。问。”“你是弗雷泽，还是弗雷泽的儿子？”“事实上，我是孙子。我爷爷开了这家店。”“酷。”“但我想我也是儿子，因为我爸爸活着的时候是他在管店。我猜我也是弗雷泽，因为我儿子夏天的时候在这里工作。”

我说：“我还有一个问题。”“问吧。”“你觉得我能找到造这把钥匙的公司吗？”“这钥匙谁都能造啊。”“那么，我想知道，我怎么能找到它打开的那把锁呢？”“恐怕这我可没法帮你了，我顶多只能告诉你，你可以拿它去开你碰到的所有的锁。如果你需要的话，我随时可以给你配一把。”“我可以有古戈尔普勒克斯把钥匙。”“古戈尔普勒克斯？”“就是一个古戈尔的古戈尔次方。”“古戈尔？”“就是一后面加一百个零。”他把手放在我肩膀上说：“你需要那把锁。”我把手够得高高的，放在他的肩膀上，说：“对。”

我离开的时候他说：“你不是该上学吗？”我飞快地想了一下，告诉他：“今天是马丁·路德·金日。”第四个谎话。“我以为马丁·路德·金日是在一月份。”“以前是在一月份。”第五个谎话。

我回到公寓的时候，斯坦说：“你有邮件！”

亲爱的奥斯卡：

你好，小弟！谢谢你那封让我非常愉快的信和防弹鼓槌，我希望我永远不必用得上这只防弹鼓槌！我得承认，我从来没有太多考虑过给人上课……

我希望你喜欢随信附上的T恤衫，我自作主张，为你签了名。

你的兄弟

林戈

我不喜欢随信附上的T恤衫。我爱它！但很不幸它不是白色的，所以我不能穿它。

我把林戈的信塑封起来，把它钉在墙上。然后我在网上研究了一下纽约的锁，发现了很多有用的信息。比如说，纽约有三百一十九个邮局，二十万七千三百五十二个邮政信箱。每个信箱上当然都有一把锁。我还发现，纽约有七万零五百七十一个旅馆房间，多数房间有一把主锁，一把卫生间的锁，一把壁橱锁，还有一把小酒吧锁。我不知道什么是小酒吧，所以我给广场饭店打了电话去问，我知道广场饭店很有名。然后我就知道什么是小酒吧了。纽约有三十多万辆车，这还没有算上那一万两千一百八十七辆出租车，也没有算上那四千四百二十五辆公共汽车。此外，因为以前坐地铁，我还记得地铁乘务员用钥匙开门关门，所以那里也还有锁。九百多万人住在纽约（每五十秒钟有一个婴儿在纽约诞生），每个人都得有个住的地方，大多数公寓前门上都有两把锁，每个公寓里至少有一把锁打开一间厕所，或许还有打开别的房间的，当然还有壁橱和珠宝匣。还有办公室、艺术工作室，储存设施、带保管箱的银行，院子的大门、停车场。我想，如果你把什么都算上——从自行车锁到房顶闩到卖袖扣的地方——纽约每个人可能平均有十八把锁，这就意味着总共有一亿六千二百万把锁，这些锁能够把地球上的所有裂缝填满。

“谢尔家……你好，妈妈……感觉好点儿了，不过还是挺难受的……不……嗯嗯……我想是吧……我想我会叫印度饭……不过……好吧。嗯嗯。我会的……我知道……我知道……再见。”

我给自己测算了一下，我开一把锁要三秒钟。然后我算出来了，如果纽约每五十秒钟有一个婴儿出生，每个人有十八把锁，那么每二点七七七秒钟就造出一把锁。即使我只管开锁，我每秒钟也会落后零点三三三把锁。这还是假设我不必从一把锁走到另一把锁跟前，我不吃饭，不睡觉，这一点倒没什么，因为我反正实际上也没睡觉。我需要一个更好的计划。

那天晚上，我戴上白手套，找到爸爸壁橱里的垃圾桶，打开了我放那些花瓶碎片的袋子。我在寻找有可能给我指出一个方向的线索。我得万分小心，免得污染了物证，或者是让妈妈发现我干的勾当，或者是割破自己再搞发炎了，我找到了装钥匙的信封。我就是在这时候才发现了一样东西，好侦探早在一开始就会发现的：信封的背面写着“布莱克”一词。我对自己以前没有注意到这个词感到万分恼火，于是我给自己掐了一个小伤痕。爸爸的笔迹有点怪。字看起来很潦草，好像是他在匆匆忙忙之间写下的，或者是他在接电话时写下的，或者只是在想着别的什么事情。那么，他到底在想什么呢？

我用谷歌四处搜索，没有任何一家制锁公司叫布莱克。我有点失望，因为这本是一个符合逻辑的解释，符合逻辑的解释总是最好的解释，尽管所幸它还不是唯一的解释。然后我发现在美国每一个州都有叫布莱克的地方，世界上几乎所有国家也都有。比如说，在法国就个叫努尔[①]的地方。所以这没什么用处。我还搜索了别的东西，尽管我知道它们只会伤害我，我还是不由自主。我打印出了我找出来的一些图片——一只鲨鱼袭击一个女孩，有人在世贸大厦两座楼之间走索，女演员的正式男朋友在给她口交，一个士兵在伊拉克被砍头，墙上曾经悬挂着名画如今画被偷走的那块地方——我把它们放在《发生在我身上的事》里，这是我收集发生在我身上的事情的剪贴簿。

第二天早上我告诉妈妈我又不能去上学。她问我哪里不舒

① 努尔（noir，法语，“黑”）和布莱克（black，英语，“黑”）在不作地名人名的情况下，意义是一样的。

服。我告诉她："就是同一个总是不舒服的地方。""你病了？""我难过。""为爸爸？""为所有的事情。"她在床上坐下，坐在我的身旁，可是我知道她急着出门。"所有的事情都是些什么事情？"我开始用我的手指头数："我们冰箱里的肉和奶制品、打架、车祸、拉里——""谁是拉里？""就是自然博物馆门前那个无家可归的人，他要完钱之后总是说'我保证我会去买吃的'。"她转过身，我一边数手指头，一边给她拉上衣服拉链。"还有，你可能经常看见拉里却不知道他是谁这件事；巴克敏斯特只知道睡、吃、上厕所，没有存在的理由；IMAX 立体电影院里收票的那个又矮又丑没有脖子的家伙；太阳总有一天要爆炸；每次过生日我总是要得到一个我已经有了的东西；穷人长胖，因为他们吃垃圾食品，因为垃圾食品便宜一些……"这时候我的手指头用完了，但我的单子才刚刚开始，我想让这个单子长长的，因为我知道，如果我继续数，她就不会离开。"……驯化了的动物，我自己就有一只驯化了的动物；噩梦；微软视窗；老人成天坐在那里，因为没有人记得来和他们一起度过一段时间，他们也不好意思请人和他们一起度过一段时间；秘密；打电话；中国餐馆女侍者没有什么好笑或高兴的事也总是在微笑；还有中国人开墨西哥餐馆，而墨西哥人从来不开中餐馆；镜子；磁带机；我在学校里不受欢迎；奶奶的优惠券；储存设施；不知道网络是什么的人；难看的笔迹，优美的歌；还有五十年以后人类就不再存在了这件事——""谁说五十年以后人类就不再存在了？"我问她："你是乐观主义者还是悲观主义者？"她看看她的表，说："我是乐观主义者。""那我可有坏消息告诉你，一旦互相毁灭变得容易一些了，人类就会互相毁灭，而这一天很快就会到来。""优美的歌为什么会让你感到忧伤？""因为它们不是真的。""从来不是？""没有什么东西又美丽又真实。"她笑了，但她笑的模样还不光是幸福。她说："你的语气就像爸爸。"

“我的语气就像爸爸，什么意思?”“他也说过这样的话。”“什么话?”“哦，就是没有什么东西怎么怎么。或者是所有的东西都怎么怎么。或者显然怎么怎么。”她笑了，“他总是很笃定。”“什么是‘笃定’?”“就是肯定。是从‘明确’变来的。”“‘笃定性’[①]为什么是错的呢?”“爸爸有时候只见树木，不见森林。”“什么森林?”“没什么。”

“妈妈?”“怎么?”“你说我让你想起爸爸，这让我感觉不好。”“哦。对不起。我老这么说吗?”“你总是这么说。”“我明白这为什么让你感觉不好。”“奶奶也总说我做的事情让她想起爷爷。这让我觉得怪怪的，因为他们都不在了。而且你们也让我觉得自己不够特别。”“这可真不是奶奶和我的本意。你知道你对我们来说是最特别的，对吧?”“大概吧。”“最特别的。”

她拍了拍我的脑袋，她的指头摸到了我耳朵后面差不多从来没有人碰过的地方。

我问她可以不可以再给她拉一下衣服拉链。她说：“当然可以。”然后转过身去。她说：“我觉得如果你坚持一下，去学校就好了。”我说：“我正在想办法啊。”“要不你只去上第一节课。”“我都没法起床。”第六个谎话。“还有，费恩医生说我应当听从自己的感觉。他说我应当时常让自己休息休息。”这不完全是个谎话，虽然也不完全是真话。“我只是不想让这成为一个习惯。”她说。“不会的。”我说。她把手放在被子上时，肯定感觉到了被子有多么鼓，因为她问我是不是在床上还穿着衣服。我说：“对，因为我冷。”第七个谎话。“我是说，除了发烧，我还觉得冷。”

她一走，我就收拾好我的东西下了楼。“你看起来比昨天好多了。”斯坦说。我让他少管闲事。他说：“老天。”我告诉他：“可是

---

① 奥斯卡将 definitive（笃定）变形成了 definitivity，这个词并不存在，姑且翻译成“笃定性”。

我觉得比昨天还差。”

我走到九十三号街的艺术用品商店，我问门口那位女士我能不能找经理谈谈，爸爸以前有重要问题的时候总是这么干的。“我能帮你什么忙吗？”她问。“我找经理。”我说。她说：“我知道，我能帮你什么忙？”“你真是太漂亮了。”我告诉她，因为她很胖，所以我想这会是一句特别令人愉快的赞美，也会让她重新喜欢上我，尽管我有些性别歧视。“谢谢。”她说。我告诉她：“你可以当电影明星。”她摇摇头，好像想说：咋回事？“总之，”我说，我给她看了信封，解释我是怎么发现那把钥匙的，我怎么试图寻找那把它能打开的锁，为什么“黑”可能意味着什么。我问她能不能告诉我一些关于黑的故事，因为她可能是一个关于颜色的专家。“哦，”她说，“我不敢说自己是哪门子专家。不过有一点我能肯定，这个人用红笔写‘黑’字，这个有点意思。”我问她为什么有点意思，因为我觉得这可能就是爸爸读《纽约时报》时用的红笔。“这儿来。”她说，然后把我带到展示着十支笔的地方。“看看这个。”她给我看放在那些笔旁边的一沓纸。

brown cow?
how-now,
ORANGE
Yellow.
blue
green
green
Orange
Purple
Orange
brown
RED.
purple
blue
Bridget Lee
TOM
purple
RED
black
Matsunardi
Tom
EN
blue
Rita Matsunardi
Rita
GRE
TOM
orange
Red
tom
purple
Tom
Mike
brown
Nat
green
Nat
pink
red
green.
purple
Purple
green
orange
brown
brown
green
BLUE
Black

“瞧，”她说，“大部分人写的都是他们写字的那支笔的颜色。”“为什么？”“我也不知道为什么。我猜，这就是那种心理学的玩意儿吧。”“心理学是关于精神的？”“基本上是。”我想了想，我明白了，如果我是在试一支蓝色的笔，我可能会写一个“蓝”字。“像你爸爸那么做可不容易，用一种颜色笔来写另一种颜色的名字。这不自然。”“真的？”“这么做甚至可以说很困难。”她说。然后她在另外一张纸上写了什么东西，让我把它大声读出来。她是对的，我觉得一点都不自然，因为我一方面想说那个颜色，另一方面又想说用那种颜色写下的字。最终我什么也没说。

我问她这意味着什么。“噢，”她说，“我不知道它意味着什么。但是，你瞧，当某个人试一支笔的时候，他通常要么是写他那支笔的颜色，要么是他自己的名字。所以，‘布莱克（black，黑）’是用红色写的这个事实，让我觉得这个布莱克是某个人的名字。”“或者是某个女人的名字。”“我还要告诉你一点事。”“啊？”“字母b是大写的。你通常不会大写一种颜色的第一个字母。”“不可能的！”“什么？”“布莱克是布莱克写的！”“什么？”“布莱克是一个姓布莱克的人写的！我得找到布莱克！”她说：“如果我还能帮你什么忙，请尽管告诉我。”“我爱你。”“请别在商店里拍你的铃鼓好吗？”

她走开了，我在那里稍微待了一会儿，想让我的头脑跟上趟。我把那沓纸往后翻着，设想自己是斯蒂芬·霍金，下一步该怎么办。

BLACK
Tina Cliff
green
pink
purple
purple
BROWN
blue
blue
orange
purple
Ray Cho
purple
purple
Sylvia
Ray Cho
blue
orange
Green
BLUE
GREEN
purple
yellow
blue
Patrick
green
green
blue
Patrick
pink
yellow
Lythe!
purple
dan kannenberg
BROWN
green
GREEN
Pink
red
Black
Don
purple
RAY CHO
ORANGE.

Orange
black
Dave Stanley
PURPLE
pink
blue
orange
black
red
Dave Stanley
orange
blue
blue
PURPLE
green
green
green
brown
8
Wendy
Yellow
Yellow
Yellow
pink
MARCO
purple
blue
Kelly Rica
YELLOW
Sarah
orange
GREEN
orange
RED
blue
pink
blue
Sarah

green
Beth Feiya
Yellow
black
orange
red
pink
John
black
Thomas Schell
purple
Purple
Purple
Jeremy
GREEN
pink
Fred
BLUE
brown
Pink
orange
blue
BLUE
green
red
GREEN
John
DENNIS
Purple
RED
BROWN
blue
green
brown
John
green
Nick
yellow

我撕下纸沓的最后一页，又跑去找经理。她在帮一个人选画笔，但我觉得打搅她不算不礼貌。“这是我爸爸！”我告诉她，用我的手指指着他的名字。“托马斯·谢尔！”①“多凑巧。”她说。我对她说：“问题是，他不买艺术用品。”她说：“可能他买艺术用品，只是你不知道罢了。”“可能他只是需要一支笔。”我跑着看店里其他的地方，从一个展台到另一个展台，看看他是不是还试过别的艺术用品。这样，我就能够证明他到底是来买艺术用品，还是只为了买笔而在这里试用了一些笔。

我的发现，简直让自己难以相信。

他的名字到处都是。他试过彩笔、油画棒、彩色铅笔、粉笔、钢笔、粉彩和水彩。他甚至还把他的名字雕在一块可塑性塑料上，我发现了一把刀把上带黄色的雕塑刀，所以我知道他就是用这把刀来雕名字的。看起来，他当时似乎正在做有史以来最大的艺术项目。但我不明白：这一切肯定是发生在一年以前。

我又找到了那个经理。“你说了，如果我还有什么事需要你帮忙，我只需要告诉你就行。”她说：“让我先照顾这位客人，然后我就可以全心全意关照你了。”她帮那个客人忙的时候，我就站在那里等着。她转向我。我说：“你说了，如果我还有什么事需要你帮忙，我只需要告诉你就行。现在，我需要看这个商店的所有收据。”“为什么？”“这样我就能知道了。”“可这是为了什么啊？”“你爸爸没死，所以我跟你说了你也不会明白。”她说：“你爸爸死了？”我对她说是的。我告诉她：“我很容易受伤。”她走到一个收款台——实际上那里只有一台计算机——用手指朝屏幕里输进了什么东西。“他的名字怎么拼来着？”“S.C.H.E.L.L.”她又按了一些键，做了个鬼脸，说：“啥也没有。”“啥也没有？”“他要么什么也没买，

① 原文为“Thomas Schell”，见前页插图。

要么付了现金。”“糟了，等一会儿。”“什么？”“奥斯卡·谢尔……喂，妈妈……因为我在厕所里……因为电话在我口袋里……嗯嗯。嗯嗯。有一点，不过，等我不上厕所的时候给你打回去好不好？半个小时的样子？……这是我个人的事……我猜可以吧……嗯嗯……嗯嗯……好吧，妈妈……是……再见。”

“那好吧，我还有个问题。”“你是跟我说呢，还是跟电话上说？”“你。那些本子在展台那里放了多久了？”“我不知道。”“他是一年以前死的。一年的时间挺长，对不对？”“这些本子不可能在那儿放了那么久。”“你肯定？”“很肯定。”“你的肯定是大于还是小于百分之七十五？”“大于。”“百分之九十九？”“小于百分之九十九。”“百分之九十？”“差不多。”我花了几秒钟的时间集中注意力。“这是很高的百分比。”

我跑回家，做了更多的研究，我发现纽约有四百七十二人姓布莱克，总共有二百一十六个不同的地址，很显然，因为有些布莱克住在一起。我算了算，如果我每个星期六去两家，这好像还是可以做得到的，加上假日，减去排演《哈姆莱特》和其他事情，像矿石和硬币会议等，我要拜访完所有的布莱克大约需要三年时间。但如果不搞清这件事，我活不了三年。我写了一封信。

亲爱的马塞尔：

你好，我是奥斯卡的妈妈。经过反复思考，我决定，奥斯卡没有什么明显的理由非学法语不可，所以他以后不会像以前那样在星期天去你那里上课了。我十分感谢你教给奥斯卡的东西，尤其是条件句，这东西有些怪。显然，你不必打电话问我为什么奥斯卡没有来上课，因为我已经知道了，因为这是我的决定。另外，我还是要接着给你寄支票，因为你是个好人。

你忠实的朋友

谢尔女士

Purple

这就是我的宏伟规划。我会用我所有的星期六和星期天去寻找所有叫布莱克的人，打听他们知道多少关于爸爸壁橱里花瓶里的钥匙的事情。一年半以后，我就什么都知道了。或者至少知道我得制定一个新的规划。

当然，我打算出去找锁的那天晚上，我想告诉妈妈，但我不能告诉她。倒不是因为我觉得四处窥探会给我带来麻烦，或者是担心她会因为花瓶而生气，甚至也不是因为我生她的气，而是因为本来应当往眼泪仓库里增添眼泪的时候，她却花了那么多时间和罗恩一起欢笑。我不能解释为什么，但我很肯定她不知道花瓶、信封，或者是钥匙的事。这把锁是我和爸爸之间的事。

所以，我在纽约四处搜寻的那八个月里，她问我到哪里去，什么时候回来，我只是说："我出门去。待会儿回来。"这有点怪，我应该更努力地去想明白，她从来什么也不多问，甚至连"出门去哪儿？""待多久？"都不问，而她平常对我是特别小心的，尤其是爸爸死了以后。（她给我买了手机，所以我们总能互相找到，她告诉我坐出租车而不要乘地铁，她甚至带我到警察局去按手印，太棒了。）那么她怎么突然把我忘了呢？每次我离开我们的公寓去找锁的时候，我就变得稍微轻松一点，因为我在接近爸爸。但我又觉得心情更加沉重，因为我离妈妈又远了一些。

那天晚上，我躺在床上，不停地想那枚钥匙，想着每二点七七七秒钟又有一枚钥匙在纽约诞生。我把《发生在我身上的事》从床和墙之间的缝隙里抽出来，来回翻了翻，盼望自己最终能够睡着。

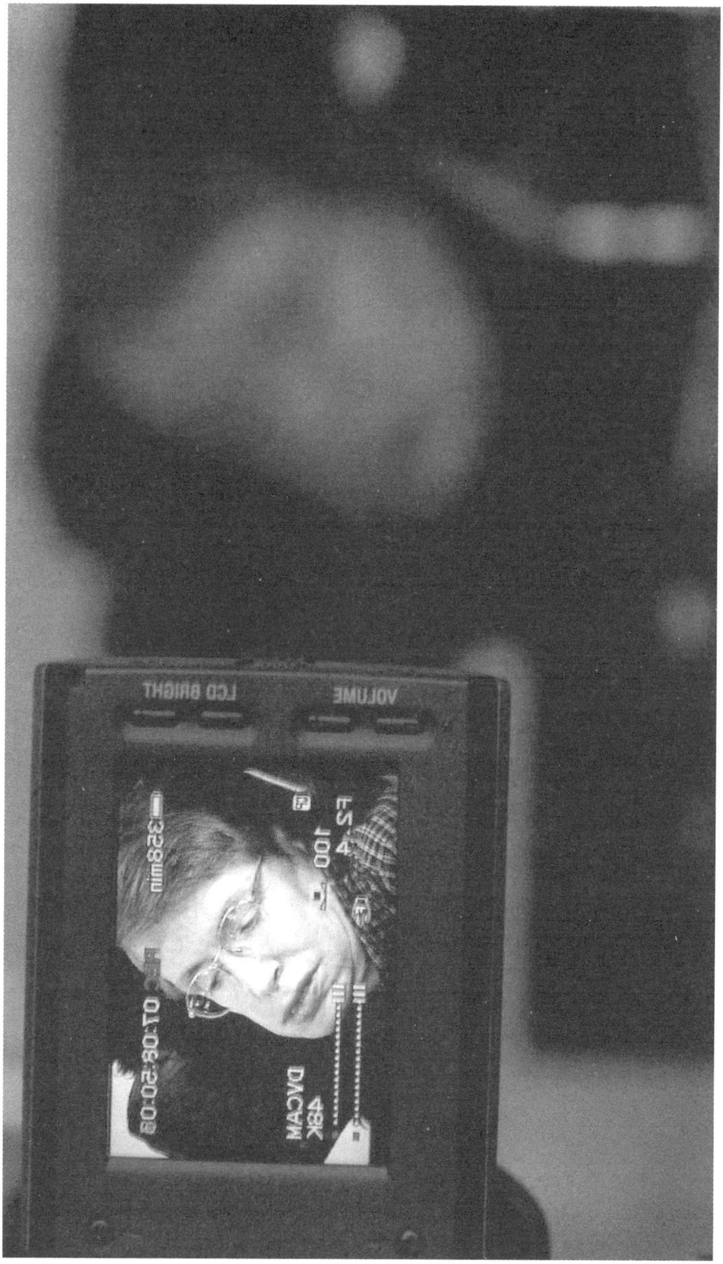
VOLUME
LCD BRIGHT
DVCAM
48K

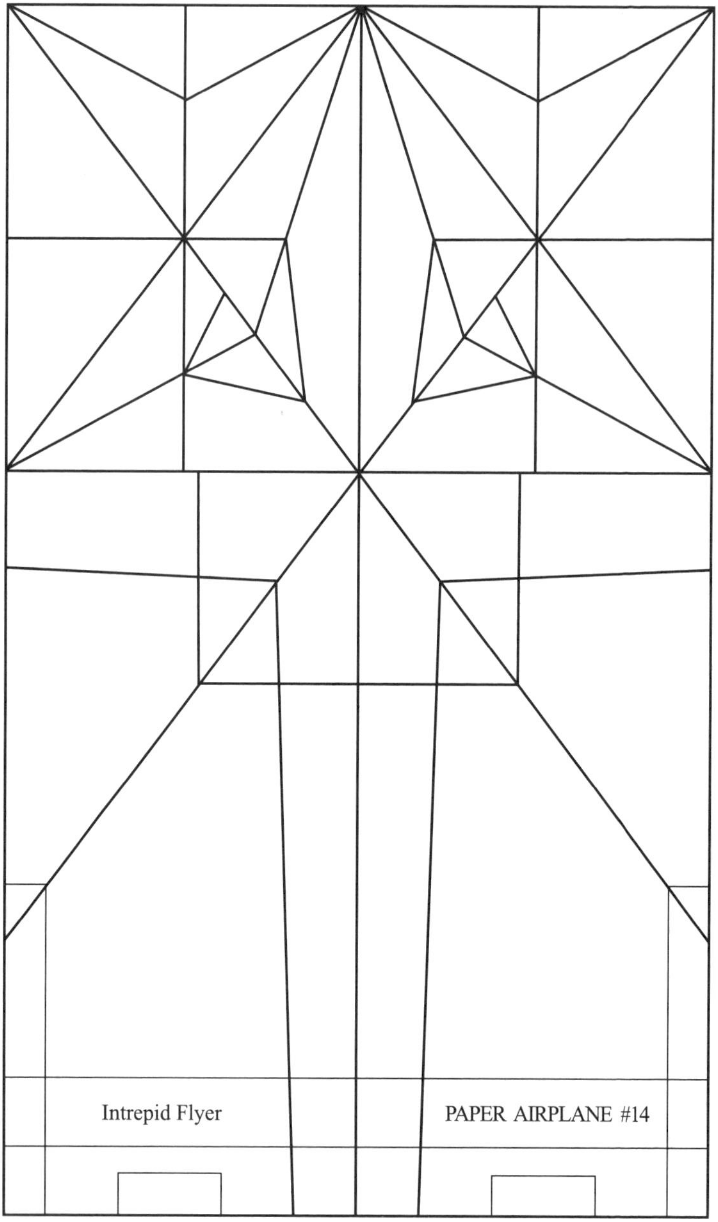
Intrepid Flyer
PAPER AIRPLANE #14

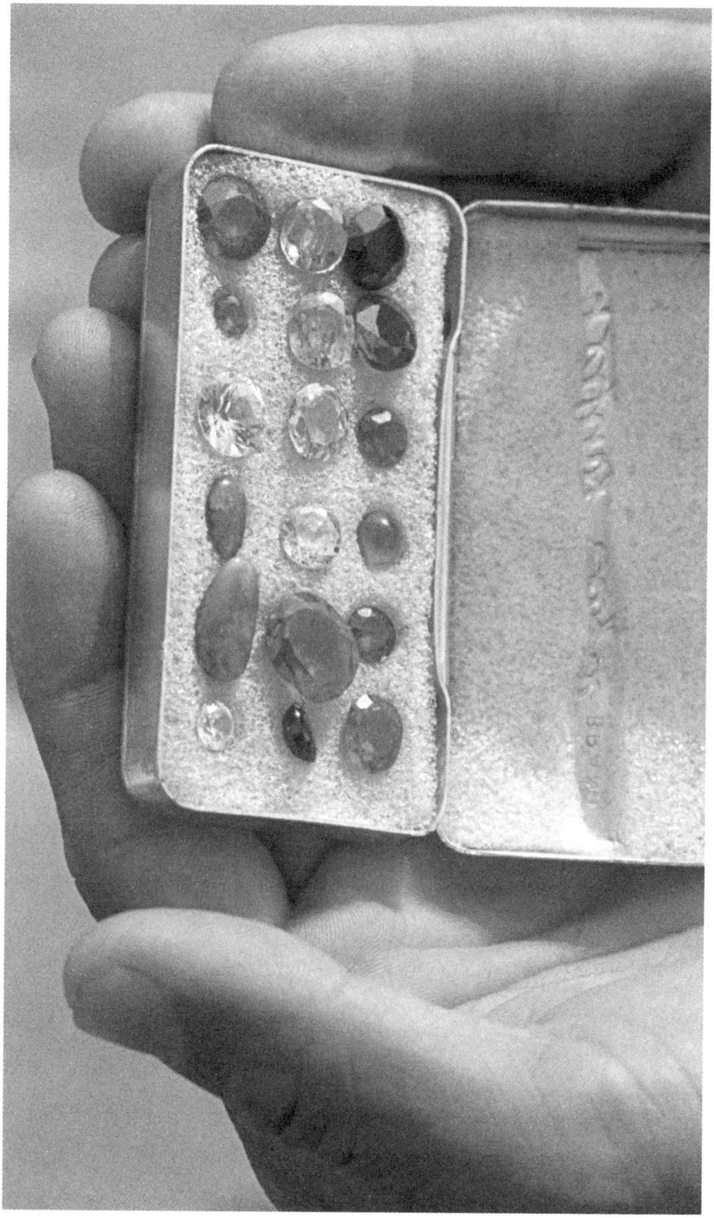

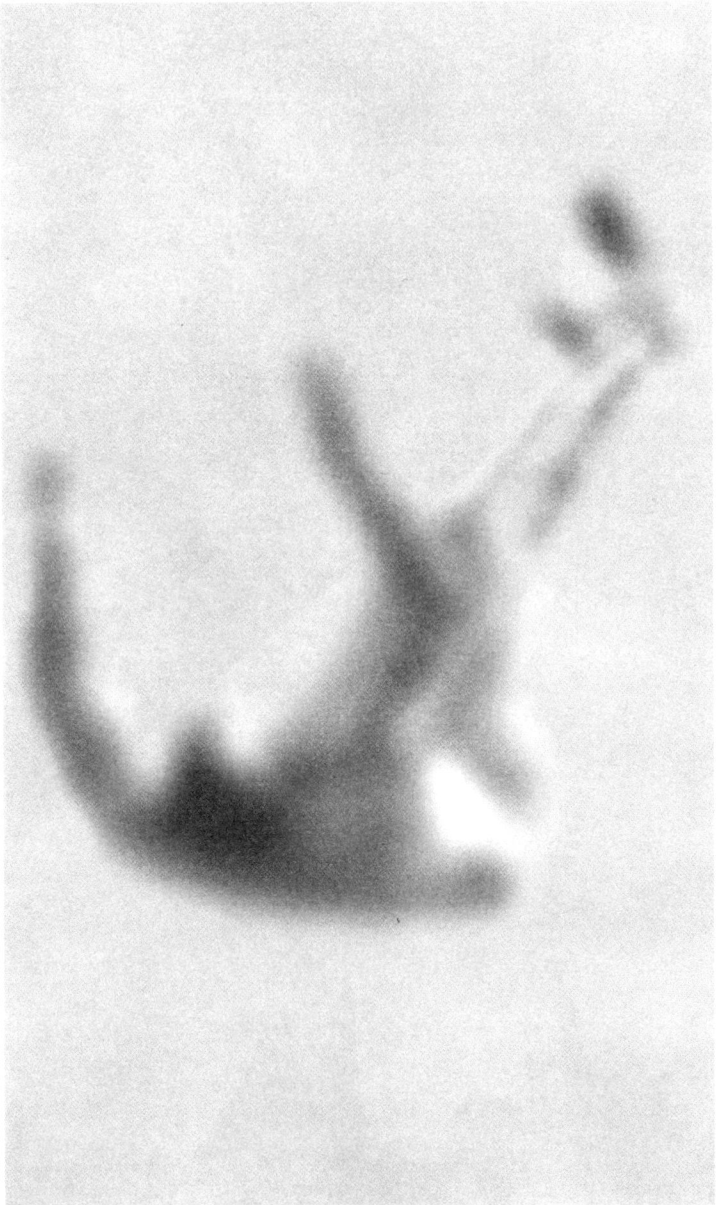

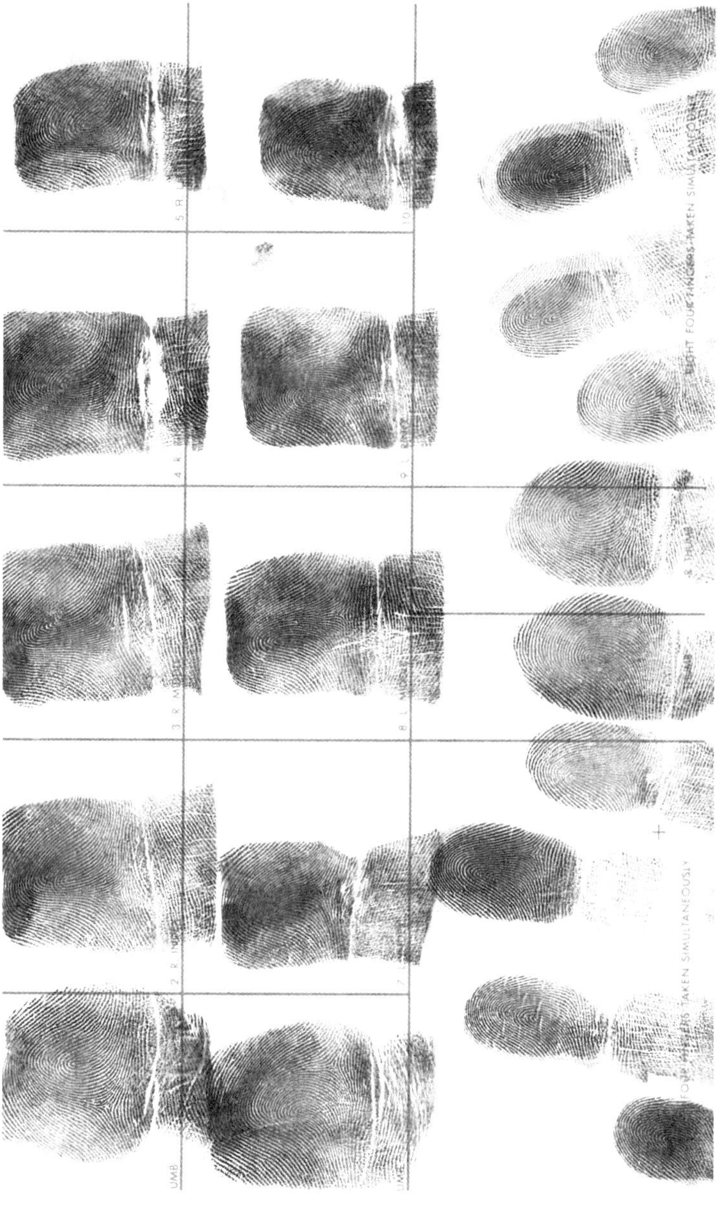

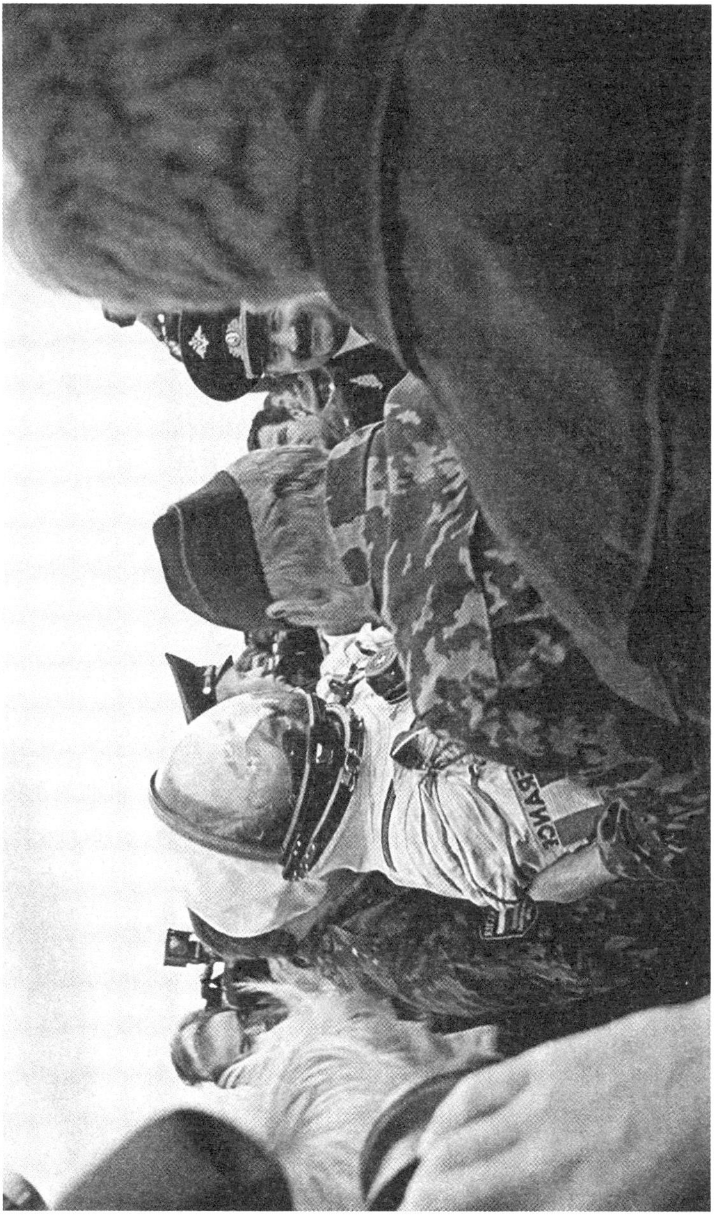

过了好久，我下了床，走到我放电话的壁橱前。自从那个最坏的日子以来，我还没有把它拿出来过。我就是做不到。

很多时候，我会寻思我回到家和爸爸打电话之间那四分半钟。斯坦碰了我的脸，这个他以前从来没干过的。我最后一次坐了电梯。我打开公寓门，放下书包，脱了鞋，好像一切都特别美妙一样，因为我还不知道实际上一切都已经变得非常可怕了，因为我怎么能知道？我拍拍巴克敏斯特以示我爱它。我走到电话机前查留言，一条接一条地听留言。

第一条留言：上午八点五十二分。

第二条留言：上午九点十二分。

第三条留言：上午九点三十一分。

第四条留言：上午九点四十六分。

第五条留言：上午十点零四分。

我想过给妈妈打电话。我想过抓起我的对讲机找奶奶。但我回到第一条留言，把所有留言又全部听了一遍。我看看手表。十点二十二分二十一秒。我想出走，再也不和任何人说话。我想躲在我床底下。我想跑到城里去，看看我能不能救他。然后电话又响了。我看了看表。十点二十二分二十七秒。

我知道我绝对不能让妈妈听到这些留言，因为保护她是我存在的最大理由，于是我从爸爸的衣柜顶上拿过他的急用钱，我来到阿姆斯特丹街上的无线电器商店。正是在那里的一台电视上，我看到第一座楼已经倒塌了。我买了一部同样的电话，跑回家，从前一部电话上把我们的留言录了进去。我用奶奶因为我的缘故而从来没有织完的围巾包好了旧电话，我把它放在一只购物袋里，再把购物袋放进一个盒子里，再把这个盒子放进另一个盒子里，再把这个盒子放到我壁橱里一大堆东西下面，比如我说的珠宝工作台和外国货币册。

那天晚上，当我认定找到那把锁是我终极的存在的理由——作为所有其他理由之主的理由——的时候，我实在需要听见他的声音。

我把电话从层层保护中拿出来时，万分小心地不弄出任何声音。尽管音响开得很低，不让爸爸的声音吵醒妈妈，但他还是弥漫在整个房间，就像即使微弱，光线还是会弥漫在整个房间一样。

第二条留言。上午九点十二分。还是我。你在家吗？我没事。对不起。开始变得。有点烟雾。我本来希望你。会。在家。我不知道你听没听说刚发生的事。但是。我。只是想告诉你我没事。一切。都。很好。你听到这个留言时，给奶奶打个电话。告诉她我没事。过几分钟我再打电话。希望消防员。到那时已经到这儿了。我会再打电话。

我把电话再用那个未织完的围巾包起来，把它放回袋子，再把袋子放回盒子里，再把这个盒子放回另一只盒子里，再把这些东西放到壁橱里一大堆垃圾的下面。

我没完没了地盯着天花板上的假星星。

我发明。

我给自己弄出一个伤痕。

我发明。

我下了床，走到窗前，拿起了对讲机。“奶奶？奶奶，你能听见我吗？奶奶？奶奶？”“奥斯卡？”“我没事。完毕。”“很晚了。出什么事了？完毕。”“我吵醒你了吗？完毕。”“没有。完毕。”“你在干吗呢？完毕。”“我在和房客说话呢。完毕。”“他还没睡吗？完毕。”妈妈告诉我别问起房客的事，但很多时候我忍不住。“是啊，”奶奶说，“但他刚走。他得出去办点事。完毕。”“可现在是凌晨四点十二分啊？完毕。”

从爸爸死后，那个房客就一直和奶奶住在一起，虽然差不多天天都去奶奶的公寓，但我还没有见过房客。他总是在忙着办杂事，或者是在睡午觉，或者是在冲澡，哪怕我一点水声都没有听见。妈妈告诉我：“奶奶可能会觉得挺孤单的，你说是不是？”我对她说：“谁都会觉得挺孤单的。”“但她没有妈妈，没有像丹尼尔和杰克那样的朋友，连巴克敏斯特都没有。”“倒也是。”“可能她需要一个想象中的朋友。”“但我是真的。”我说。“是，她也喜欢和你在一起。但你要去上学，要和朋友们一起玩，可以排练《哈姆莱特》，还有业余爱好商店——”“别管它们叫业余爱好商店。”“我只是想说你不是总在她身边。或许她需要一个她那个年龄的朋友。”“你怎么知道她那个想象中的朋友很老？”“我想我并不知道。”

她说：“一个人需要一个朋友，这没什么错。”“你现在是不是在说罗恩？”“不是，我是说奶奶。”“不过实际上你是在说罗恩。”“不是，奥斯卡。我不是说罗恩。我不喜欢你这种口吻。”“我没带什么口吻。”“你在用一种指责的口吻。”“我都不知道‘指责’是什么意思，我怎么可能会用那种口吻？”“你想让我为有个朋友感到自责。”“不对，我没有。”她把那只戴着戒指的手插进头发里，说：“你知道，我确实是在说奶奶，奥斯卡，不过，我也确实需要朋友。这有什么不对？”我耸了耸肩。“你不觉得爸爸也想让我有朋友吗？”“我没有带什么口吻。”

奶奶住在街对面那栋楼里。我们在五层，她在三层，不过你真看不出有什么区别。有时候她会在她的窗户上给我写字条，然后我可以用我的望远镜看。有一次，爸爸和我花了一整个下午的时间设计一种可以从我们家飞到她家的纸飞机。斯坦站在街上，搜集所有没有飞过去的纸飞机。我记得爸爸死后不久她写的一张字条是“不要离开”。

奶奶把头靠在窗户上，把嘴凑得离对讲机特别近，近得让她的声音显得有些模糊。“没事吧？完毕。”“奶奶？完毕。”“嗯？完毕。”“火柴为什么都这么短？完毕。”“你说什么呢？完毕。”“噢，它们总是好像一点着就要烧完。每一根都是一下子就烧到头，有时候还把人的手指头烧着了。完毕。”“我不是很聪明，”她说，她和往常那样，在发表意见之前先贬低一下自己，“但我觉得火柴这么短是为了能装进你的口袋。完毕。”“对，”我说，把下巴平放在手上，把胳膊肘平放在窗台上。“我也这么想。那要是口袋变大许多了呢？完毕。”“哦，我懂什么呀，不过，我想，如果他们的口袋做得太低，要够到口袋底可能就太难了。完毕。”“对，”我说，把对讲机换到另一只手上，因为这只手很累了，“那要是有一种便携口袋呢？完毕。”“便携口袋？完毕。”“对。它可以像一只袜子，但外面有维可牢[①]，你可以把它粘在任何东西上。它不是一个包，因为它可以成为你穿的衣服的一个部分，但它又不是一只口袋，因为它在你衣服的外面，还有，你可以把它卸下来，这可能有各种好处，比如说你可以很容易就把东西从一件外套挪到另一件外套，你可以随身带更大的东西，因为你可以拿下口袋，然后把胳膊一伸到底。完毕。”她把手放在睡衣盖住她心脏的地方，说：“这个听起来实在太羞帽儿了。完毕。”“一只便携口袋可以防止很多手指头被短火柴棒给烧着，”我说，“还可以防止很多嘴唇因为唇膏太短而变得干裂。还有，为什么糖果总是那么短？我是说，你有没有过吃完一块糖，不想再要的时候？完毕。”“我不能吃巧克力，”她说，“但我知道你想跟我说什么。完毕。”“你可以有更长的梳子，这样你的发线就可以一溜直，更大的男笔——”“男笔？”“男人用的铅笔。”“对，对。”“更好握的男笔，假设你的手很胖，像我的手这样，你还可以训练那些救你的鸟儿们在你的鸟食衬衫上那个便携口袋里——”“我不明白。”“拉臭臭。”

① 著名尼龙搭扣制造公司。

“奥斯卡？完毕。”“我没事。完毕。”“你怎么啦，亲爱的？完毕。”“你为什么问你怎么啦？完毕。”“你怎么啦？完毕。”“我想爸爸。完毕。”“我也想他。完毕。”“我很想他。完毕。”“我也是。完毕。”“时时刻刻。完毕。”“时时刻刻。完毕。”我不能跟她解释，我更想他，比她或任何想他的人都更想他，因为我不能告诉她关于电话的事。这个秘密掉进了我内心深处的一个洞里，所有幸福的东西，都掉进了这个洞里。“我跟你说过没有，爷爷会停下来爱抚他看见的每一只动物，尽管他自己正忙着？完毕。”“你跟我说了古戈尔普勒克斯次了。完毕。”“哦。还有，我有没有说过，他的手做过那么多雕塑后变得那么粗，那么红，有时候我开玩笑说其实是雕塑品在塑造他的手呢？完毕。”“这个也说过了。但你想说的话，也可以跟我再说一遍。完毕。”她又跟我说了一遍。

一辆救护车从我们之间的街道上驶过，我想象车上载着什么人，他出了什么问题。他是不是在滑板上玩一个特别难的花样时摔断了脚脖子？或者他正因为身上有百分之九十的地方三度烧伤而奄奄一息？我有没有可能认识他？有没有人在看见救护车时会想到是不是我在里面？

发明一个能认识所有你认识的人的设备怎么样？当一辆救护车从街上驶过的时候，如果病人的设备没有探测到附近有他认识的人的设备，车顶上的一个大标志会闪出

不要着急！不要着急！

如果设备探测出病人认识的什么人，救护车顶上会闪出病人的名字，和

不严重！不严重！

或者，如果问题很严重，

很严重！很严重！

或许你可以按照你爱他们的程度将你认识的人打分，如果在救护车里的人的设备探测到了他最爱的人的设备，或者是最爱他的那个人，而在救护车里的那个人伤得很严重，甚至有可能死去，救护车会闪出

永别了！我爱你！永别了！我爱你！

有一件事让人想起来觉得比较好受：一个人是很多人最重要的人，那么，他快死的时候，在开往医院的途中，他的救护车一路都会闪着

永别了！我爱你！永别了！我爱你！

“奶奶？完毕。”“嗯，亲爱的？完毕。”“既然爷爷那么棒，那他为什么出走？完毕。”她往后退了一步，消失在她的公寓里。“他并不想出走。他不得不出走。完毕。”“但他为什么不得不出走？完毕。”“我不知道。完毕。”“这让你觉得很愤怒吗？完毕。”“他出走的事？完毕。”“你不知道他为什么出走这件事。完毕。”“不。完毕。”“伤心？完毕。”“当然了。完毕。”“等一下，”我说，我跑回到我的野地工作包旁边，抓出了爷爷的相机。我把它拿到窗前，照了一张她的窗户的照片。闪光照亮了我们之间的街道。

十：瓦尔特

九：林迪

八：艾丽西亚

奶奶说："我希望你不要像我爱你这样爱任何东西。完毕。"

七：法利

六：明奇 / 牙膏（并列）

五：斯坦

我可以听见她亲自己的手指，然后朝我飞吻。

四：巴克敏斯特

三：妈妈

我朝她飞吻回去。

二：奶奶

"完毕，退出。"我们中一个人说。

一：爸爸

我们需要更大的口袋，我躺在床上的时候想，一边倒数着正常人需要入睡的七分钟。我们需要特大的口袋，大得能够装下我们的家庭，和我们的朋友，和那些甚至不在我们名单上的人，和那些我们从来没有见过但仍然想保护的人。我们需要能装下街区和城市的口袋，一个能装下整个宇宙的口袋。

八分钟三十二秒……

但我知道不可能有那么大的口袋。最终，所有的人失去所有的人。没有任何发明能够解决这个问题。于是，那天晚上，我觉得自己就像那只宇宙间的一切都压在它背上的乌龟。

二十一分钟十一秒……

至于那枚钥匙，我把它挂在我挂公寓钥匙的绳子上，像戴项链挂件那样戴着它。

至于我，我一个小时一个小时地醒着。巴克敏斯特靠着我蜷曲着，我做了一会儿法语搭配，这样我就不必想什么事情了。

Je suis

Tu es

Il/elle est

Nous sommes

Vous êtes

Ils/elles sont

Je suis

Tu es

Il/elle est

Nous

我半夜醒来了一回，巴克敏斯特的爪子在我的眼睑上。它肯定是在感受我的噩梦。

我的感情

二〇〇三年九月十二日

亲爱的奥斯卡，

我是在机场给你写这封信。

我有很多很多话要对你说。 我要从开头开始，因为这是你应该知道的。 我想告诉你每一件事，一点细节都不遗漏。但开头在哪里呢？ 每一件事又是些什么事呢？

我现在是一个老妇人，但我曾经是一个女孩子。 真的。 我曾经是一个女孩子，就像你是个男孩子。 我会干一些家务事，比如把信从外面拿回来。 一天，我拿到了一封寄给我们家的信件。 信封上面没有名字。 它可能是写给别人的，也可能是写给我的，我想。 我打开了信件。 信中很多字被信件检查员删除了。

一九二一年一月十四日

给任何打开这封信的人：

我叫×××××××　××××××××××，我是土耳其×××××劳动营第××部的一个×××××××××。 我知道自己能活着，可以说是幸运××　×　××××××××。 我不知道你是谁，但我选择写信给你。 我的父母××××××××××。 我的兄弟姐妹×××××　××××，主要的××××××　××　××××××××××！

自从到这里以后，每天我都写×××　××　×××××××××××××。 我用面包换邮票，但我还没有收到一封回信。 有时候，我猜他们根本就没有寄出我们写的信，这一点让我感到安慰。

××× ×× ××××××，或者至少××× ××× ××××××？

×× ××××× × ×× 直到××××× ××。

××× ××× ×× ×××××，和××××× ×× ×××× × ×× ×××，从来没有××× ×× ××××××，××× ×××××××× ××× ××××× 噩梦？

××× ×××，×× ××××× ×× ××××× ××！××××× ×× ××× ×× ××× ×× ××××××给我写几个字，你不知道我会多么感激。有几个×××××× ××××收到了信，所以我知道×× ×× ××××××××。请附上你一张照片，还有你的名字。附上所有的东西。

带着巨大的希望，

我是你忠实的，

×××××××× ×××××××××

我拿着那封信径直走进自己的房间。我把它放在床垫底下。我从来没有跟爸爸或妈妈提起过这封信。好几个星期，我彻夜不眠，琢磨。这个人为什么被送到了土耳其劳改营？为什么这封信在写出十五年后寄达？这十五年间它在哪里？为什么没有人给他回信？别的人收到过信，他说。他为什么给我们家寄一封信？他怎么知道我们家所在街道的名字？他怎么知道德累斯顿[1]？他在哪里学的德语？他后来怎么样了？

我试图通过那封信尽可能地了解那个人。信里的词汇非常简单。面包的意思就是面包。信就是信。巨大的希望是巨大的

① 德国东部重要城市。“二战”末期，盟军对该城市进行了大轰炸，造成数万人死亡。

希望是巨大的希望。 还有就是笔迹了。

所以我请我的爸爸，你的太爷爷——我觉得他是我认识的最优秀的、心肠最好的人——给我写一封信。 我跟他说，他写什么都没有关系。 只要写，我说。 写什么都行。

亲爱的，

你请我给你写一封信，所以我就给你写一封信。 我不知道自己为什么写这封信，也不知道这封信应当是关于什么的，但我还是在写这封信，因为我很爱你，相信你有很好的理由让我给你写这封信。 我希望有一天你也有这样的经历，为你所爱的人做你并不明白的事情。

你的父亲

在父亲所有的东西中，我只保留下了这封信。 除此之外，我连他的一张照片都没有。

然后我到了监狱。 我叔叔是那里的看守。 我得到了一个杀人犯的手写笔迹。 我叔叔请他写一份要求提前释放的上诉书。 我们在这个人身上耍了一个可怕的花招。

致监狱管理部门：

我叫库尔特·施吕特。 我是二四九二二号犯人。 我几年前被送进监狱。 我不知道坐了多久的牢。 我们没有日历。 我用粉笔在墙上画道道。 但下雨的时候，雨水在我睡觉时从窗户外飘进来。 等我醒来时，墙上的道道都没有了。 所以我不知道自己进来多久了。 我杀了我弟弟。 我用铁锹砸了他的脑袋。 然后我用铁锹把他埋在院子里。 土是红的。 杂草从埋他尸体的草地里长出来。 有时候，在晚上，我会跪在地上拔草，免得被人发觉。 我做了一件可怕的事情。 我相信来世。 我知道人不能改变过去。 我真希望我的岁月能够被洗刷干净，就像墙上那些岁月的痕迹被洗刷干净一样。

我试着成为一个好人。 我帮助别的犯人干杂活。 我现在很有耐心。

对你来说可能无足轻重，但我弟弟和我妻子有外遇。 我没有杀我的妻子。 我想回到她那里去，因为我原谅了她。

如果你释放我，我会成为一个好人，安静，不妨碍人。

请考虑我的上诉。

库尔特·施吕特，二四九二二号犯人

我叔叔后来告诉我，这个犯人已经在监狱蹲了四十多年。 他进去的时候还是个年轻人。 他给我写这封信的时候，又老，又虚弱。 他的妻子改嫁了。 她有了孩子和孙子。 尽管我叔叔从来没有说过，但我知道他成了那个犯人的朋友。 他也失去了妻子，他也在监狱里。 他从来没有说过，但我听得出来他很关照那个犯人。 他们互相帮忙。 几年以后，我再问我叔叔，那个犯人怎么样了，我叔叔告诉我他还在里面。 他继续给监狱管理部门写信。 他继续责备自己，原谅妻子，并不知道根本就没有收信人。 我叔叔拿走每一封信，答应那个犯人这些信会被寄走。 但他把所有的信都留着。 信塞满了他衣柜的抽屉。 我记得我想过，这些信足以让一个人自杀。 我是对的。 我的叔叔，你的太叔公，自杀了。 当然了，也有可能这个犯人和他的自杀毫无关系。

有了这三份样本，我就可以进行比较了。 我至少可以看出，那个被迫劳改的人的笔迹，比杀人犯的笔迹更像我父亲的。 但我知道我需要更多的信。 能弄多少就弄多少。

所以我去找我的钢琴老师。 我总想亲他，但又总是担心他会笑话我。 我请他写一封信。

然后我又问了我妈妈的妹妹。 她喜欢舞蹈，但讨厌跳舞。

我请我的同学玛丽给我写信。她很开朗，生气勃勃。她喜欢不穿衣服在她空旷的家里跑来跑去，即使长大了以后也还是这样。 没有什么事能让她觉得尴尬。我崇拜她这一点，因为什么事都让我觉得尴尬，这一点让我觉得伤心。她喜欢在她床上蹦跳。她在床上蹦跳了那么多年，直到有一天下午，我在看她蹦跳的时候，铺盖的线缝爆裂了。羽毛飞满了小屋子。我们的欢笑使羽毛继续在空中飞翔。我想到了鸟。在一个没有人也没有笑声的地方，鸟儿还能飞翔吗？
我去找我的外婆，你的太外婆，请她给我写一封信。她是我妈妈的妈妈。你爸爸的妈妈的妈妈的妈妈。我不太认识她。我没有兴趣认识她。我想我没有必要像个孩子似的需要过往。我没有想到过往可能会需要我。
哪种信？我外婆问。
我告诉她想写什么就写什么。
你想要一封我写的信？她问。
我对她说是。
哦，上帝保佑你，她说。
她给我的信有六十七页。那是她一生的故事。她把我的要求变成了她对自己的要求。听我说。
我知道了很多事情。她年轻时唱歌。她还是小女孩的时候去过美国。她陷入情网那么多次，最后她开始怀疑自己根本就不是陷入了情网，而是在做什么平常得多的事情。我还知道了她从来就没有学会游泳，就是因为这个缘故她才总是热爱河流和湖泊。她请她的父亲，我的太外公，你的太太外公，给她买一只鸽子。他没有买鸽子，却给她买了一条丝绸围巾。所以她把围巾想象成一只鸽子。她甚至使自己相信，头巾能飞翔却没有飞，因为它不想让人们知道它实际上是什么。她就是这么爱她的父亲。
这封信已经毁灭，但最后一段我一直铭记在心。
她写道，我多么希望我还是一个小女孩，有机会重新过我的生活。　我经受过太多的苦难，比我该受的要多得多。　我感受过的快乐也不总是快乐的。　我本来可以过一种不同的生活。　我在你这个年龄的时候，我外公给我买了一条红宝石手链。　那条手链我戴着太大了，会在我胳膊上滑上滑下。　差不多像一条项链了。　外公后来告诉我，是他请珠宝商把手链做成那个样子的。　手链的大小，是他爱的象征。　红宝石越多，爱越多。　但我不能舒舒服服地戴它。　我根本就不能戴那条手链。　所以这就是我想说的所有话的根本点。　现在，如果我要送你一条手链，我会再三测量你的手腕。

爱你的

你的外婆

我从所有我认识的人那里收到了信。　我把那些信摆在我房间的地板上，按照它们的共同之处分类。　一百封信。　我总是在挪动它们，试着找出它们之间的关联。　我想真正理解它们。

七年以后，一个童年时的朋友在我最需要他的时候重新出现了。　我来美国刚刚两个月。　一个协会在资助我，但不久我就得自己养活自己。　我不知道怎么养活我自己。　我成天读报纸和杂志。　我想学习惯用语。　我想成为一个真正的美国人。　侃大山。　松口气。　功亏一篑。　似曾相识。　我说的话听起来一定十分荒唐好笑。　我本来只是想自然一点。　我放弃这个努力了。

自从在轰炸中失去一切以后，我还没有见过他。　我没有想过他。　他和我的姐姐，安娜，是朋友。　一天下午，我碰见他们在我们家后面那个小棚子后面的那块地里亲吻。　这让我兴奋莫名。　我觉得好像是我自己在和什么人亲吻。　我还没有亲过任何人。　我比我自己在和别人亲吻还要兴奋。　我们家很小。　安娜和我睡一张床。　那天晚上，我告诉她我看见了她和人亲吻的事。　她要我答应她以后绝对不提起这件事。　我答应了。

她说，那我怎么能相信你？

我想告诉她，如果我一提起这事，我看见的东西就不会是我的了。 我说，因为我是你的妹妹。

谢谢。

我能看你们亲吻吗？

你能看我们亲吻吗？

你可以告诉我你们要在哪里亲吻，我可以躲起来看。

她笑得那么厉害，简直可以让一整群鸟飞起来。 她就是大笑着说“可以”的。

有时候是在我们家后面那个小棚子后面的地里。 有时候是在学校的砖墙后面。 总是在什么东西的后面。

我不知道她是不是告诉了他。 我不知道她能不能感觉到我在看他们，我不知道这种感觉会不会使她更加兴奋。

我为什么要求躲起来看？她为什么要答应？

我想更多地了解那个坐劳改营的人的时候去找过他。 我去找过所有的人。

给安娜的可爱的小妹妹，

这是你要的信。 我差不多两米高。 我的眼睛是棕色的。 人们告诉我，我的手很大。 我想当雕塑家，我想娶你的姐姐。 我的梦想就这么多。 我可以多写一些，但关键的就是这些了。

你的朋友

托马斯

七年以后，我走进一家面包房，他也在那里。 他脚下有条狗，还有一只鸟在他身后的鸟笼里。 这七年不是七年。 这七年不是七百年。 这段时光的长度不能用年来衡量，就像海洋不能解释我们旅行的距离，就像永远不能数尽死去的人的数目。 我想从他身旁跑开，我想走到他的身边。我走到了他的身边。

你是托马斯吗？我问。

他摇摇头。不是。

你是，我说。 我知道你是。

他摇摇头。不是。

来自德累斯顿。

他打开他的右手，他的手上面文着一个“否”字。

我记得你。我曾经看见你亲吻我姐姐。

他拿出一个小本子，写道：我不能说话。 对不起。

看到他这句话我哭了。 他擦去了我的眼泪。 但他没有承认他是谁。 他从来没有。

我们一起度过了那天下午。 整个下午，我都想抚摸他。 我对这个我很久没有看到的人感情这么深。七年前，他是一个巨人，现在，他看起来很小。 我想把协会给我的钱给他。 我不需要告诉他我的故事，但我需要听他的故事。 我想保护他，我觉得我肯定可以做到，尽管我自己都不能保护我自己。

我问，你实现成为雕塑家的梦想了吗？

他给我看了他的右手，然后就是沉默。

我们有千言万语要跟对方说，但我们无法说出来。

他写道，你还好吗？

我告诉他，我的眼睛坏了。

他写道，不过，你还好么？

我告诉他，这是个很复杂的问题。

我问道，你还好吗？

他写道，有些早上，我醒来时觉得很感恩。

我们谈了几个小时，但我们只是翻来覆去地重复一些同样的话。

我们的杯子空了。

一天结束了。

我比自己一个人单独待着的时候还觉得孤独。 我们要各奔东西了。 我们不知道除此还能做什么。

天晚了，我说。

他给我看他的左手，左手上刺着一个“是”字。

我说，我可能得回家了。

他翻过他的本子，然后指着“你还好吗？”

我点点头，是。

我开始走开。 我想走到哈德孙河，然后一直走下去。 我要抱上我能抱得动的最大的石头，让我的肺里装满水。

但我听见他在我背后拍手。

我回过头，他做手势让我走到他身边。

我想从那里跑开，我想走到他身边。

我走到他身边。

他问我能不能给他摆姿势做雕塑。 他是用德语写的这个问题，而直到这时候我才意识到他整个下午都在用英语写字，而我也一直在说英文。 可以，我用德语说，可以。 我们相约第二天再见面。

他的公寓像一个动物园。 到处都是动物。 狗和猫。 一打鸟笼。 鱼缸。 装着蛇、蜥蜴和昆虫的玻璃盒子。 老鼠装在笼子里，所以猫抓不到它们。 就像诺亚方舟一样。 但他把一个角落保持得干净又敞亮。

他说他是在节省空间。

为什么？

为了放雕塑。

我想问他，是从谁，是从什么东西那里节省出来空间的，但我没有问。

他牵着我的手。 就他想雕塑的东西，我们谈了半个小时。 我告诉他，我会做他需要我做的任何事情。

我们喝了咖啡。

他写道，他在美国还没有雕过一座雕塑。

为什么没有？

我一直不能。

为什么不能？

我们之前一直没有谈起过去。

他打开了烟道，不过我不知道为什么。

鸟儿们在另外一个房间里啁啾。

我脱下了我的衣服。

我走向沙发。

他盯着我看。那是我第一次在一个男人面前裸露自己的身体。我当时在想他是不是知道这一点。

他走过来挪动我的身体，就好像我是一个布娃娃。他把我的手放在我的脑后。他把我的腿折弯了一点。我猜他的手那么粗，是因为他以前雕过太多雕塑。他把我的下巴摆低一点。他把我的手掌抬高。他的关注，填满了我中间的那个空洞。

第二天我又去他那里。再下一天也是。我不再找工作了。最要紧的就是让他看着我。如果情势需要，我准备粉身碎骨。

每一次都一样。

他会谈到他想雕塑出来的东西。

我会告诉他，不管他让我做什么，我都会去做。

我们会喝咖啡。

我们从来没有谈起过去。

他会打开烟道口。

鸟儿们会在另外一个房间里啁啾。

我会脱衣服。

他会给我摆姿势。

他会雕塑我。

有时候我会想起我卧室地板上散放着的那一百封信。 如果我没有搜集那些信，我们的房子是不是不会烧得那么旺？

每次他停下工作后，我都会看雕塑。 他去喂动物。 他让我和雕塑单独待着，虽然我从来没有要求独自待着。 他懂得我的心。

他工作了几次之后，我就明白，他是在塑安娜。 他试图把他七年前认识的那个女孩儿再次创造出来。 他雕塑时望着的是我，但他看见了她。

摆姿势花的时间越来越长。 他摸了我更多的地方。 他挪动我的次数更多了。 他花了十分钟弯曲我的膝盖，扳直我的膝盖。 他合上我的手，又打开。

我希望这没有让你感到尴尬，他用德文在他的小本子上写道。

没有，我用德文说，没有。

他弯曲我的一只胳膊。 他拉直我的一只胳膊。 第二个星期，他抚摸我的头发，摸了大概五分钟，也有可能是五十分钟。

他写道，我是在寻找一种可以接受的妥协方式。

我想知道他是怎样挨过那个晚上的。

他抚摸我的乳房，轻轻把它们分开。

我觉得这很好，他写道。

我想知道什么会很好。 它为什么很好？

他抚摸我的全身。 我可以告诉你这些事，因为我不觉得这些事可耻，因为我从中学到了东西。 我也相信你会理解我。 你是我唯一相信的人，奥斯卡。

摆姿势就是雕塑。 他在雕塑我。 他在制造我，为的是爱上我。

他分开我的大腿。 他的手掌轻柔地按在我的大腿内侧。 我的大腿又把他的手掌顶回去。 他的手掌又使劲地压下来。

鸟儿们在另外一个房间里啁啾。

我们在寻找一种可以接受的妥协方式。

再下一个星期，他握住我大腿的后侧，再下一个星期，他到了我的背后。 那是我第一次做爱。 我不知道他是不是知道这是我的第一次。 做爱让我觉得想哭。 我想知道，人为什么做爱？

我看着未完成的我姐姐的雕塑，未完成的女孩也回望着我。

人为什么做爱？

我们一起回到我们第一次见面的面包店。

一起，又单独。

我们坐在一张桌子前。 坐在一边，朝着窗户。

我不需要知道他是否能爱我。

我需要知道他是否需要我。

我翻到他笔记本的第一张空白页，写道，请娶我。

他看看他的双手。

是和否。

人为什么做爱？

他拿出笔，在下一页也就是最后一页上写道，不要孩子。

那是我们的第一条规矩。

我明白，我用英语告诉他。

我们再也没有用过德语。

第二天，你爷爷和我结婚了。

唯一的动物

爸爸还活着的时候，我读了《时间简史》的第一章，这些事实令我感到心情特别沉重：比较起来，生命是多么微不足道。和宇宙相比，和时间相比，我是否存在，根本就无关紧要。爸爸晚上给我掖被子的时候，我们谈起这本书，我问他是否能为这个问题想出一个解决的办法。“什么问题？”“我们相对来说微不足道这个问题。”他说：“那么，假如一架飞机把你放在撒哈拉沙漠中间，你用镊子夹起一粒沙子，将它挪动一毫米，结果是什么？”我说：“我可能会渴死。”他说：“我只是说就那一瞬间，当你挪动那一粒沙子的时候。那一时刻意味着什么？”我说：“我不知道，什么？”他说：“你想想。”我想了想，“我想我挪动了一粒沙子。”“这意味着你改变了撒哈拉。”“那又怎么着？”“那又怎么着？撒哈拉是一个巨大的沙漠。它已经存在几百万年了。而你改变了它！”“这倒是真的！”我说着，坐了起来。“我改变了撒哈拉！”“这就意味着？”他说。“什么？告诉我！”“噢，我不是在说画《蒙娜丽莎》或者是治愈癌症。我只是在说将一粒沙子移动一毫米。”“啊？”“如果你没有做，人类历史是一个样子……”“嗯嗯？”“但如果你做了，这样一来……？”我站在床上，用我的手指指着假星星，高声叫道：“我改变了人类历史的进程！”“对了。”“我改变了宇宙！”“你改变了宇宙。”“我是上帝！”“你是无神论者。”“我不存在！”我倒回床上，倒进他怀里，我们一起欢笑起来。

我决定要见到纽约市所有姓布莱克的人时，就是这样的感觉。即使这件事相对来说无足轻重，但它毕竟是一点事情，我需要做点事情，像鲨鱼一样，如果不游泳就会死，这个我知道。

总之。

我决定要按字母顺序来找，从阿伦到兹娜，尽管按地理区域去找是一个更有效率的办法。我做的另外一项决定，就是在家里对我的任务尽量保密，而在外时尽量诚实，因为这都是很必要的。如果妈妈问我：“你到哪里去，什么时候回来？”我会告诉她：“出去，待会儿。”但如果某个布莱克想知道什么，我会和盘托出。我其他的规则是，我不会再以性别取人，不会有种族主义，年龄主义，或者同性恋恐惧，或者过于懦弱，或者歧视残疾人和智障者。还有，不到万不得已我不会撒谎，我已经撒了太多谎了。我拾掇了一堆我需要的东西，配成一套工具，比如说，一只“马格南”牌手电筒、唇膏、一些无花果饼干、装重要证据和垃圾的塑料袋、我的手机、《哈姆莱特》的剧本（为的是记住舞台走位，因为我没有什么台词可记）、一张纽约的地形图、防止万一有臭弹的碘丸，当然啦，我的白手套、两包果汁、一只放大镜、我的《拉鲁斯[1]袖珍字典》，还有另外一堆我用得上的东西。我万事俱备了。

我出门时，斯坦说：“多好的天！”我说：“嗯。”他问：“菜谱上有啥？”我给他看了我的钥匙。他问：“三文鱼锁？”我说：“你的笑话很滑稽，但我从来不和父母一起吃东西。”他摇摇头说：“我实在忍不住开这个玩笑。那么菜谱上有啥？”“皇后区和格林威治村。”“你是说格林—尼治村？”这是我这次探险的第一次失望，因为我以为这个词是按字母发音的，这本来可以是一条很有用的寻找线索。“反正嘛。”

我花了三小时四十一分钟才走到阿龙·布莱克家，因为公共交通让我怕怕，虽然从桥上走过去也让我怕怕。爸爸曾经说过，有时候你就得克制自己的恐惧，这就是一个我得克制恐惧的时候。我走过了阿姆斯特丹大道，哥伦布大道，中央公园，第五大道，麦迪森大道，帕克大道，列克星敦大道，第三大道，和第二大道。当我正好在五十九街大桥的正中间时，我想起了我后面一毫米是曼哈顿，我前面一毫米是皇后区。纽约那些不在任何一个区的各个部分——中城隧道的正中点，布鲁克林桥的正中点，正好在曼哈顿和斯塔滕岛正中点的斯塔滕岛轮渡船的正中点——它们的名字都是什么呢？

我往前走了一步，这是我第一次到皇后区。

---

① 拉鲁斯（1817—1875），法国辞典和百科全书作者。

我走过了长岛市、伍德赛德、艾姆赫斯特和杰克逊高地。我一路摇着我的铃鼓，因为摇鼓让我能够牢记牢记，尽管我在穿过不同的街区，我还是我。当我终于走到那栋大楼前时，我看不到门房在哪里。起初我想也许他是买咖啡去了，不过我等了几分钟以后，他还是没有露面。我往门里看了看，发现里面没有门房用的桌子。我想，奇怪。

我在锁上试了试我的钥匙，但只进去了一点小尖尖就进不去了。我看见有个东西上面有很多按钮，每个按钮通向每一套公寓，所以我按了 A. 布莱克公寓的按钮，他的公寓是 9E。没有人回应。我又按了一次，没有回应。我将按钮按了十五秒钟。还是没有回应。我坐在地上，琢磨着在卡罗纳一幢公寓楼的门厅里哭鼻子，算不算特别窝囊。

“行了，行了，”一个声音从喇叭里传出来，“别性急。”我跳了起来。“喂，”我说，“我叫奥斯卡·谢尔。”“你想干吗？”他听起来很生气，但我并没有做错什么事。“你认识托马斯·谢尔吗？”“不认识。”“你肯定？”“对。”“你知道有一把钥匙吗？”“你想干吗？”“我没做错什么事。”“你想干吗？”“我发现了一把钥匙，”我说，“这把钥匙在一只信封里，信封上有你的名字。”“阿龙·布莱克？”“不，只有布莱克。”“姓布莱克的人很多。”“我知道。”“布莱克还是个颜色。”“当然了。”“再见。”那个声音说。“但我正在想办法找出这把钥匙的来历。”“再见。”“但是——”“再见。”第二次失望。

我又坐下来，开始在卡罗纳一幢公寓的门厅里哭起鼻子。我想去按所有的按钮，朝住在这幢愚蠢的楼里的每个人破口大骂。我站起来，又去按 9E 的按钮。这一回他的声音马上传出来了，“你。想。干。吗？”我说：“托马斯·谢尔是我的爸爸。”“所以呢？”“曾经是。不是‘是’。他死了。”他没有说什么，但我知道他在按着他的“通话”键，因为我能听见他公寓里的哔哔声，还有微风吹过窗户的窸窣声，我在楼下也能感觉到同一阵微风。他问：“你多大了？”我说七岁，因为我想让他更可怜我一些，这样他就会帮我。第三十四个谎话。“我爸爸死了。”我告诉他。“死了？”“他不在了。”他什么也没说。我听见更多的哔哔声。我们只是站在那里，互相面对面，但隔着九层楼。最后他说：“他死的时候一定很年轻。”“对。”“他多大？”“四十。”“太年轻了。”“确实。”“我能问他是怎么死的吗？”我不想谈起这个话题，但我记得我给自己许下的关于搜寻时对外要尽量诚实的诺言，所以我对他一一直说了。我听见更多的哔哔声，担心他的手指是不是累了。他说：“如果你上来，我可以看看那枚钥匙。”“我不能上去。”“为什么不能上来？”“因为你在九层楼，我不能上那么高。”“为什么不能？”“不安全。”“但这里安全得很。”“出事了就不安全了。”“你会平安无事的。”“这是规矩。”“我能下去的话一定会下去找你的，”他说，“但我就是不能。”“为什么不能？”“我病得很重。”“可我爸爸都死了。”“我身上连着各种各样的机器。这就是为什么我费了那么长时间才拿到通话设备。”如果能重来一遍，我会用别的办法。但你不能重来一遍。我听见那个声音说：“喂，喂？请说话。”我把我的卡片塞到公寓门底下，忙不迭地离开了那里。

阿比·布莱克住在贝德福街一座排屋的第一号。我花了两个小时二十三分钟走到那里，我一直在晃着铃鼓，晃得我的手筋疲力尽。门上有个小标记，写着诗人埃德娜·圣·文森特·米莱曾经住在这栋房子里，还说这是纽约最窄的房子。我不知道埃德娜·圣·文森特·米莱是男人还是女人。我试了试钥匙，钥匙进去了一半，然后就进不去了。我敲敲门。没有人应门，尽管我可以听见人在里面说话，我猜一号的意思是第一层吧，所以我又敲了一遍。如果实在是不得已，我不怕招人讨厌。

一个女子打开门说：“我能帮你什么忙？”她真是美极了，脸像妈妈一样，即使是不笑时看着也像在笑，还有大奶子。我特别喜欢看到她的耳环有时候碰到她的脖子。这一下子就让我突然后悔没有带上一种我做的新鲜玩意儿给她，这样她就有理由喜欢我。哪怕是什么又小又简单的东西，比如说一枚磷胸针。

“你好。”“你好。”“你是阿比·布莱克吗？”“我是。”“我是奥斯卡·谢尔。”“你好。”“你好。”我告诉她：“我敢肯定人们常常对你这么说，但如果你去字典里查查‘漂亮极了’这个词，你能看见你的照片。”她笑了笑说：“从来没有人对我这样说过。”“我肯定有人跟你说过。”她又笑了笑，“没有。”“那么你来往的人不对。”“这倒有可能。”“因为你真是漂亮极了。”

她把门打开了一点点。我问道：“你认识托马斯·谢尔吗？”“对不起？”“你认识托马斯·谢尔吗？”她想了想。我不知道她为什么还要想。“不认识。”“你肯定吗？”“肯定。”她说肯定的时候语气里有些不肯定的东西，让我想到说不定她有什么事情想对我保密。那么这个秘密是什么呢？我把信封递给她说：“这个对你有什么意义吗？”她看了一会儿信封，“没有。应该有什么意义吗？”“它在有意义的时候是有意义的。”我告诉她。“没有。”她告诉我。我不相信她。

“我可以进去吗？”我问。“现在时候真不合适。”“为什么不合适？”“我正有事。”“什么事？”“这关你什么事？”“这是反问吗？”“是。”“你有工作吗？”“有。”“你的工作是什么？”“我是个流行病学家。”“你研究疾病。”“是。”“真有意思。”“听着，我不知道你需要什么，但如果是和信封有关，我真不知道能帮上什么忙……”“我太渴了。”我说，摸摸我的嗓子，这是通用的渴的手势。“拐角处就有个熟食店。”“其实，我有糖尿病，我现在急需要一点糖。”第三十五个谎话。“你是说马上？”“爱怎么着怎么着。”

75
1/2

我撒谎时感觉很不好，我也不相信人能够在一件事情发生之前就预知它即将发生，不过，不知道什么原因，我知道我必须进入她的公寓。作为这个谎话的代价，我给自己许下诺言，等我的零花钱增加时，我会把增加的钱捐一部分给那些确实有糖尿病的人。她重重地呼吸了一口气，好像特别沮丧的样子，不过话说回来，她没有请我离开。一个男人从里面嚷了一句什么。“橘子汁？”她问。“你有咖啡吗？”“跟我来。”她说，然后她走进了公寓。“有没有非乳奶精？”

我跟着她走的时候东张西望了一下，所有的东西都干净完美。墙上有整齐的照片，在一张照片上，你能看见一个非裔女人的阴道，这让我有点不自在。“沙发靠垫在哪里？”“沙发上本来就没有靠垫。”“那是什么？”“你是说那张画？”“你的公寓味道很好闻。”另一个房间的男人又嚷了一声，这回声音特别大，就像他绝望了一样，但她根本没有理会，好像根本就没有听见似的，或者是根本不在乎。

我摸了她厨房里很多东西，不知道什么原因，我觉得我可以随便摸她厨房里的东西。我用手指头掠过她的微波炉炉顶，结果手指变成了灰色。“它脏了。”① 我说，给她看我的手指，咯咯笑起来。她变得特别严肃。“真不好意思。”她说。“你该看看我的实验室。”我说。“我不知道怎么会这么脏。”她说。我说：“是东西都会变脏。”“但我喜欢东西整洁。一个女人每个星期都来打扫。我跟她说了千万次，一定要处处都清扫干净。我甚至都告诉了她清理微波炉炉顶。”我问她为什么为了这么点小事这么难过。她说：“我可不觉得这是小事。”然后我想着将一粒沙子挪动一毫米。我从我的野地工作工具包里拿出一张湿擦纸，把微波炉擦干净。

---

① 原文为法语。

“既然你是个流行病学家，”我说，“你知道百分之七十的居家灰尘实际上是由人的体表物质形成的吗？”“不知道，”她说，“我不知道。”“我是个业余流行病学家。”“这种人不怎么多。”“对。有一次我做了一个特别好玩的试验，我叫费利兹帮我把我们公寓一年的灰尘都存在一个垃圾袋里。然后我称了称这个垃圾袋的重量。称出来是一百一十二磅。然后我算出一百一十二磅的百分之七十是七十八点四磅。我的体重是七十六磅，我全身湿透的时候是七十八磅。这倒也证明不了什么东西，不过还是很奇怪。我把这个放在哪里？”“这里。”她说，从我手里拿走湿擦纸。我问她：“你为什么伤心？”“你说什么？”“你很伤心。为什么？”

咖啡机咕嘟咕嘟地响起来。她打开碗柜，拿出一只杯子。“要加糖吗？”我对她说要，因为爸爸总是加糖。她一坐下，又站了起来，从冰箱里拿出一碗葡萄。她还拿出饼干，把饼干放在一只盘子里。“你喜欢草莓吗？”她问。“喜欢，”我对她说，“不过我不饿。”她拿出一些草莓。我觉得有点怪怪的：她的冰箱上没有任何菜谱，也没有用磁铁贴上去的小日历或者孩子的照片。整个厨房只有一样东西，就是电话旁边的墙上一张大象的照片。“我特别喜欢它。”我对她说，而且还不光是因为我想让她喜欢我。“你特别喜欢什么？”她问。我指指那张照片。“谢谢，”她说，“我也喜欢它。”“我说我特别喜欢它。”“是。我特别喜欢它。”

“你了解不了解大象？”“不怎么了解。”“只了解一点点，还是压根儿就不了解？”“差不多一无所知。”“比如说，你知道科学家曾经以为大象有超知吗？”“你是说超感知觉？”“总之，两头相隔很远的大象也可以约会碰头，它们知道它们的朋友和敌人会在什么地方，它们不需要任何地理线索就能找到水。谁也不知道它们是怎么做到这些事情的。那么，这到底是怎么回事呢？”“我不知道。”“它们是怎么干那件事的呢？”“哪件事？”“如果没有超感知觉，那它们怎么约会碰头呢？”“你问我啊？”“对。”“我不知道。”“你想知道吗？”“当然了。”“特想知道？”“当然。”“它们发出非常，非常，非常，非常深沉的呼唤，比人能够听见的呼唤要深沉得多。它们通过这种方式互相交谈。这不是妙极了吗？”“妙。”我吃了一个草莓。

“有这么一位女士，最近在刚果还是什么地方待了一两年。她录下了大象的呼唤，录下了很多很多这种声音。去年她开始回放这些录音。”“回放？”“给大象放。”“为什么？”我特别喜欢她问为什么的样子。“你可能知道吧，大象的记忆力比其他哺乳动物要强得多。”“知道。我想我知道这个。”“所以这位女士想知道大象的记忆究竟好到什么程度。她给它们放了很多年前录下的大象敌人的叫声——这个叫声它们只听过一回——结果它们都很害怕，有时候还会跑开。它们能记住几百种叫声。几千种。说不定无数种。特有意思吧？”“是。”“真正有意思的是，她把一头死去的大象的叫声放给它的家人听。”“然后呢？”“它们记得。”“它们干吗了呢？”“它们走近扩音器。”

“不知道它们是什么感觉。”“什么意思？”“当它们听到死去的亲属的叫声时，它们是不是带着爱走近吉普车的？还是恐惧？或者愤怒？”“我不记得。”“它们有没有发起攻击？”“我不记得。”“它们有没有哭？”“只有人才能哭出眼泪。你知道吗？”“这张照片里的大象看着就像在哭。”我走近那张照片一看，果然。“没准儿是用Photoshop加工处理过的，”我说，“不过为防万一，我能把你的照片拍下来吗？”她点点头说：“我好像在哪儿读到过，大象不是除了人以外唯一会埋葬死者的动物吗？”“不对，”我一边给爷爷的相机对焦距，一边告诉她，“你肯定没读到过。它们只是把骨头搜集到一起。只有人埋葬死者。”“大象不会相信鬼的。”这让我笑了一笑。“不过，科学家可不会这么说。”“你会怎么说？”“我只是个业余科学家。”“那么你会怎么说？”我照了照片，“我会说它们被搞糊涂了。”

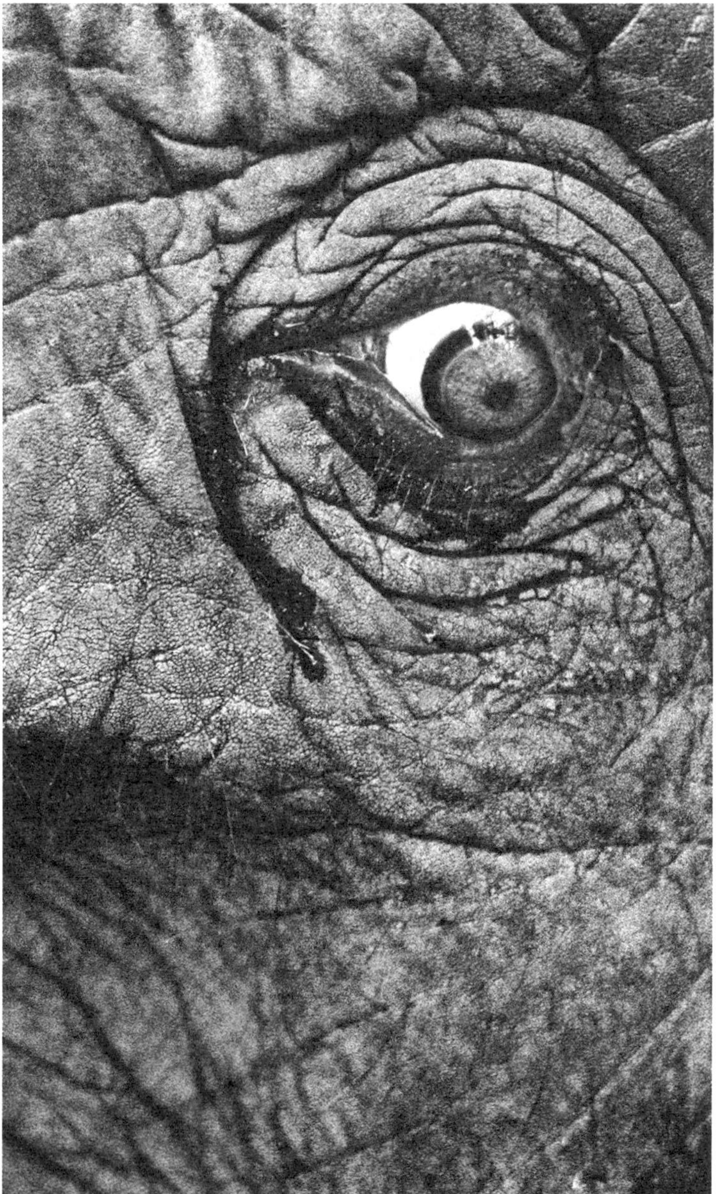

然后她就开始流眼泪了。

我想，该哭的是我。

“别哭。”我对她说。“为什么？”她问。“因为……”我对她说。“因为什么？”她问。由于我不知道她为什么哭，我也想不出一个理由。她是在为大象们哭吗？还是我说的什么话？还是另外一个房间里那个绝望的人？还是我不知道的什么事情？我告诉她：“我很容易受伤。”她说：“真可怜。”我告诉她：“我写了封信给那个录制大象叫声的科学家。我问她我可不可以给她当助手。我告诉她，我可以保证总有备好的空白磁带供录音之用，我可以烧开水，保证水喝起来安全，甚至是背她的器材。她的助手给我回信说，很明显，她已经有了一个助手，但或许将来我们可以一起合作别的什么项目。”“太棒了。有点盼头。”“是。”

有人走到厨房门口，我猜是刚才在另外一个房间喊叫的那个人。他只是将头很快地伸进来一下，说了些我听不懂的话，然后就走开了。阿比假装没听见，但我没有假装没听见。“那是谁啊？”“我丈夫。”“他要什么东西吗？”“我不管。”“但他是你丈夫，我想他需要什么东西。”她哭得更厉害了。我走到她身边，把手放在她肩膀上，就像爸爸曾经把手放在我肩膀上一样。我问她怎么了，因为爸爸会这么问。“你肯定觉得这很不正常。”她说。“我觉得很多事情都很不正常。”我说。她问：“你多大了？”我说十二——第五十九个谎话——因为我想大到让她可以爱我。“一个十二岁的人干吗到处敲陌生人的门？”“我在找一把锁。你多大了？”“四十八。”“不可能。你看着年轻多了。”她一边哭着一边笑了起来，说：“谢谢。”“一个四十八岁的人干吗把陌生人邀请到她厨房里来？”“我不知道。”“我在招人讨厌。”我说。“你不招人讨厌。”她说。但人们对你说这句话的时候，你很难相信他们。

我问道：“你真的不认识托马斯·谢尔吗？”她说：“我不认识

托马斯·谢尔。”但是，不知道为什么，我还是不相信她。“你可能认识别的名叫托马斯的人吗？或者别的姓谢尔的人？”“不认识。”我一直在想，她还是有些事情没有告诉我。我又给她看了那只小信封。“但这是你的姓，对吧？”她看了看上面写的字，我能看出她认出了什么。或者我以为我看出来了。但接着她就说：“对不起。我觉得我没法帮你的忙。”“那么那把钥匙呢？”“什么钥匙？”我这才明白我还没有给她看钥匙。聊了半天——关于灰尘，关于大象——我还没有涉及我来这里的主要原因。

我从衬衣下掏出钥匙，放在她手里。因为钥匙链还挂在我脖子上，她俯身看钥匙的时候，她的脸离我的脸特别近。我们就那样一动不动地静止了很长时间。就像时间停顿了一样。我想起了下坠的人体。

“抱歉。”她说。“你为什么抱歉？”“我抱歉，是因为我对这把钥匙一无所知。”第三次失望。“我也抱歉。”

我们的脸挨得特别近。

我告诉她：“今年秋天的秋演剧目是《哈姆莱特》，万一你感兴趣的话，可以来看。我演约里克。我们还有真能喷水的喷水池。如果你想在首演那天来看的话，首演日离今天正好十二个星期。应该很不错的。”她说：“我尽量。”我能感到她说话时的气息拂过我的脸。我问她：“我们能亲一亲吗？”

“你说什么？”她说。不过，尽管如此，她并没有把头挪开。“不过是我喜欢你，我想我能看出你也喜欢我。”她说：“我觉得这样不好。”第四次失望。我问为什么不好。她说：“因为我四十八岁，你十二岁。”“那又怎么着？”“而且我还结婚了。”“那又怎么着？”“而且我还不认识你。”“你不觉得你认识我吗？”她没说什么。我告诉她：“人类是唯一能够脸红、笑、有宗教、发动战争、用嘴唇亲吻的动物。所以从某种意义上说，你越多用嘴唇亲吻，你就

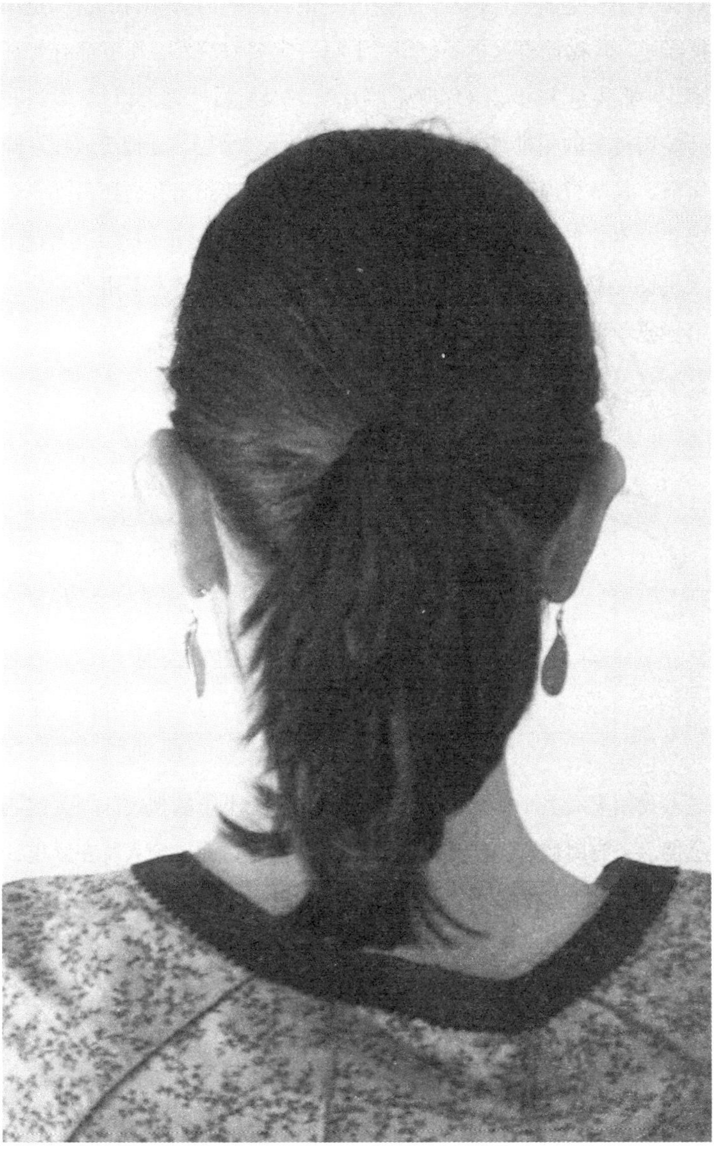

越有人性。”“你越是经常发动战争，你就越有人性?”然后我就哑口无言了。她说：“你是一个很可爱很可爱的男孩。”我说：“是小伙子。”“但我觉得这样不好。”“干吗一定要好呢?”“凡事都有好坏吧。”“那我至少可以给你照张照片吧?”她说：“这可以。”但当我开始用爷爷的相机对焦距的时候，不知什么缘故，她把手放在了脸面前。我不想逼着她解释自己的行为，所以我想出我能照另外一张照片，不管怎么着，那张照片会更真实。“这是我的名片，”当我用相机镜头盖盖住镜头后，我告诉她，“万一你想起关于钥匙的什么事，或者只是想谈谈，请找我。”

> 奥斯卡·谢尔
>
> 发明家、珠宝设计家、珠宝制作者、业余昆虫学家、亲法派、素食主义者、折纸爱好者、和平主义者、打击乐爱好者、业余天文学家、计算机咨询专家，业余考古学家，搜集：罕见硬币、自然死亡的蝴蝶、微型仙人掌、甲壳虫乐队纪念品、次等宝石和其他物件
>
> 电子邮件：OSKAR_SCHELL@HOTMAIL.COM
> 家庭电话：保密 / 手机：保密
> 传真：我还没有传真机

我回家后去了奶奶的公寓，这是我每天下午的惯例，因为妈妈星期六、有时候甚至星期天都在公司里工作，我一个人待在家里让她害怕。走近奶奶的公寓楼时，我往上看去，没有看见她像往常那样坐在窗前等我。我问法利我奶奶是不是在家，法利说他觉得我奶奶在家，所以我走上了那七十二级楼梯。

我按了门铃。她没有过来，所以我打开了门，因为她从来不锁门，我觉得这样不安全，有时候看起来很好的人结果却不像我们所想的那样好。我进门时，她正好朝门口走来。她看起来好像才哭过，不过我知道这是不可能的，因为她曾经告诉我，爷爷出走的时

候她已经把泪水哭干了。我告诉她，人每次哭的时候都会生出新的泪水。她说：“谁知道呢。”有时候我琢磨她在没人看到的时候会不会哭。

“奥斯卡！”她说，然后一个拥抱把我抱了起来。“我没事。”我说。“奥斯卡！”她又说，又一个拥抱把我抱起来。“我没事。”我又说，然后我问她去哪儿了。“我在和房客说话呢。”

我还是个婴儿的时候，是奶奶白天照看我。爸爸告诉我，奶奶会在厨房水池里给我洗澡，用牙齿给我剪手指甲和脚指甲，因为她害怕用指甲刀。等我长到能在澡盆里洗澡，大到知道自己有阴茎、睾丸和别的东西的时候，我请她不要跟我一起坐在浴室里。“为什么？”“隐私。”“什么隐私？在我面前？”我不想伤害她的感情，因为不伤害她的感情是我另外一个存在的理由。“就是隐私。”我说。她把手放在她的肚子上说：“在我面前要隐私？”她同意在外面等，但我必须拿上一只线球。毛线从浴室的门下穿过，连在她正在织的围巾上。过几秒钟，她就要拉一拉线，而我也必须跟着拉一下——拆了她刚织好的那几针——这样她就知道我没事。

我四岁的时候她在照看我，她假装成一个怪物在公寓里追我，结果我的上嘴唇在咖啡桌上碰破了，得去医院。奶奶信神，但她不信出租车，于是我只好流着血乘公共汽车，血流到了衬衫上。爸爸告诉我，这件事让奶奶心情特别沉重，尽管我的嘴唇只需要缝两针，爸爸说奶奶还是不停地过街来告诉他：“全是我的错。你以后千万不要让他到我身边来。”在那之后，我再见到她时，她告诉我：“你瞧，我假装成一个怪物，结果真成了一个怪物。”

爸爸死后的那个星期，奶奶住在我们公寓里，妈妈则在曼哈顿四处贴招贴画。我们打了成千上万场的拇指游戏战，我每一次都赢了，即使是在我不想赢的时候。我们看了经过批准我可以看的纪录片，制作素的杯型小蛋糕，去公园里走了很多次。有一次我从她身边走开然后藏起来。我喜欢让人找我的感觉，喜欢一次一次听见我的名字。“奥斯卡！奥斯卡！”也许我并不喜欢这样，但我那时正好需要这样。

她变得万分恐惧，而我则跟着她，和她保持着安全的距离。她在哭，四处乱摸，但我不让她知道我在哪里，因为我十分肯定，到最后一场大笑会让她觉得一切正常。我看着她走回家，我知道她会坐在我们公寓楼的门廊里等妈妈回来。她得告诉妈妈我不见了，告诉妈妈因为她没有好好看住我，我永远消失了，从此以后谢尔家就绝后了。我往前跑着，从八十二街到八十三街，等她走到楼前时，我从大门门后跳了出来。“但我没有叫人送外卖的披萨饼！”我说。我笑得那么凶，我觉得我的脖子都要断裂了。

她说了些什么，然后又不说了。斯坦拉住她的胳膊说：“你要不坐下吧，奶奶。”她对斯坦说：“别碰我。”她用的是一种我从来没有听她用过的声音。然后她转过身，穿过街道回到了她的公寓。那天晚上，我用望远镜看她的窗户，上面有个条子说：“不要离开。”

从那天以后，每次我们出去散步，她都要玩一个类似于马可·波罗的游戏[①]，她叫我的名字，我必须回答，让她知道我没事。

“奥斯卡。”

“我没事。”

“奥斯卡。”

“我没事。”

我总是搞不清楚我们到底是在玩马可·波罗游戏，还是她纯粹只是想叫我一声，所以我总是让她知道我没事。

爸爸去世几个月以后，妈妈和我到了新泽西州一个物品储存

① 一种游泳池游戏，三个或三个以上人参加，一人闭眼，碰到另一个参与者的身体时，就轮到被碰的人闭眼寻找别人。闭眼的人为了猜出别人的位置，可以喊“马可”，其他的人必须回答“波罗”。

站，爸爸在那里存放了一些他不再使用、但某一天（我猜或许是他退休以后吧）会用得上的东西。我们租了一辆车，尽管那个地方并不远，我们还是花了两个多小时才到那里，因为妈妈频繁地停下车去厕所里洗脸。储存站管理得不太好，天还特别黑，所以我们花了很长时间才找到爸爸的房间。我们就爸爸的剃须刀吵起来了，因为她说剃须刀应该归到“扔掉”那一堆，而我告诉她剃须刀应归到“留着”那一堆。她说：“留着干吗？”我说：“别管干吗。”她说：“我不知道他当初干吗要存一个三块钱的剃须刀。”我说：“别管为什么。”她说：“我们不能什么都留着。”我说：“那你死了以后，我也可以把你的东西全扔了，然后把你给忘掉？”这些话从我嘴里说出来时，我就想把它们都咽回去。妈妈说她很抱歉，我觉得她这句话很奇怪。

我们找到的东西里，有一样是我还是婴儿时用的对讲机。妈妈和爸爸把对讲机放在婴儿床里，这样他们能听见我哭，有时候，爸爸不到婴儿床前来，而是通过对讲机说些话，这样可以哄我睡觉。我问妈妈，为什么爸爸把这个东西留下来。她说：“说不定是留着等你有孩子的时候用。”“咋回事？”“爸爸就是这样。”我开始意识到，他存下的很多东西——一箱一箱的乐高玩具，全套的《它是如何工作的》丛书，甚至空白的相册——都是为了等到我以后有了孩子时用的。这让我特别生气，我不知道自己为什么生气，但肯定存在着某种原因。

不过，我给对讲机装上了新电池，我觉得这可以让奶奶和我互相说话玩儿。我把婴儿用的那台给了她，这样她就用不着鼓捣那些按钮，而她那个对讲机的确好用极了。我醒来时，会跟她说早安。我上床之前我们也会谈谈。她总是在那头等着我。我不知道她怎么知道我会找她说话。说不定她成天都在那头等着。

“奶奶？你能听得见我吗？”“奥斯卡？”“我没事。完毕。”“你睡

得好吗，宝贝儿？完毕。”“什么？我没听见。完毕。”“我问你睡得好吗。完毕。”“还行，”我说，看着街道对面的奶奶，下巴放在手掌里，“没有噩梦。完毕。”“太盖帽了。完毕。”我们互相之间没有太多可说的东西。她翻来覆去地给我讲爷爷的故事，讲他的手是怎么因为做那么多雕塑变得粗糙的，讲他和动物说话。“你下午会来我这里吧？完毕。”“嗯。我去吧。完毕。”“请尽量来。完毕。”“我尽量去。完毕，通话结束。”

有些夜晚，我带着对讲机上床，把对讲机放在枕头上巴克敏斯特不在的那一边，这样我能听见奶奶房间里的动静。有时候她会在半夜把我吵醒。她一做噩梦，我心里就特别难受，因为我不知道她梦见了什么，我也没有任何办法去帮助她。她咕哝着抱怨，这样当然就把我吵醒了，所以我的睡眠仰仗于她的睡眠，我告诉她“没有噩梦”的时候，我说的是她。

奶奶给我织白毛衣、白手套和白帽子。她知道我有多喜欢脱水冰激凌，这是我违反素食主义原则的几个例外之一，因为它是宇航员当甜食的东西，于是她就到海顿天文馆给我买了来。她捡了一些漂亮的石头送给我，尽管她不能拿重东西，而这些石头通常也不过是曼哈顿片岩而已。最坏的那天之后一两天，我正在第一次见费恩医生的路上，我看见奶奶抱着一块巨大的石头穿过百老汇街。那块石头大得像个小娃娃，肯定特别重。但她从来没把那块石头给我，她也从来没有提起这块石头。

“奥斯卡。”

“我没事。”

一天下午，我告诉奶奶我在考虑开始集邮，第二天下午她就给我带来了三本集邮册——“因为我爱你爱得心痛，因为我想让你精彩的集邮爱好有一个精彩的开端”——一套美国伟大发明家的邮票。

“有托马斯·爱迪生，”她说，指着其中一张邮票，“还有本·富兰克林、亨利·福特、伊莱·惠特尼、亚历山大·格雷厄姆·贝尔、乔治·华盛顿·卡佛、尼古拉·特斯拉——管他是谁吧——怀特兄弟、J.罗伯特·奥本海默——”“他是谁？”“他发明了那个炸弹。”“哪个炸弹？”“那个炸弹。”“他不是一个伟大的发明家！”她说：“他是伟大的发明家，但不是好发明家。”

“奶奶？”“嗯，亲爱的？”“只是，邮票边纸呢？”“邮票什么？”“就是整版邮票旁边那个带数字的东西。”“带数字？”“对呀。”“我扔了。”“你什么？”“我扔了。怎么啦？”我觉得我开始暴怒，尽管我尽量试着不要发怒。“只是，没有这个边纸，它一钱不值！”“什么？”“边纸！这些邮票！一文！不值！”她看了我几秒钟。“哦，”她说，“我想我听说过这个东西。那我明天再去一趟邮票店，另外买一版。这些我们可以用来寄信。”“没必要再去另买一套了。”我告诉她。我想把我刚才说的几句话收回来，重新说一次，这一次要和气一些，做一个更好的孙子，或者是一个不吭声的孙子。“有必要，奥斯卡。”“我没事。”

我们在一起度过那么多时间。我觉得我没有跟任何别的人一起度过那么长的时间——至少在爸爸死后——除非你算上巴克敏斯特。但有很多人，我对他们比对奶奶了解得更多。比如说，我对她童年的事情一无所知，不知道她是怎么遇上爷爷的，不知道他们的婚姻是什么样子的，也不知道爷爷为什么离开。如果我要写她的生平故事，我能说的全部就是她丈夫能和动物说话，还有我不能像她爱我那样爱任何东西。所以这就是我的问题了：如果我们没有互相了解，那我们在一起那么多时间都在干什么？

“你今天做了什么特别的事吗？”我开始寻找钥匙的那天下午她问我。当我回想起所有的事情时，从我们埋掉棺材一直到我把它挖出来，我总是在想，我本来应当在这个时候就跟她说明真相。那时我要回头还不晚，我还没有到无法回头的地步。即使她不理解我，我也可以说出来。“做了，”我说，“我把那些为工艺品展销会设计的‘即刮即闻’耳环最后润色了一下。另外，我还镶嵌好了斯坦在门廊里发现的那只死东方虎凤蝶。我还写了一堆信，因为我好多信都拖延了。”“你都给谁写信啊？”她问，此时跟她说明真相还不晚。“科菲·安南、齐格弗里德、罗伊[1]、雅克·希拉克、E.O.威尔逊[2]、怪人阿尔·扬科维奇[3]、比尔·盖茨、弗拉基米尔·普京，还有其他一些人。”她问：“你干吗不给你认识的人写信？”我告诉她：“我不认识什么人。”然后我就听见了什么声音。也许是我以为自己听见了什么声音。公寓里有声音，像是有人在走动。“什么声音？”我问。“我的耳朵不灵便了。”她说。“但公寓里有个人。可能是房客吧？”“不是，”她说，“他刚才到博物馆去了。”“什么博物馆？”“我不知道什么博物馆。他说他今晚要很晚才能回来。”“但我听见公寓里有人。”“不，不会的。”她说。我说：“我百分之九十九肯定我听见了。”她说：“可能只是你的想象。”我到了无法回头的地步了。

谢谢你的来信。因为我收到的信很多，我不能亲自回信。不过，请记住，我读了并存下了每一封来信，希望哪一天能够给每一封信它所应得的认真回复。

你最忠实的

斯蒂芬·霍金

那天晚上我熬夜到很晚，设计饰品。我设计了一个“自然远足

① 齐格弗里德和罗伊，德裔美国艺人二人档，以在拉斯维加斯的幻影大酒店的白狮、白虎表演而著称。他们的节目因2003年罗伊被虎咬伤而结束。

② 爱德华·奥斯本·威尔逊（1929— ），美国昆虫学家。

③ 阿尔弗雷德·扬科维奇（1959— ），美国幽默歌曲创作人。

脚镯”，你走过时会留下一条明亮的黄色染料印迹，这样，万一你走丢了，还可以原路返回。我还设计了一套结婚戒指，每个戒指都记下戴这枚戒指的人的脉搏，然后给另外一只戒指送去信号，每一次心跳，戒指都会闪红光。我还设计了一种挺迷人的手链，你用一根橡皮筋把你最喜欢的诗集缠上一年，然后你把橡皮筋拿下来戴在手上，它就成了手链。

不知道为什么，在忙乎这些的时候，我不断想起妈妈和我到新泽西州储存站的那一天。我不断地洄游到那一天，就像一条三文鱼一样，三文鱼我知道。妈妈停下来洗了十次脸。储存站那么安静那么黑暗，只有我们在那里。可乐销售机里有什么饮料？标牌用的是什么字体？我在头脑里回忆那些箱子。我找出了一个挺好的老电影放映机。爸爸最后拍的电影是什么？我在里面吗？我翻出一堆牙医会送给病人的牙刷，爸爸在棒球赛中接住的三只棒球，他在上面都写下了日期。具体是哪天和哪天呢？我的大脑打开了一个箱子，箱子里面装着老地图的箱子（里面有两个德国和一个南斯拉夫）和出差带回的其他纪念品，比如娃娃里面又有娃娃，娃娃里面又有娃娃，娃娃里面又有娃娃的俄国娃娃……这些东西里，哪些是爸爸为我的孩子留着的？

时间是凌晨两点三十六分。我走到妈妈房间里。她显然还在熟睡。我看见她呼吸时被子也在呼吸，就像爸爸说的人呼气树吸气，我太小，还不能理解生物过程的真相。我看得出来妈妈是在做梦，但我不想知道她梦见了什么。我自己做过太多的噩梦，假如她梦见到了什么高兴的事情，我会因为她梦到高兴的事情而生气。我极轻极轻地碰了碰她。她跳起来说：“怎么啦？”我说：“没事。”她抓住我的肩膀说：“怎么啦？”她抓得我胳膊很疼，但我没有表现出来。“记得我们去新泽西州储存站那天吧？”她放开我后，重新躺下。“什么？”“爸爸的东西存放的地方。记得吗？”“现在是半夜，奥斯卡。”“那个地方叫什么名字?”“奥斯卡。”“我只是想知道，那地方叫什么名字。”她伸手够她放在床头柜上的眼镜，我愿意放弃我的所有收藏、我做出的所有饰品和我未来所有的生日礼物和圣诞节礼物，只为听她说“布莱克储存站”。或者是“布莱克威尔储存站”。或者是“布莱克曼”。或者甚至是“午夜储存站”。或者是“黑暗储存站”。或者是“彩虹”。

她做了一个奇怪的表情，好像什么人把她弄疼了一样，然后她说：“多多储存站。”

我数不清自己失望多少次了。

为何我不在你身边

一九六三年五月二十一日

你母亲和我从来不谈及过去，这是一条规矩。她上厕所的时候，我得到门口去，我写字的时候，她从来不从我肩膀上看，这是另外两条规矩。我为她开门，但她从门框里走过时，我从来不碰她的背。她从来不让我看她做饭，她把我的裤子叠好但把我的衬衣丢在熨衣板旁边，她在房间里的时候我从来不点蜡烛，而是得把蜡烛吹灭。我们还有一条规矩是从来不听忧伤的音乐，不听和听音乐的人一样忧伤的歌曲，我们很早就定下了这条规矩，因此我们很少听音乐。我每天早上换床单，洗去我的字迹，我们从来不在床单没换洗过的同一张床上睡两次，我们从来不看关于生病的孩子的电视节目，她从来不问我今天过得怎么样，我们总是坐在桌子的同一边吃饭，面朝窗户。那么多规矩，有时候我记不清什么是规矩什么不是规矩，我们所做的一切事情是不是为了规矩本身，我今天要离开她，这是我们一向遵从、用来安排我们自己生活的规矩，还是我正要打破已经定下的规矩？我曾经在每周结束的时候坐公共汽车来这里，来拿人们上飞机时留下的杂志和报纸，你母亲读啊读啊读啊，她要学英语，要学所有她能抓到的英语，这是一条规矩吗？星期五下午回家时，我带回家一两份杂志，有时还有一份报纸，但她要更多的，更多的俚语，更多的比喻：蜜罐子（a bee’s knees）、大拿（the cat’s pajamas）、异军突起（horse of a different color）、累得像死狗（dog-tired），她想就像在这里出生的人一样说话，就像她从来不是从别的地方来的，所以我开始带一只背包，我可以尽情往里面装东西，背包变沉了，我的肩膀被英语压得发烧，她要更多的英语，所以我带一只手提箱，直到我差不多拉不上拉锁，手提箱被英语压得下沉，我的胳膊被英语压得发烧，我的手也是，还有我的指关节，人们肯定以为我确实是要到什么地方去的，第二天我的腰因为英语而疼痛，我发现我在这里逗留，事情完了还在继续逗留，看着飞机把人带来把人带走，我开始每周来两次，每次待几个小时，该回家的时候我不想回家，当我不在那里的时候，我想在那里，现在我每天早上在商店开门之前来这里，每天晚上吃完饭后来这里，这到底是为什么呢，我是不是希望看到我认识的某个人走下飞机，我是不是在等着一个永远不会来的亲戚，我是在盼着安娜吗？不，这不是原因，这不是因为我想得到快乐，不是为了减轻我自己的负担。我喜欢看见人们重逢，或许这很傻，但我想说，我喜欢看人们跑向对方，我喜欢那种亲吻和哭泣，我喜欢那种不耐烦，七嘴八舌来不及讲清的故事，不够大、听不全所有话的耳朵，不能一时看见所有变化的眼睛，我喜欢那种拥抱，来到一处，终于不再思念某个人，我点一杯咖啡坐在一旁，在我的笔记本上写字，我研究那些我早已记住了的飞行时刻表，我观察，我记录，我试图不去记住那个我不想失去但还是失去了而且还不得不记住的生活，在这里让我的心充满了快乐，尽管这种快乐不是我的，一天终结时，我用旧新闻装满我的手提箱。可能我遇见你母亲时我以为这样的故事也会发生在我们身上，我以为我们可以向对方跑过去，我以为我们可以有一个美丽的重逢，尽管我们在德累斯顿时差不多互相不认识。我们没有如愿以偿。我们四处漫游，伸长胳膊，但不是向对方走去，而是用胳膊标出距离，我们之间的所有东西都是规范我们生活的规矩，所有的东西都是度量衡，一个关于毫米、关于规矩的婚姻，她起床去淋浴间的时候，我喂动物——这是规矩——这样她就不会不好意思，我晚上脱衣服的时候她找些事情来忙乎——规矩——她到门口去查看门是不是确实锁了，她再次查看一下炉子，她在瓷器柜里照看她搜集的瓷器，她再次查看那些自从我们相遇之后就没有再用过的卷发器，等她脱衣服的时候，我更是忙得不亦乐乎。结婚才几个月以后，我们就开始在公寓里标出“无事区”，在无事区里可以保证人的隐私得到完全保护，我们同意绝不看那些标出来的区域，同意公寓里有些不再存在的地界，在那些地界里人可以暂时停止存在，第一个无事区是在卧室，在床脚，我们在地毯上用红胶条标出了这个地界，这个地界大小正好可以让人能在上面站着，这是个供人消失的好地方，我们知道这个地界在那里，但我们从来不去看它，这个方案很奏效，所以我们决定在起居室里也划出一个无事区，这个无事区看起来有必要，因为我们在起居室时也有想消失的时候，有时候，人就是想消失，我们把这个地界划得稍微大一点，我们中的一个人可以在上面躺下来，规矩是你从来不去看那块长方形地带，当你在那块地界里的时候，你也不看，有一阵子这就够了，但只是那一阵子，我们需要更多的规矩，我们结婚两周年以后将整个客房划成了无事区和有事区，在当时这似乎是个好主意，有时候，床脚的一小块地方或者是起居室的一个长方块提供的隐私还不够，门边靠近客房的那一边是无事，门边靠近过道的那一边是有事，连接着两个部分的门把手既不是有事也不是无事。过道的墙是无事，即使照片也需要消失，特别是照片，但是过道本身是有事，澡盆是无事，洗澡水是有事，我们身体上的体毛当然是无事，但当它积攒在下水口周围的时候就又成了有事，我们在试图让我们的生活容易一些，试图用我们所有的规矩，让我们的生活不费力气。但是无事和有事之间开始发生摩擦，早上无事的花瓶映出了有事的影子，就像某个你失去了的人的记忆，对这个你还能说什么，晚上，客房里无事的灯光透过无事的门污染了有事的过道，没什么可说的。从有事走到有事，而不要不小心穿过无事，开始变得很困难，当有事——一把钥匙、一支笔、一只怀表——不小心被放在了一个无事地点时，它就永远不能被取出来了，这是一条不成文的规矩，就像我们几乎所有的规矩一样。结果一两年前到了这个地步：我们的公寓无事比有事更多，这本来不是问题，它本来可以是一件好事，本来还可以拯救我们。我们越来越糟。有一天下午，我坐在第二个房间的沙发上，想啊想啊想啊，然后我突然意识到我是在一个有事岛上。“我怎么到这儿来了，”我想不通，周围都是无事，“我怎么回去呢？”我和你母亲在一起住的时间越长，我们就越是理所当然地想象对方的想法，我们说得越少，误解就越多，我经常想起，我已经将一块空间指定为无事区而她却肯定地说我们已经确定那是一个有事区，我们没有说出的协议导致了异议，导致了痛苦，我开始当着她的面脱衣服，这发生在几个月之前，她说：“托马斯！你干吗呢？”而我做了个手势：“我以为这是无事。”我用一本笔记本盖住我自己。她则说：“那是有事！”我们从过道里的壁柜里拿出公寓的蓝图，把它贴在前门内侧，用一支橘黄色和一支绿色的彩笔，我们将有事和无事分开。“这是有事。”我们决定。“这是无事。”“有事。”“有事。”“无事。”“有事。”“无事。”“无事。”“无事。”所有的东西都被永久决定了，将来只有安宁和幸福。只有到了昨天晚上，我们在一起的最后一个晚上，不可避免的问题才最终出现，我告诉她："有事。"用我的手盖住她的脸，然后像揭开结婚的盖头一样把手拿开。"我们必须是有事。"但是，在我心中最受保护的那个地方，我知道，真相。

对不起，你知道现在几点吗？

那个美丽的女孩不知道现在几点，她正有急事，她说：“祝你好运气。”我笑了，她急急地走了，她跑的时候裙子掀起一阵风，有时候，我能听见我的骨头在它们承负的所有那些我没有活过的生命的重压下挣扎。在这一生，我坐在一个飞机场里试图向我没有出生的儿子解释我自己，我在填充着这个笔记本——我最后一本笔记本——中间的页面，我想起来我有一天晚上没有收拾起来的一块黑面包，第二天早上我看见了一只老鼠吃过面包后留下的咬印，我把面包切成一片一片，我每时每刻都能看见老鼠，我想起安娜，为了不再想起她我可以放弃一切，我只能抓住我想要失去的东西，我想起我们初见的那一天，她陪着她父亲来见我的父亲，他们是朋友，他们在战前曾经讨论过艺术和文学，但战争爆发后，他们只谈论战争，她还在很远的时候我就看着她走近来，我十五岁，她十七岁，我们的父亲在里面谈话的时候我们一起坐在草地上。我们怎么可能更年轻？我们没有谈什么特别的东西，但又像是在谈论最重要的事情，我们揪起一把一把的草，我问她喜欢读什么书，她说：“没有，但有些书我真是爱，爱，爱。”她就是那么说的，三次。“你喜欢跳舞吗？”她问。“你喜欢游泳吗？”我问。我们互相凝望直到好像所有的东西都会燃烧起来。“你喜欢动物吗？”“你喜欢坏天气吗？”“你喜欢你的朋友吗？”我和她谈起我雕塑的东西，她说：“我敢肯定你会成为一个伟大的艺术家。”“你怎么能肯定？”“我就是能肯定。”我告诉她我已经是一个伟大的艺术家了，因为我当时对自己就是这么不确定。她说：“我的意思是著名。”我告诉她这对我无关紧要，她问我什么对我重要，我告诉她我是为艺术本身而艺术，她笑着说：“你不了解自己。”我说：“我当然了解我自己。”她说：“当然。”我说：“我了解！”她说：“不了解自己也没什么不对。”她穿过我的躯壳看见了我的内核，“你喜欢音乐吗？”我们的父亲们走出房子，站在门口，其中一位说：“我们怎么办呢？”我知道我们在一起的时间差不多要结束了，我问她喜欢不喜欢体育，她问我喜欢不喜欢下棋，我问她喜欢不喜欢倒下的树，她和她父亲一起回家了，我的内核跟随着她，我只剩下躯壳，我想再见到她，我不能理解这种渴求，而这也是为什么它这么美丽的原因，不了解自己也没什么不对。第二天，我走了半个小时来到她家，担心有人会在我们两家之间的路上看见我，要解释太多以至于我无法解释，我戴了一顶宽帽檐的帽子还一直低着头，我听见从身边走过的人的脚步声，我不知道这些脚步声是一个男人的，一个女人的，还是一个孩子的，我觉得我是走在一架放平的梯子的梯级上，我太害羞，太窘迫了，不敢让她发现我，我怎么向她解释，我在梯子上是在往上走，还是往下走？我藏在一堆土后面，那堆土是挖出来为一些旧书当坟墓的，文学是她父亲奉行的唯一宗教，当一本书掉在地上时他会亲吻这本书，当看完一本书时他试着把这本书送给一个会热爱它的人，如果他找不到一个配得到这本书的人，他就把书埋起来，我整天找她但我没有看见她，她不在院子里，从窗户里也看不见她，我打算一定要待到找到她为止，但是夜晚开始降临，我知道我必须回家，我恨我自己离开，我为什么不是那种会留下来的人呢？在回去的路上我低着头，尽管我差不多不认识她但我还是没完没了地一直想着她，而且我知道我需要靠近她，第二天我低着头再次走向她家的时候，我突然想起来，说不定她也正在想我。书都被埋起来了，土堆不见了，所以这一次我藏在一片树林后面，我想象着树根缠绕着书，从书中吸取着营养，我想象着树干中有字母组成的年轮，我等了一个又一个小时，我看见你母亲在二楼一扇窗户里，她还是个小女孩，她也看见了我，但我没有看见安娜。一片树叶落下来，像一张纸一样黄，我得回家了，然后，第二天，我又回去找她。我逃了课，很快就到了，我的脖子因为我想藏住自己的脸而变得僵硬，我的胳膊碰到了一个擦身而过的人的胳膊——一只强壮、结实的胳膊——我

试图想象这只胳膊属于谁，农民，石匠，木匠，瓦工。到她家时我躲在一扇后窗下，一列火车丁咣丁咣地从远处驶过，人来，人往，士兵，孩子，窗户像耳膜一样振动，我等了一整天。她出远门去了吗，她是在干什么跑腿的活儿，她是在躲着我吗？我回家以后我爸爸告诉我她爸爸来访了，我问他为什么有点上气不接下气，他说："情况越来越糟糕了。"我意识到那天早上碰了我胳膊一下的肯定是她父亲。"什么情况？"和我擦身而过的胳膊是他的胳膊吗？"所有的情况。整个世界。"他看见我了吗，也许我的帽子和低下的头保护了我？"从什么时候开始的？"说不定他的头也是低着的。"从一开始。"我越是试图不要去想她，就越是想她，也就越想不明白。我又往她家去，我低着头走过我们两家之间的那条路，她又不在那里，我想叫她的名字，但我不想让她听见我的声音，我所有的欲望都是建立在我们那次短暂交往的基础上的，握在我们那半个小时共处的手掌里的是一亿次争吵、死不承认和沉默。我有那么多问题要问她："你喜欢趴着找冰下的东西吗？""你喜欢戏剧吗？""你喜欢在看见什么东西之前先听到它的声音吗？"我第二天又去了，走过去很累，每走一步，我就更加相信她对我的看法肯定不好，或者，更糟糕的是，她一点都没有想我，我低着头走着，我的宽檐帽压得低低的，当你把脸藏着不让世界看见的时候，你也就看不见世界，这就是为什么，在我年轻的时候，在欧洲的中部，在我们两个村庄中间，在即将失去一切的关头，我撞上了什么东西，被撞倒在地上。我呼了几口气才缓过神来，开始我以为我撞上了一棵树，但是后来这棵树变成了一个人，这个人也在从地上爬起来，然后我就看见了这个人是她，她也看见了是我。"喂。"我说，拍拍自己身上。"喂。"她说。"这太好玩了。""是。"怎么解释？"你去哪儿？"我问。"就是散散步，"她说，"你呢？""就是散散步。"我们互相扶着对方站起来，她从我头发里扫去树叶，我想碰她的头发。"这不是真的，”我说，并不知道我嘴里下面要说出来的话是什么，但希望它们是我想说的话。我想表达自己的内心，比我有生以来想要任何东西还要想。“我是来看你的，”我告诉她，“这六天来，我天天都来你家。不知道为什么，我必须再见到你。”她没有说话，我犯了一会儿傻，不了解自己也没什么不对，然后她就开始大笑，笑得比我见过的任何人都笑得凶，笑出了眼泪，眼泪带来了更多的眼泪，然后我也开始大笑，因为最深和最彻底的羞涩。就像要把我的鼻子伸进我的屎里，我又说：“我是来看你的，因为我想再见到你。”她笑啊笑。“这就说得通了。”她止住笑之后说。“说得通？”“这就说得通，为什么，在过去六天里，每天你都不在家了。”我们不再笑了，我把整个世界放进我自己的身体里，重新排列了一下，然后把它作为一个问题送了出来：“你喜欢我吗？”

你知道现在几点吗？

他告诉我现在是九点三十八分，他看着那么像我，我看得出他也看出来了，我们都有同样一种在对方身上认出了自己的那种微笑，我有多少个冒充我的人？我们是不是都犯同样的错误，我们中有没有人做得正确过，或者犯的错误稍微小一些，我是冒充者吗？我刚才告诉我自己现在几点钟，现在我在想着你母亲，她有多么年轻多么老，她用一只信封装她的钱，不管天气如何她都让我抹上防晒霜，她打个喷嚏后会说："上帝保佑我。"上帝保佑她。她现在在家，写她的生平故事，她在打字而我在出走，我不知道下面的章节是什么。这是我的建议，当时我觉得这是一个非常好的建议，我觉得假如她能够表达自己而不是折磨自己，假如她有办法减轻负担，她活着只是为了活着而没有更多的东西，没有任何可以激励她、让她照料、可以称为她自己的东西，这样更好。她来铺子里帮忙，然后回家坐在她的大椅子里看她的杂志，不是读杂志而是看透杂志，她让灰尘积攒在她的肩头。我从壁橱里拿出我的旧打字机，在客房里给她摆设好，配好她需要的一切，一张充当书桌的牌桌，一把椅子，纸，几只杯子，一罐子水，一块电热板，一些花，饼干，这不是个正规的办公室但也还算讲究。她说："但这是个无事区。"我写道："要写你的生平故事，还能有更好的地方吗？"她说："我的眼睛花了。"我告诉她她的眼睛够好，她说："我差不多看不见。"她将手放在眼睛上，但我知道她只是因为被人注意而不自在。她说："我不知道怎么写。"我告诉她没什么可知道的，只要让它自然地出来就行，她把手放在打字机上，像一个瞎子第一次摸一个人的脸，然后说："我从来没有用过这种玩意儿。"我告诉她："按键盘就行了。"她说她会试试，尽管在还是个小孩子的时候我就知道怎么用打字机，但我不知道怎么去试着用打字机。几个月里都是一样，她会在早上四点钟醒来，走到客房，动物们会跟随着她，我会到这里来，我到吃早饭时才能再见到她，然后下班后我们会兵分两路，直到该睡觉时才能见到对方，我担心过她吗，将她所有的生活都放进她的生平故事里，没有，我为她高兴，我记得她感受到的感受，创造一个新世界的极端喜悦，我从门后面听到创作的声音，字母被压进纸张，纸张从机器里吐出来，所有的事情总算比以前好，好得无以复加，所有的事情都有了意义，然后今年春天有一天早上，多年的独自耕耘之后，她说："我想让你看一样东西。"我跟着她走进客房，她指着角落里的牌桌，桌子上，打字机夹在两摞差不多高的纸堆中间，我们一同走过去，她抚摸了桌子上的所有东西，然后把左面那一堆纸递给我。"我的生活。""你说什么？"我耸耸肩，代替提问。她敲敲一张纸，"我的生活。"她又说。我翻了翻那些纸，大概有上千页吧，我把那摞纸放下。"这是什么？"我问——我把她的手掌放在我的手上，然后把我的手掌翻上来，把她的手翻到我的手下面。"我的生活，"她说，那么自豪，"我刚刚写到眼下这个时刻。刚才。我追上我自己了。我最后写的东西是'我要给他看我写的东西。我希望他喜欢'。"我拿起那些纸，来回翻看着，试着找出她出生的那一页，她的初恋，她最后一次见到她的父母，我也在找安娜，我找啊找啊，我的手指头被纸割破了一个小口，一朵花样的血滴滴在了我本来应当看见她亲吻什么人的那一页，但我看见的只是这个：

我想哭但我没有哭，我或许应该哭，我应当用泪水把我们淹死在房间里，结束我们的苦难，他们会发现我们脸朝下浮在两千页纸里面，或者埋在我的眼泪蒸发后所剩的盐里。我记得，（已经太晚了，）我记得，很多年前，为了报复打字机和我自己，我从机器里拉出了打字机色带，把它拉成了一条长线，解开了连着它的色带负片——我为安娜设计的未来的家，我写的没有回音的信——就好像这样做会保护我实际的生活。但实情更糟——实情实在是无法启齿，那就把它写下来！——我意识到你母亲看不见空白，她什么都看不见。我知道她有困难，我觉得我们走路时她会抓我的胳膊，她对我说："我的眼睛不好。"但我以为这是感动我的一个方式，另一个比喻，为什么她不求助，为什么她看不见却还是要那些杂志和报纸，这是她求助的方式吗？是不是因为这个她才把栏杆抓得那么紧，她不在我看着的时候做饭，我看着的时候她不换衣服，也不开门？她是不是总要有什么东西在眼前读着，这样她就不用看任何别的东西？这么多年来我给她写过那么多字，我是不是从来都没有跟她说过任何话？"太棒了，"我用我们之间特有的那种方式揉了揉她的肩膀，"真是太棒了。""说吧，"她说，"告诉我你是怎么想的。"我把她的手放在我的脸颊上，我把我的头偏向肩膀，在我们对话的语境中，按照她的理解，这样做的意思是："我不能在这里这样读。我要把它拿到卧室里去，我要慢慢地、仔细地读，我要给你的生平故事它应得的尊重。"但在我们对话的语境中，按照我的理解，这样做的意思是："我让你大失所望了。"

你知道现在几点吗？

安娜和我第一次做爱是在她父亲的小杂物棚后面，那块地的前一个主人是一个农场主，但德累斯顿开始吞并那一带的村庄，农场被分成了九块地，安娜她们家拥有最大的那一块。杂物棚的墙有一天下午坍塌了——“骆驼背上多了最后一片叶子。”她父亲开了个玩笑——第二天他用书架码出了新的墙，这样，将棚内和棚外分开的是书。（新的悬垂屋顶保护书不受雨淋，但冬天时书页会冻在一起，春天来时，它们会发出叹息。）他利用这块小空间、地毯和两个小沙发造出了一个小沙龙，他喜欢晚上时带着一杯威士忌和一只烟袋去那里，拿开书，透过墙看着市中心。他是个知识分子，尽管他不显要，假如他活得长一些或许他会很显要，或许伟大的书籍像弹簧一样蜷曲在他身子里面，那些可以将里面和外面分开的书。我和安娜第一次做爱的那一天，他在院子里见到了我，他和一个头发蓬乱的人站在一起，这个人的头发向四面八方支棱着，眼镜弯曲了，白衬衣也染上了他那双满是油印污迹的手的手印，“托马斯，这是我的朋友西蒙·戈德堡。”我跟他打了个招呼，我不知道他是谁也不知道我为什么会被引见给他，我想去找安娜，戈德堡先生问我是干什么的，他的声音好听但破碎，就像一条鹅卵石街道。我告诉他：“我什么都不干。”他笑了。“别这么谦虚。”安娜的父亲说道。“我想当雕塑家。”戈德堡先生摘下眼镜，把衬衣从裤子里拉出来，用衬衣下摆擦眼镜。“你想当雕塑家？”我说：“我正在努力成为一个雕塑家。”他把眼镜重新戴上，将眼镜腿拉到耳朵后面去，说：“你这个情况，努力成为就等于已经成为了。”“你是做什么的？”我问，声调比我本意要更有挑战意味。他说：“我不再做什么了。”安娜的父亲对他说：“别这么谦虚。”不过这一次他没有笑，他告诉我：“西蒙是我们时代最伟大的思想者之一。”“我在努力。”戈德堡先生对我说，好像这里只有我们两个人存在。“努力成为什么？”我问，声音比我本意要显得更关切。他又把眼镜摘了下来：“努力成为。”

她父亲和戈德堡先生在那个代用沙龙里谈话的时候，沙龙里的书将里面和外面隔开，我和安娜则走到了那片靠近从前是马厩如今已成为灰绿色泥土的芦苇丛，走下去时，如果知道从哪里看、怎么看，你能看见水的边缘，我们半截袜子都沾满了泥，我们踢开落在地上的果子，水果的汁液四处乱飞，从这块地的顶端我们能看见繁忙的火车站，战争的骚动越来越近，士兵们穿过我们的城市向东开进，难民往西去，或者是在这里停留下来，火车来又去了，成百列的火车，我们回到我们出发的地点，那个充当沙龙的小棚子的外面。“咱们坐下吧。”她说。我们放低身子坐在地上，我们背靠着书架，我们能够听见他们在里面说话，能够闻见从书缝中间渗过来的烟味，安娜开始吻我。“不过他们要出来了怎么办？”我轻轻耳语。她摸摸耳朵，意思是他们的声音会使我们安全。她的手触碰到我的全身，我不知道她在干什么，我抚摸她身上所有的部位，我在干什么呢，我们能够明白我们无法解释的事情吗？她父亲说：“你要待多久就待多久。你可以长住下去。”她把衬衣拉过头顶，我用手握住她的乳房，那么笨拙，那么自然，她把我的衬衣拉过我的头顶，我看不见的那个时刻，戈德堡先生笑着说：“长住。”我听见他在小房间里来回踱步，我把手放在她的衬衣里面，放在她两腿之间，所有的东西都即将迸发火焰，没有任何经验但我却知道该怎么做，和我在梦里见过的一模一样，好像所有的信息都像弹簧一样蜷曲在我的身体里面，所有正在发生的事情以前都已经发生过而且还会再次发生。“我已经不认识这个世界了。”安娜的父亲说。安娜翻身仰面躺下，在一面墙的书后面，声音和烟斗里的烟从书里逃逸出来。“我想做爱。”安娜轻声耳语。我清楚地知道该怎么做，夜晚正在降临，火车正在驶离，我掀开她的裙子，戈德堡先生说：“我比以前认识得更清楚了。”我可以听见他在书的另一面呼吸，如果他从书架上取下一本书，他什么都看得见。但书保护了我们。我刚进入她一秒钟就如干柴烈火一般烧了起来，她呜咽起来，戈德堡先生跺着脚，像一只受伤的动物一样发出一声哀鸣，我问她是不是不高兴，她摇摇头说不，我瘫倒在她身上，将我的脸颊贴在她的胸脯上，我看到你母亲站在二楼窗户后面。“那你干吗哭呢？”我问，我疲惫，但又觉得自己体验过了什么。“战争！”戈德堡先生说，他的声音颤抖，愤怒而又颓丧，“我们毫无目的地互相残杀！这是人类对人类发动的战争，只有打到一人不剩的时候才会停止！”她说：“疼。”

你知道现在几点吗?

每天早上吃早饭以前，我来这儿之前，你母亲和我会去客房里，动物们跟随着我们，我翻阅着那些空白纸张，作出笑的样子，作出流泪的样子，如果她问我为什么笑，为什么哭，我会用手敲着一张纸，如果她问“为什么”，我会用她的手按住她的心，然后按住我的心，或者我会用她的食指摸镜子，或者很快地触碰一下电热板，有时候我在想她是不是知道，在我“无事”的时刻我在想她是不是在试探我，她是不是成天打胡言乱语，或者是什么也不打，只是想看看我会如何反应，她想知道我是不是爱她，这是所有人从别人那里想知道的一切，不是爱本身而是知道爱就在那里，就像过道壁橱里的急救包里的手电筒里的新电池。“别让任何人看见它。”她第一次给我看的那天早上我告诉她，也许我是在试图保护她，也许我是在试着保护我自己。“我们把它当作我们自己的秘密，直到它臻于完美。我们一起写这本书。我们把它写成有史以来最好的书。”“你觉得这有可能？”她问。室外，树叶在从树上落下，室内，我们在放弃我们对那种真相的关切。“我觉得可能，”我碰碰她的胳膊表示同意，“如果我们够努力的话。”她把手伸在她身前，找到我的脸，她说：“我要写这个。”从那天以后我一直在鼓励她乞求她多写，深挖。“描写他的脸。”我告诉她，将我的手划过那一页空白。然后，第二天，“描写他的眼睛。”然后，我对着窗户拿着一页，让它充满光线，“描写他的虹膜。”然后，“他的瞳孔。”她从来不问：“谁的？”她从来不问：“为什么？”我的眼睛在那些纸张上吗？我看着左边的那叠纸翻两番，翻四番，我听说旁白变成了一行变成了一段变成了一章，我知道，因为她告诉了我，曾经是第二句的句子现在是倒数第二句。就在两天前，她说她的生平故事发生得比她的生平还要快。“你说的是什么意思？”我用手势问。“发生过的事这么少，”她说，“我不善于记忆。”“你可以写我们的店吗？”“我描述了盒子里的每一颗钻石。”“你可以写其他人。”“我的生平就是我遇见的所有人。”“你可以写你自己的感情。”她问：“我的生活和我的感情难道不是一码事吗？”

对不起，买票的地方在哪儿？

我有这么多话要对你说，问题不是我没有时间了，而是我没有地方了，这本笔记本快写满了，页数不够了，今天早上我在公寓里最后看了一回，到处都是笔迹，墙上和镜子上都写满了，我把地毯卷起来了这样我就可以在地板上写，我在窗户上写，我在那些人家给我们而我们却没有喝的酒的酒瓶上写，我只穿短袖，哪怕是天冷的时候，因为我的胳膊也是笔记本。但我要表达的东西太多。抱歉。这是我一直想向你说的话，我为一切抱歉。我抱歉，在我或许能够挽救她和我们的理想、或者至少和它们同归于尽的时候，我却离开了安娜。我抱歉，我没有能够舍弃那些不重要的东西，没有能够抓住重要的东西。我为我将要对你母亲和你做出的事情而抱歉。我抱歉，我将永远也不能看见你的脸，喂你，在你睡前给你讲故事。我用我自己的方式试图为自己辩解，但当我想起你母亲的生平故事时，我知道我什么也没有解释清楚，她和我没有什么不同，我也在写出一片空白。“题词，”今天早上，也就是几个小时前，我最后一次进客房的时候，她对我说，“你看看。”我用我的手指触摸她的眼帘，将她的眼帘张开，以表达出我所有可能的意思，我马上就要连再见都不说就这样抛弃她，掉头离开一个充斥着毫米和规矩的婚姻。“你觉得是不是有点过头？”她问，将我拽回她那个无形的题词。我用右手触摸着她，不知道她将她的生平故事题献给了什么人。“不傻吧，对不对？”我用右手触摸着她，我已经开始思念她了，我并不是改变了主意，但我在思索。“是不是有点张扬？”我用右手触摸着她，就我所知，她将书题献给了她自己。“这对你有意义吗？”她问，这一次她将手指放在什么都没有的地方，我用左手触摸着她，我知道，她将书题献给了我。我告诉她说我得走了。我用那些对任何别人都毫无意义的一长串手势，问她，她是否需要什么特别的东西。“你总是能买对东西，”她说。“一些自然杂志？”（我像扇翅膀那样扇动她的手。）“太好了。”“或者一些有艺术性的东西？”（我握住她的手，像握一把刷子那样，然后在我们面前画了一幅无形的画。）“行。”她陪我走到门口，一如既往。“我可能没办法在你睡着之前回来。”我告诉她，将我闲着的那只手放在她肩头，然后用我的手掌轻抚着她的脸颊。她说：“但没有你我就睡不着。”我握着她的手，贴到我头上，点头说她会睡着的，我们穿过一条“有事”通道，走到门前。“假如我没有你就睡不着呢？”我握着她的手，贴到我头上，点点头。“假如呢？”我点点头。“回答我。”她说。我耸耸肩。“向我保证，你会小心。”她说，将我大衣的帽子戴到我头上。“向我保证，你会特别小心。我知道你过马路时会两边都看，但我要你往两边都多看一遍，因为我跟你这么说过。”我点点头。她问：“你抹护肤霜了吗？”我用手势告诉了她。“外面很冷。你感冒了。”她问，“可是你抹了没有？”我用右手摸摸她，这让我自己都感到吃惊。我可以生活在一个谎言中，但我无法让自己撒这个小谎。她说：“等等。”然后跑回公寓，回来时带着一瓶护肤霜。她往自己手上挤出一些，用手搓了搓，然后把它抹在我脖子后面，我手上，手指之间，我的鼻子和额头和脸颊和下巴上，所有裸露出的地方，最后我就是石膏，她就是雕塑家，我想，多么遗憾，我们必须活着，多么可悲，我们只有一次生命，因为假如我有两次生命，那我一定会用一次生命和她一起度过。那样我就会和她一起留在公寓里，从门上撕下蓝图，将她抱在床上，说：“我要两个面包卷。”唱：“开始传播新闻吧。”笑：“哈哈哈！”喊：“帮帮我！”我将在活人中度过这一次生命。我们一起坐电梯下楼，走到门槛前，她停下了，我接着往前走。我转回身——这或许是我的本意。“不要哭。”我告诉她，把她的手指按在我脸上，将想象中的眼泪从我的脸颊上往上推，推回到我的眼睛里。“我知道。”她说，一边从她的脸上擦去真实的眼泪。我跺跺脚，意思是：“我不到机场去了。”“到机场去吧。”她说。我摸摸她的胸部，然后把她的手指

向世界，然后把她的手指向她的胸部。“我知道，”她说，“我当然知道。”我握着她的手，假装我们是在一堵无形的墙后面，或者是在一幅假想的画后面，我们的手掌摩挲着它的表面，然后，冒着言多必失的危险，我将她的一只手捂在我眼睛上面，将她的另一只手捂在她的眼睛上面。“你对我太好了。”她说。我将她的手放在我头上，点头称是，她笑了，我喜欢她笑，尽管真相是我并不爱她。她说：“我爱你。”我告诉她我感觉如何，我是这样告诉她的：我把她的手放在她身体两边，我让她的两根食指互相指向对方，然后慢慢地，非常缓慢地，拉它们互相靠近，它们靠得越近，我就拉得越慢，然后，就在它们互相要接触时，就在它们互相之间只隔一张字典纸那么厚的距离就要接触时，从“爱”这个字的对立两面互相逼近时，我停住了两根食指，我停住它们，就在那里握着它们。我不知道她是怎么想的，我不知道她是怎么理解的，也许她不允许自己去理解这是什么意思，我转过身来，离她而去，我没有回头看，我不愿意回头看。我告诉你这一切，因为我永远也不会是你的父亲，而你永远会是我的孩子。我想要你知道，至少，我离开不是因为我自私，我怎么解释这一点呢？我不能活下去，我试过，但是我不能。如果这听起来很简单，那是因为它本来就简单，像山那样简单。你母亲也经受了苦难，但她选择活下去，而且也活下来了，你给她当儿子，也给她当丈夫吧。我不指望你能够理解我，更不指望你能原谅我，你或许甚至都读不到这些文字，如果你妈妈不把它们给你看的话。是该走的时候了。我想让你幸福，我想让你幸福比我想让我自己幸福还要想得多，这听起来简单吗？我要走了。我会把这几页从这个笔记本里撕下来，在我上飞机之前把它们放进邮箱，信封上写着“给我未出世的孩子”，从此以后我不会再写一个字，我走了，从此以后我不再流连于此生此世。爱你，你的父亲。

我要买一张去德累斯顿的票。

你在这儿干什么？

你回家去。你该上床睡觉了。

我带你回家吧。

你疯了。你会感冒的。

你会严重感冒的。

沉重的心情
更沉重的心情

十二个星期之后，《哈姆莱特》首演。这个剧本实际上只是一个缩写过的现代版，因为真正的《哈姆莱特》太长太乱，而我们班上大部分孩子都有注意力缺陷障碍。比如说，我从奶奶买给我的那套《莎士比亚全集》里学到的那段著名的“生存还是毁灭”独白，被缩减成了一句话：“生存还是毁灭，这是个问题。”

每个人都要演一个角色，但真正的角色不够多，而我因为当时心情太沉重，无心上学，试演那天根本就没去，所以我得到的是约里克这个角色。开始，这让我有点不自在。我向里格利夫人提议，我可不可以就在乐队里摇摇铃鼓什么的。她说：“我们没有乐队。”我说：“但是……”她告诉我：“你会很棒的。你会全身涂黑，化妆师们会将你的手和脖子都涂黑，服装组会给你做出一个纸型骷髅戴在头上。这样真能制造出你没有身体的幻觉。”我把这事稍微掂量了一下，然后告诉她我更妙的高招。“我要这么着，我要发明一种隐形套服，背后有一台摄影机，可以拍下我背后所有东西的录像，然后在我前面戴着的等离子屏幕上播放出来，除了我的脸以外，这个屏幕会遮挡住所有的东西。这样看起来就会像我压根儿就不在那儿了。”她说：“俏皮。”我说：“但约里克能算是一个角色吗？”她冲着我的耳朵小声耳语：“说真的，我担心你会抢戏。”然后我就高兴能演约里克了。

首演日还挺不错。我们有一只造雾机，所以墓地真的就像电影里的墓地一样。“唉，可怜的约里克！”吉米·斯奈德说，捧着我的脸，“我知道他，霍雷肖。”我没有等离子屏幕，因为服装预算不够，但从骷髅下面我能四处张望而不被人注意。我看见很多我认识的人，这让我感觉特别好。妈妈、罗恩和奶奶当然在那里。牙膏和汉密尔顿先生和太太在那里，很不错。明奇先生和太太也在那里，因为小明奇在演盖登思邓。我在那十二个周末里碰到的很多姓布莱克的人也在那里。阿贝在那里。埃达和阿格尼丝在那里。（实际上，她们坐在一起，虽然她们没有意识到这一点。）我还看见了阿尔伯特、艾丽丝和艾伦和阿诺德和芭芭拉和巴里。他们大概占了观众的一半。但奇怪的是，他们并不知道他们的相同之处，这有点像我自己，我不知道图钉、弯曲的勺子、方块的锡纸，和所有那些我在中央公园里挖出来的东西之间有什么相同之处。

我特别紧张，但我保持着信心，我演得特别精致。我知道我演得好，因为观众起立鼓掌，这让我觉得神气极了。

第二次表演也挺不错。妈妈去了，但罗恩要加班。不过这也没关系，因为我本来就不想让他来。奶奶当然在那里了。我没有看见任何姓布莱克的人，但我知道，除非是你的父母，大部分人只会看一次演出，所以我也没有因为这个觉得特别难过。我试着做出特别的表演，我觉得我也做到了。“唉，可怜的约里克。我认识他，霍雷肖；一个真正滑稽的大好人。我曾经一直骑在他的背上，而现在，想起来真是可怕！”

第三天晚上只有奶奶一个人来了。妈妈有个很晚的会，因为她的一个案子快要开审了，我没有问罗恩在哪里，因为我觉得尴尬，而且我压根儿就不想让他来。我在那里尽量稳稳当当地站着的时候，吉米·斯奈德托住我的下巴，我心里琢磨道，*如果基本上没有什么人在看，做特别精致的表演又有什么意义？*

第四天晚上，奶奶没有在开演前到后台来打招呼，演出后也没有来说再见，但我看见她了。从骷髅眼窝里，我能看见她站在运动场的后面，在篮球球篮下面。她的化妆品吸收着灯光，这让她看起来显得很异样，她看起来像是紫外线。“唉，可怜的约里克。”我尽力稳稳地站着，脑子里却一直在想，什么审判比历史上最伟大的戏剧还更重要？

下一次表演，又是只有奶奶一个人。她喊叫的时间不对，笑的时间也全都不对。当观众发现奥菲利娅死了的时候，这应该是坏消息，她却鼓掌叫好，而当哈姆莱特终于在和雷欧提斯的决斗中得了第一分，很显然，应当是好事的时候，她却又喝倒彩。

“这是我曾经多次亲吻的嘴唇所在的地方。你的笑话现在何处，还有你的游戏，你的歌声？”

闭幕之前，在后台，吉米·斯奈德在剧组的其他成员和工作人员面前模仿奶奶。我猜我刚才没有意识到她嗓门有多大。我曾经因为自己注意到她而对自己大为光火，但我错了，这事还真是她的错。人人都注意到了。吉米将她模仿得惟妙惟肖——她就是那样的，听到什么好笑的东西就扑打自己的左手，就像她眼前有一只苍蝇那样。她还会歪斜着脑袋，好像她在特别专注地想什么事情。她还会打个喷嚏，然后说：“上帝保佑我。”她还会又哭又喊，然后说：“真伤心啊。”每个人都能听得见。

我就坐在那里，任吉米把所有的孩子都逗得哄堂大笑。连里格利夫人都笑了，她丈夫也笑了，她丈夫负责在换布景的时候弹钢琴。我没有说她就是我的奶奶，我也没有让他住嘴。表面上，我也在嬉笑。内心里，我在巴望能把她给藏在一个便携式口袋里，巴望她也有一件无形外套。我巴望我们两个可以到一个遥远的地方，就像第六区。

那天晚上她又在那里，在后排，虽然那一天只有三排座位上有人。我从骷髅后面看着她。她的手按在她的紫外线心上，我可以听见她说：“真伤心啊，真伤心。”我想起那条没有织完的围巾，她抱着穿过百老汇大街的石头，还有她度过了这么漫长的人生却还是需要假想的朋友，还有那一千次拇指大战。

玛吉·卡尔森：嗨，哈姆莱特，波洛涅斯在哪儿？

吉米·斯奈德：吃饭去了。

玛吉·卡尔森：吃饭去了！在哪儿吃饭？

吉米·斯奈德：不是在他吃饭的地方，而是在人家吃他的地方。

马吉·卡尔森：哦！

吉米·斯奈德：一个国王最终可能成为一个乞丐的腹中之物啊。

那天晚上，在舞台上，在骷髅面具下，我觉得和世间万物无比亲近，却又无比孤独。此生此世，我第一次怀疑，生命是不是值得花费这么多的力气去活。到底是什么东西使它值得去活？永远死去，不再有任何感情，甚至连梦想都没有，到底有什么可怕的？感情和梦想又有什么了不起呢？

吉米将他的手放在我的脸下面。“这是我曾经多次亲吻的嘴唇所在的地方。你的笑话现在何处，还有你的游戏，你的歌声？”

也可能是因为那十二个周末发生的林林总总。或者是因为那天晚上我觉得与世界那么亲近而又那么孤独。我不能再死下去了。

我：唉，可怜的哈姆莱特（我用手捧着吉米·斯奈德的脸）；我认识他，霍雷肖。

吉米·斯奈德：但是约里克……你只是……一只骷髅。

我：那又怎么着？我不在乎。去你妈的。

吉米·斯奈德：（耳语）这不是戏里头的台词。（他向里格利夫人求援，里格利夫人在前排，翻着台词本。她用右手在空中划着圈圈，这是宇宙通用的手势："即兴表演。"）

我：我认识他，霍雷肖；他是一个蠢到顶的混蛋，二楼男厕所里一个最完美的手淫分子——我有证据。还有，他有阅读困难症。

吉米·斯奈德：（无言以对）

我：你的嘲弄现在何处，还有你的蹦跶，你的歌声？

吉米·斯奈德：你到底在说什么？

我：（将手伸向记分牌）舔我的老二吧笨狗，你这个 × 蛋的混蛋臭粑粑！

吉米·斯奈德：啊？

我：你的罪行是虐待不如你强势的：你让我和牙膏还有明奇这样的书呆子的生活无法忍受，你模仿智障人，你给那些平时差不多没有人打电话给他们的人打恶作剧电话，你吓唬温顺的动物和老人——而且，顺便提一句，他们比你要更聪明，更见多识广——你嘲弄我，因为我有一只母猫……我还看见过你乱扔垃圾。

吉米·斯奈德：我从来没有给智障人打过恶作剧电话。

我：你是抱养来的。

吉米·斯奈德：（在观众中寻找他的父母）

我：谁也不爱你。

吉米·斯奈德：（眼中噙着泪花）

我：你还有肌萎缩性脊髓侧索硬化症。

吉米·斯奈德：啊？

我：我代表死人们……（我将骷髅从头上扯下来。尽管骷髅头是用纸模做的，它还是很硬。我用它砸吉米·斯奈德的脑袋，我又砸了一下。他倒在地上，失去了知觉，我真不敢相信我有这么强壮。我再一次使尽全力砸他的脑袋，血开始从他的鼻子和耳朵里喷出来。但我还是对他毫无同情。我要他流血，因为他活该。其他一切都毫无意义。爸爸毫无意义。妈妈毫无意义。观众毫无意义。折叠椅和造雾机造出来的雾毫无意义。莎士比亚毫无意义。我知道在运动馆房顶外面的星星也毫无意义。眼下，唯一有意义的事情，就是我在砸吉米·斯奈德的脑袋。他的血。我将他的一串牙齿打进了他的嘴巴，我觉得它们从他的嗓子眼里溜下去了。血到处飞溅，铺天盖地。我接连用骷髅头砸他的脑袋，他的脑袋也是罗恩的脑袋（因为他让妈妈苟活下去）和妈妈的脑袋（因为她苟活下去）和爸爸的脑袋（因为他死了）和奶奶的脑袋（因为她让我这么尴尬）和费恩大夫的脑袋（因为他问我爸爸的死里会不会也有好的一面）和我认识的所有人的脑袋。观众在鼓掌，所有的人，因为我说出了这么多的意义。我一下一下地打他的时候，观众给我起立鼓掌。我听见他们叫）

观众：谢谢你！谢谢你，奥斯卡！我们爱你！我们保护你！

要是这样就太棒了。

我从骷髅底下看着观众，吉米的手托在我的腮帮子下面。“唉，可怜的约里克。”我看见阿贝·布莱克了，他也看见了我。我知道我们在用眼神共享着什么东西，但我也不知道我们分享的是什么，我也不知道这是否会对我有什么影响。

十二周以前，我到科尼艾兰去找阿贝·布莱克。我很理想主义，但我也知道我步行走不了太远，所以我叫了出租车。还在我们驶出曼哈顿之前，我就已经明白我兜里的七美元六十八美分是不够的。我没吱声，我不知道你会不会把这算作是撒谎。只是，我知道我一定要到那儿去，我别无选择。的哥将出租车停在一栋楼前时，计时表上显示七十六美元五十美分。我说：“马哈特拉先生，你是乐观主义者还是悲观主义者？”他说：“怎么了？”我说：“因为，很不幸，我只有七美元六十八美分。”“七美元？”“还有六十八美分。”“不可能有这样的事儿。”“很不幸，就是这么回事儿。但是，如果你把你的地址给我，我保证会把剩下的寄给你。”他将头低在方向盘上。我问他还好吗。他说：“留着你的七美元六十八美分吧。”我说：“我保证会给你寄钱。我保证。”他把他的名片递给我，那其实是一个牙医的名片，但他把自己的地址写在了反面。然后他用一门不是法语的外语骂了一句什么。“你生我的气吗？”

我一向十分惧怕坐过山车，但阿贝说服我和他一起坐旋风过山车。“到死都没有坐过旋风过山车，那可就太可惜了。”他对我说。“那会抱憾而死的。”我对他说。“是啊，”他说，“但你是可以选择坐一回旋风过山车的。”我们坐在前排座位上往下冲的时候，阿贝把双手伸向空中。我一直在琢磨，我当时的感觉，是不是有点像摔落。

在我的头脑中，我一直试着计算所有那些将过山车保持在轨道上、将我保持在过山车中的力。当然，有地心引力。还有离心力。还有冲力。还有轮子和轨道之间的摩擦力。还有风的阻力。我想，或许还有别的什么力。我们以前等着吃薄煎饼的时候，爸爸曾经用蜡笔在桌布上教我物理。他本来可以给我解释这一切的。

海洋的气味怪怪的，他们在海滨大道上卖的吃食闻起来也是怪怪的，什么镂空蛋糕啊，棉花糖啊，热狗啊。那一天几乎完美，不过阿贝对钥匙和爸爸都是一无所知。他说他正要开车去曼哈顿，如果我愿意，他可以捎我一段路。我说：“我不和陌生人一起坐车，还有，你怎么知道我要去曼哈顿？”他说：“我们不是陌生人了，我也不知道我是怎么知道你要去曼哈顿的。”“你开越野车吗？”“不。”“得分。你开油电混合动力车吗？”“不。”“扣分。”

我们上车之后，我一五一十地跟他讲了我要在纽约找到所有姓布莱克的人的事。他说：“我能理解，我遇到过类似的事，我的狗

跑丢了一次。它是世界上最好的狗。我爱它爱得无以复加，对它也好得无以复加。它并不想跑掉。它只是犯糊涂了，跟上什么东西，又跟上什么东西。”“但我爸爸没有跑掉，”我说，“他是在恐怖分子袭击中丧生的。”阿贝说：“我指的是你。”他和我一起去到埃达·布莱克的公寓，尽管我告诉他我可以自己去。“我觉得还是知道你安全抵达了要好一些。”他说，他的语气就像妈妈一样。

埃达·布莱克有两幅毕加索的绘画。她对钥匙一无所知，所以她的绘画对我也毫无意义，尽管我知道它们很著名。她说，如果我愿意，可以坐在沙发上，但我告诉她我对皮革不感冒，于是我就站着。她的公寓是我去过的最奇妙的公寓。地板像是大理石的棋盘，天花板就像蛋糕。所有的东西都像是属于博物馆的，于是我用爷爷的相机照了一些照片。“这个问题可能有些不礼貌，不过，你是世界上最富有的人吗？”她摸摸一只灯罩，说：“我是世界上第四百七十六富的人。”

我问她，她对无家可归的人和百万富翁居住在同一个城市感觉如何。她说：“我给慈善机构捐了很多钱，如果这是你的用意的话。”我告诉她我没有什么用意，我说我只是想知道她自己感觉如何。“我觉得还行。”她说。然后她问我要不要什么喝的。我跟她要了咖啡，然后她问另外一个房间的一个什么人要咖啡，然后我问她，她是不是觉得只有在所有人都能得到某个数目的钱之后，一个人才能得到那么多钱。这是爸爸曾经向我提过的。她说：“上西城可不是免费的，你知道。”我问她她怎么知道我住在上西城。“你有没有你不需要的东西？”“没有。”“你攒钢镚儿吧？”“你怎么知道我攒钢镚儿？”“很多年轻人攒钢镚儿。”我告诉她：“我需要钢镚儿。”“你像无家可归的人需要食物那样需要它们吗？”这样的对话将让我感到不自在。她说：“你拥有的东西里，是你需要的东西多，还是你不需要的多？”我说：“那得看什么叫需要了。”

她说："信不信由你，我曾经是理想主义者。"我问她"理想主义"是什么意思。"理想主义的意思是你按照你觉得正确的方式去生活。""你不这么生活了？""有些问题，我已经不再问了。"一个非洲裔女子用银盘给我端来咖啡。我告诉她："你的制服真是漂亮极了。"她看着埃达。"真的，"我说，"我觉得蓝色在你身上显得特别、特别美丽。"她还是在看着埃达，埃达则说："谢谢你，盖尔。"她走回厨房时我告诉她："盖尔是一个美丽的名字。"

等屋子里只剩下我们两个的时候，埃达告诉我："奥斯卡，我觉得你让盖尔感到很不舒服。""你什么意思啊？""我看得出来，她觉得很不舒服。""我只是试图表达善意啊。""你努力过头了。""表达善意怎么会努力过头呢？""你居高临下。""居高临下是什么？""你跟她说话时，就好像她是个小孩子似的。""我没有。""当女仆不是什么丢人的事情。她的工作很重要，我给她的薪水也很好。"我说："我只是试图表达善意啊。"然后我又纳闷了，我告诉过她我的名字是奥斯卡吗？

我们在那里坐了一会儿。她盯着窗外，好像在等着中央公园发生什么事情。我问："我想在你的公寓里逛逛，行不行？"她笑了，说："有人终于说出自己真正的想法了。"我四周瞅了瞅，房间那么多，以至于我觉得这公寓里面简直比外面的世界还要大。但我没有发现任何线索。我回来后，她问我要不是手指三明治①，这让我大吃一惊，但我很礼貌，我只是说："没门儿。""什么？""没门儿。""对不起。我不知道没门儿是什么意思。""没门儿。就是'不可能……'"她说："我知道我是什么。"我点点头，尽管我不知道她是什么意思，也不知道这句话和别的事有什么关联。"尽管我不喜欢我这样子，但我知道我是什么。我的孩子喜欢他们的样子，但

① 原文为 finger sandwich，奥斯卡不理解这个词组的含义，意译为"袖珍三明治"。

他们不知道他们是什么。你告诉我，哪个更糟糕。”“我们是在比较哪几个选项来着？”她笑了起来，说：“我喜欢你。”

我给她看了钥匙，但她从来没见过这把钥匙，也不能给我讲出任何有关它的故事。

尽管我告诉她我不需要任何帮助，她还是叫门卫看着我坐上出租车。我告诉她我坐不起出租车。她说：“可我坐得起。”我把我的名片给她。她说：“祝你好运。”她将手贴在我脸颊上，亲了亲我的头顶。

那是一个星期六，那一天真是令人沮丧。

亲爱的奥斯卡·谢尔：

谢谢你向美国糖尿病协会捐款。每一美元——或者，你这一回，五十美分——都很重要。

我随信给你寄去关于这个基金会的更多信息，包括我们的使命书、一份关于我们过去的活动和成就的小册子和关于我们将来短期和长期目标的信息。

再次感谢你为这个紧迫的事业奉献。你在拯救生命。

带着感激

帕特里夏·罗克斯伯里

纽约分部主席

这可能让人无法相信，但下一个布莱克就住在我们楼里，只比我们高一层。如果这不是发生在自己身上，我都不会相信。我到门厅去向斯坦打听住在6A的那个人。他说：“从来没有见过谁进出。只是有很多邮件，很多垃圾。”“酷。”他俯下身耳语道：“闹鬼。”我耳语回去：“我不相信超自然。”他说：“鬼可不在乎你信不信它们。”尽管我是个无神论者，我还是知道他说得不对。

我转身上了楼梯，这一回走过了我们那一层，一直走到六层。

门口有一块垫子，垫子上有十二种语言的“欢迎”字样。这可不像一个鬼会放在自己门口的东西。我在锁上试了试钥匙，但打不开，所以我按了门铃，门铃的位置和我们家一模一样。我听见里面有动静，或许甚至还有古怪的音乐，但我很勇敢，就是站着不走。

好像在过了千秋万代之后，门总算打开了。“有什么事吗！”一个老头儿问道，但他问话的声音特别大，听起来像是在吼叫。“是，你好，”我说，“我住在楼下的5A。我能问你几个问题吗？”“你好，年轻人！”他说。他看起来有些怪，因为他戴着红色贝雷帽，跟法国人似的，还戴着眼罩，跟海盗似的。他说：“我是布莱克先生！”我说：“我知道。”他转过身，开始往公寓里走去。我想我应该跟着他走，所以我就跟着他走进去了。

另一件怪事是，他的公寓看起来和我们的公寓一模一样。地板是一模一样的，窗台是一模一样的，连壁炉的瓷砖也是一模一样的绿颜色。但他的公寓又特别不一样，因为里面的东西完全不同。成吨的东西。到处都是东西。另外，他的餐厅正中间有一根巨大的柱子。柱子有两台冰箱那么大，这样一来，餐厅就不能像我们家餐厅那样，放下一张桌子或任何东西了。“这柱子是干吗的？”我问，但他没听见。壁炉台上摆着些娃娃和其他东西，地板上铺着很多小地毯。“这是我从冰岛弄来的！”他说，指着窗台上的贝壳。他指着墙上的剑说：“这是我从日本弄来的！”我问他这是不是日本武士刀。他说：“是复制品！”我说：“酷！”

他把我领到厨房桌子前，我们家的厨房桌子也在这个位置上，他坐下来，用手拍拍膝盖。“行了！”他说，嗓门那么大，我简直想捂住耳朵。“我这辈子过得够神奇的了！”我觉得他说起这个有点怪怪的，因为我没有问起他的生活。“我的生日是一九〇〇年一月一日！我度过了二十世纪的每一天！”“真的？”“我妈妈改了我的生日证明，这样我就可以参加第一次大战！这是她一辈子说过的唯一的谎话！我和菲茨杰拉德的妹妹订过婚！”“菲茨杰拉德是谁？”“弗朗西斯·司各特·基·菲茨杰拉德，小兄弟！伟大的作家！伟大的作家！”“噢。”“我曾经坐在她家阳台上跟她爸爸闲聊，而她在楼上涂脂抹粉！”“她父亲和我进行过最生动的对话！他是一个伟大的人，和温斯顿·丘吉尔一样，伟大的人！”我暗中决定，最好是回家以后再用谷歌查温斯顿·丘吉尔是什么人，而不要提起我不知道他是什么人。“有一天，她走下楼，准备好了，可以走了！我告诉她等一会儿，因为她爸爸和我正在一场绝妙的对话的节骨眼儿上，而你不能打断一次绝妙的对话，对吧！”“我不知道。”“那天晚上晚些时，我送她回家时，就在那同一个阳台上，她说：‘有时候我疑心你是不是喜欢我爸爸胜过喜欢我！’从我母亲那里继承了那该死的诚实，这回又让我栽了！我说：‘是！’唉，这就是我最后一次对她说‘是’了，你知道我的意思了吧！”“我不知道。”“我栽了！天，我栽惨了！”他开始大声笑起来，拍着自己的膝盖。我说：“太好笑了。”他笑得这么凶，肯定就是十分好笑了。“好笑！”他说，“是好笑！她再也不理我了！唉，怎么办！那么多的人在你的生活中进进出出！成千上万的人！你得把门开着，让他们可以进来！但这也意味着你得让他们离开！”

他把一只水壶放在炉子上。

“你很有智慧。”我告诉他。“我有足够的时间积攒智慧！看看这个！”他嘟囔着，掀开了他的眼罩。“这是纳粹弹片留下的！我是战地记者，最后随着英国一支坦克部队沿莱茵河向上攻进！一天下午，我们遭了埋伏，那是四四年年底！我眼睛里的血洒满了我正在写的那张纸，但那些狗杂种们可没法让我停笔！我写完了我那句话！”“那句话是什么？”“啊，谁记得住！关键是，我不能任那些杂种德国佬们让我停笔！笔比剑还要有力量，你知道吧！比米格三四还要有力量！”“你能把眼罩戴回去吗？”“看那个！”他说，指着厨房地板，但我不由自主地想到他的眼睛。“那些地毯下面是橡木！径切的橡木！我知道，因为地板是我自己铺的！”“没门儿。”我说，我说这个可不是仅仅是出于好心。我在脑子里罗列出一串事情，做了那些事情我就可以更像他了。“我妻子和我一起改造了这个厨房！用这双手！”他让我看他的手。他的手看起来像是罗恩主动提出要给我买的《雷尼尔科学》目录上的骷髅的手，不过它们有皮肤，带疤的皮肤，而我也不要罗恩送的礼物。“你妻子现在在哪儿？”茶壶开始响了。

“噢，”他说，“她二十四年前就死了！很长时间了！在我的生活中，就是昨天了！”“哎呀。”“没关系。”“我问起她，你不觉得难过？你要是觉得难过，可以告诉我。”“不！”他说。“想念她是退而求其次的好事！”他沏了两杯茶。“你有咖啡吗？”我问。“咖啡！”“咖啡能延缓我发育，我很怕死。”他拍拍桌子，说：“孩子，我有些洪都拉斯产的咖啡，上面有你的名字！”“可是你都不知道我的名字啊。”

我们坐了一会儿，他给我讲了他那奇妙的一生。根据他讲的来看，他知道的可不少，他是唯一还健在的参加过两次大战的人。他去过澳大利亚、肯尼亚、巴基斯坦和巴拿马。我问他：“你能大概算算自己去过多少个国家吗？”他说：“我不用大概！一百一十二个！”“世界上有那么多国家吗？”他告诉我：“你没听说过的地方，比你听说过的地方还要多！”我特喜欢这句话。他曾经报道过二十世纪差不多每一次战争，像西班牙内战啊，东帝汶的大屠杀啊，还有非洲发生的那些坏事情。我从来没有听说过这些，所以我拼命地记住它们，这样我回家以后就可以到谷歌上查去。我脑子里的单子变得特别长了：弗朗西斯·司各特·基·菲茨杰拉德、涂脂抹粉、丘吉尔、野马敞篷车、沃尔特·克朗凯特[①]、耳鬓厮磨、猪湾、

---

① 沃尔特·克朗凯特（1916—2009），美国著名新闻节目主持人。

唱片、达特森[①]、肯特州立大学、猪油、阿亚图拉·霍梅尼[②]、宝丽来、种族隔离、免下车服务店、贫民窟，托洛茨基、柏林墙、铁托，《飘》、弗兰克·劳埃德·赖特[③]、呼啦圈、彩色印片法、西班牙内战、格蕾丝·凯利[④]、东帝汶，计算尺，还有非洲的一大堆地名，我拼命想记住，但结果却在遗忘。已经很难把所有我不知道的东西装在我脑子里头了。

他的公寓里充斥着他在一生中经历的所有战争里搜集到的东西，我用爷爷的相机给它们拍了照片。有些外语书、小雕像，还有一卷一卷的漂亮绘画，世界各地的可乐罐儿，放在壁炉台上的一堆石头，尽管那些石头都很普通。最神的一点是，每个石头旁边都有一块小纸片，说明这块石头来自哪里，他是什么时候得到的，比如，“诺曼底，一九四四年六月十九日”，“华川大坝[⑤]，一九五一年四月九日”，“达拉斯[⑥]，一九六三年十一月二十二日”。这真是太神了，但有一件怪事，壁炉台上也有很多子弹，但这些子弹旁边没有小纸片。我问他，他怎么知道哪颗子弹是哪颗。“一颗子弹是一颗子弹是一颗子弹！”他说。“可是，一块石头不也是一块石头吗？”我问。他说：“当然不是啦！”我觉得我懂他的意思，但又不十分肯定，所以我指着桌子上花瓶里的玫瑰。“玫瑰是玫瑰吗？”“不是！玫瑰不是玫瑰不是玫瑰！”然后，不知道为什么，我开始想起那首《她行动时的那个模样》，于是我问道：“情歌是情歌吗？”他说：“是！”我沉吟了一会儿。“爱是爱吗？”他说：“不是！”他家有一堵墙上挂满了他去过的国家的面具，像亚美尼亚、智利和埃塞俄比亚。“这个世界不可怕，”他告诉我，将一面柬埔寨面具戴在脸上，

① 汽车品牌。
② 阿亚图拉·霍梅尼（1902—1989），伊朗政治家和宗教领袖。
③ 弗兰克·赖特（1869—1959），美国颇有影响力的建筑师。
④ 格蕾丝·凯利（1929—1982），美国著名电影明星。
⑤ 位于韩国，朝鲜战争期间重要的交战地点。
⑥ 德克萨斯州第二大城市，肯尼迪总统在这里遇刺身亡。

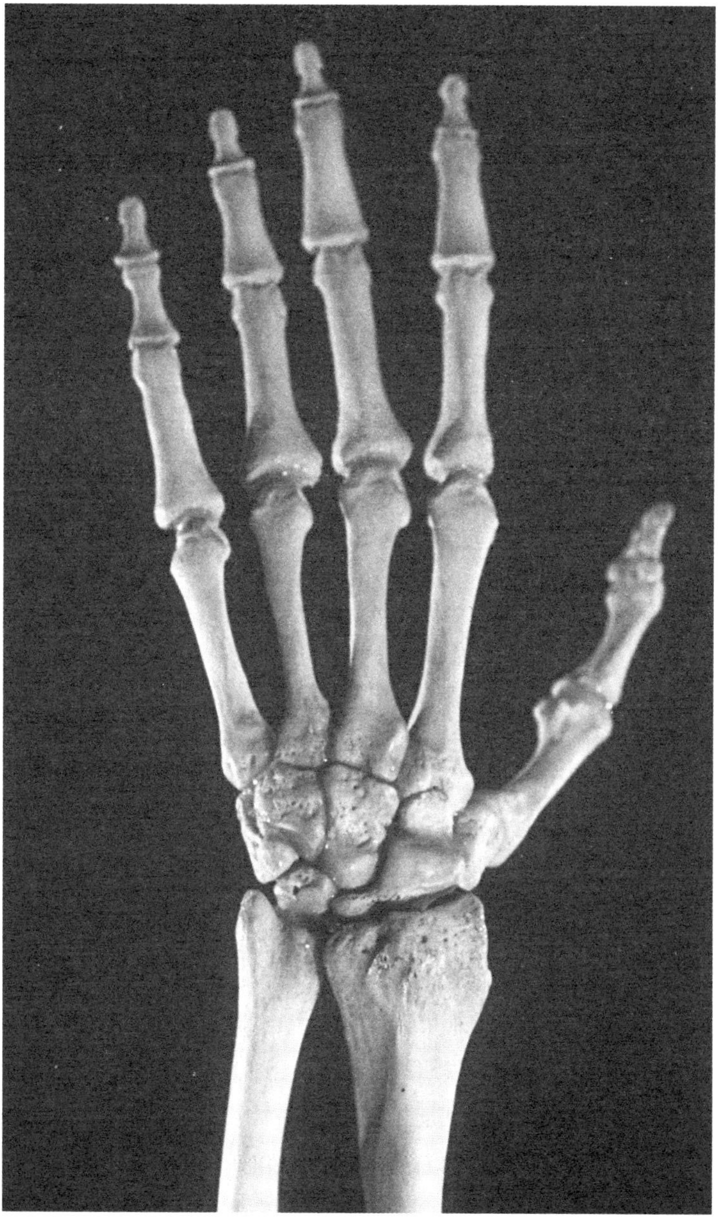

“但世界上充满了可怕的人！”

我又喝了一杯咖啡，然后我知道该是摊牌的时候了，于是我从脖子上摘下钥匙递给他。“你知道这把钥匙开什么锁吗？”“不知道！”他嚷嚷道。“你可能认识我爸爸吧？”“你爸爸是谁？”“他叫托马斯·谢尔。他生前住在5A。”“不认识，”他说，“这名字听着不熟！”我问他是不是百分之百肯定。他说：“我活了这么大岁数，知道我对什么事都不能百分之百肯定！”然后他站起来，走过餐厅里的大柱子，走到大衣柜前，大衣柜是窝在楼梯下面的。我这时候才恍然明白他的公寓和我们的公寓不完全一样，因为他有楼上。他打开衣柜，里面有一个图书馆卡片目录。“酷。”

他说：“这是我的书目索引！”“你的什么？”“我从刚开始写作时就着手积累这些索引了！我给所有我觉得将来某一天需要查阅的人建了一张卡片！我写过的所有人都有一张卡片！我在写文章过程中交谈过的人也有卡片！我从书上读过的人也有卡片！还有些卡片是那些书的脚注里提及过的人！早上，读过报纸后，我会为所有看起来在传记方面有些重要的人建卡片！我还在建！”“你干吗不用网络？”“我没有电脑！”这让我开始觉得头晕。

“你有多少卡片？”“我从来没有数过！到现在，该有几万张了！说不定有几十万张！”“你在上面写些什么？”“我写下那个人的名字，再写上一个单词的传记！”“只有一个单词？”“所有的人最后就归结成一个单词了！”“这些卡片有用吗？”“太有用了！今天早上我读到一篇关于拉美货币的文章！文章中提及了一个叫曼努埃尔·埃斯科巴尔的人！于是我就来查阅埃斯科巴尔！果不其然，他就在这里！曼努埃尔·埃斯科巴尔，工会主义者！”“但他可能还是一个丈夫，或父亲，或甲壳虫乐队乐迷，或长跑爱好者，还有天知道什么。”“当然了！你可以就曼努埃尔·埃斯科巴尔写一本书！就这么着你也还是会漏掉一些东西！你可以写十本书！你可以永远不停地写下去！”

他把抽屉从柜子里拉出来，从抽屉中一张一张地抽出卡片。

“亨利·基辛格：战争！”

“奥内特·科尔曼[①]：音乐！”

“切·格瓦拉：战争！”

“杰夫·贝索斯[②]：钱！”

“菲利普·古斯顿[③]：艺术！”

“圣雄甘地：战争！”

“但他是和平主义者。”我说。

“对！战争！”

“亚瑟·阿什[④]：网球！”

“汤姆·克鲁斯：钱！”

“埃利·威塞尔[⑤]：战争！”

“阿诺德·施瓦辛格：战争！”

“玛莎·斯图尔特[⑥]：钱！”

“雷姆·库哈斯[⑦]：建筑！”

“阿里尔·沙龙：战争！”

“米克·贾格尔[⑧]：钱！”

“亚西尔·阿拉法特：战争！”

“苏珊·桑塔格：思想！”

“沃尔夫冈·帕克[⑨]：钱！”

---

① 奥内特·科尔曼（1930— ），美国萨克斯手、小提琴家和鼓手，20 世纪 60 年代自由爵士运动的主要人物。
② 贝索斯（1964— ），美国网上书店亚马逊的创始人。
③ 菲利普·古斯顿（1913—1980），美国著名画家和版画家。
④ 亚瑟·阿什（1943—1993），美国第一位夺得大满贯男单冠军的黑人网球运动员。
⑤ 埃利·威塞尔（1928—2016），奥斯维辛集中营幸存者，作家，1986 年获得诺贝尔和平奖。
⑥ 玛莎·斯图尔特（1941— ），美国著名商人、女富婆。
⑦ 雷姆·库哈斯（1944— ），荷兰著名建筑师，代表作品有法国图书馆等。
⑧ 米克·贾格尔（1943— ），滚石乐队创始成员之一。
⑨ 沃尔夫冈·帕克（1949— ），澳大利亚著名厨师和餐馆老板。

“教皇约翰·保罗二世：战争！”

我问他有没有斯蒂芬·霍金的卡片。

“当然有了！”他说，拉开一张抽屉，抽出一张卡片。

斯蒂芬·霍金：天文物理学

“你有你自己的卡片吗？”

他拉开一张抽屉。

A.R. 布莱克：~~战争~~
丈夫

“那你有我爸爸的卡片吗？”“托马斯·谢尔，对吧！”“对。”他找到S抽屉，把它拉出一半来。他的手指翻过那些卡片，他的手指看起来比一个一百零三岁的人的手指要年轻得多。“对不起！没有！”“你能再翻一遍吗？”他的手指又一次翻过那些卡片。他摇摇头。“对不起！”“哦，说不定有的卡片放错了地方？”“那我们就麻烦了！”“有可能吗？”“偶尔也会发生！玛丽莲·梦露在索引里丢失了十多年！我不断地在诺尔玛·简·贝克下面找，觉得我很聪明，但结果完全忘了她出生时叫诺尔玛·简·莫滕森！”“谁是诺尔玛·简·莫滕森？”“玛丽莲·梦露！”“谁是玛丽莲·梦露？”“性！”

“你有穆罕默德·阿塔[①]的卡片吗？”“阿塔！这名字听着耳熟！等我瞧瞧！”他打开A抽屉。我告诉他：“穆罕默德是地球上用得最多的名字。”他抽出一张卡片，说：“得了！”

穆罕默德·阿塔：战争

我在地板上坐下。他问我怎么了。“为什么你给他做了一张卡片，却没有给我爸爸做一张？”“你什么意思啊？”“这不公平。”“什么不公平！”“我爸爸是好人。穆罕默德·阿塔是恶魔。”“那又怎么着！”“我爸爸应该在里面。”“你怎么觉得在这里是好事呢！”“因为这意味着在传记上重要。”“在传记上重要又为什么是好事呢！”“我想当重要人物。”“重要人物里，十个有九个是有关钱或者战争的！”

但是，这件事还是让我的心情特别、特别沉重。爸爸不是一个伟大的人，像温斯顿·丘吉尔那样，甭管这个丘吉尔是谁。爸爸只

① 穆罕默德·阿塔（1968—2001），“9·11”事件主谋之一。

是一个经营祖传珠宝生意的人。一个普通的爸爸。但那一刻，我是多么希望他曾经伟大过。我真希望他曾经著名，像一个电影明星那样著名，因为他配。我希望布莱克先生曾经写过他，曾经冒着生命危险向世界讲述他的故事，还在自己的公寓里留下了能够让人想起他的纪念物。

我开始想了：如果把爸爸归结成一个词，那个词会是什么？珠宝商？无神论者？编审[①]是一个词吗？

我觉得我要哭了，但我不想在他面前哭，所以我就问厕所在哪里。他指指楼梯上面。往上走的时候，我紧紧地抓着楼梯扶手，开始在脑子里发明东西：摩天大楼上用的气囊，太阳能驱动的永远不会停驶的豪华轿车，一个没有摩擦力的永动溜溜球。厕所散发着老人气味，有些应该贴在墙上的瓷砖散落在地上。洗手池上方镜子一角，贴着一张女人照片。她坐在我们刚刚坐着的那张厨房桌子旁，戴着一顶硕大的帽子，尽管她只是在照片里面，当然。我觉得她很特别。她的一只手放在茶杯上。她的笑容无比美丽。我在想，不知道拍这张照片的时候，她的手心是不是在出汗。我在想，不知道照片是不是布莱克先生拍的。

我下楼之前，在楼上窥探了一下。布莱克先生有这么多生活经历，他这么想让他的生活环绕他，这给人留下了很深的印象。我试着用钥匙去开所有的门，尽管他说他不认得这枚钥匙。倒不是我不信任他，我确实信任他。只是，在我搜寻完毕时，我希望能够对自己说：我想我已经尽了最大努力了。一扇门通向壁橱，壁橱里面其实没什么有意思的东西，只有一堆大衣。另一扇门后面是一间堆满了盒子的房间。我打开了两只盒子的盖子，发现里面都装满了报纸。有些盒子里的报纸已经发黄了，有些差不多像树叶一样。

---

① 原文为 copy-editor，为合成词。

我又看了另一间房，这肯定是他的卧室了。这是我见过的最绝门的床了，因为它是用树做成的。床腿是树墩，床头是原木，床顶是用树枝做成的。另外，床上还粘着各种各样奇妙的金属物件，像硬币啊，别针啊，还有一枚写着“罗斯福”的纽扣。

“这棵树原来在公园里！”布莱克先生在我身后说，把我吓了一跳，连手都开始抖了。我问：“我在这里探头探脑，你是不是生气了？”但他肯定没听见我说的话，因为他还是不停地说话。“靠近水库。她在树根下绊了一跤！这还是当年我追她时候的事！她摔倒了，把手割破了！一个小口子，不过我一直没有忘记！那么久以前的事！”“但在你的生活中那还是昨天，对吧？”“昨天！今天！五分钟前！现在！”他的眼睛看着地面。“她一直在求我暂时丢开报导！她要我回家！”他摇摇头说，“但我也有我需要的东西！”他看着地板，然后又看着我。我问：“那你怎么办的呢？”“在我们婚姻中的大部分时间里，我对待她就像她无关紧要一样！我只有在两次战争之间才回家，然后又把她一丢就是几个月！总是有战争！”“你知不知道，在过去三千五百年间，文明社会只有两百三十年的和平？”他说：“你跟我说是哪两百三十年，然后我才会相信你！”“我不知道是哪些年，但我知道这是真的。”“那你说的这个‘文明’社会又在哪儿呢！”

我问他，发生了什么事情，使他最终停止报道战争。他说：“我认识到了我要在一个地方和一个人在一起！”“所以你就永远待在家里了？”“我选择了她，而不是战争！我回来后做的第一件事，进家门之前，就是跑到公园砍倒了那棵树！当时还是半夜！我以为有人会阻止我，但没有人来阻止！我带着那些树块回家了！我用那棵树打了这张床！这是我们最后在一起那些年里同床共枕的床！要是我更早一点了解我自己就好了！”我问：“你的最后一场战争是哪一场？”他说：“砍那棵树是我最后的战争！”我问他谁赢了，我觉得这是个善意的问题，因为这个问题可以让他说他赢了，然后觉得自豪。他说："斧子赢了！从来都是这样！"

他走到床边，把他的手指放在一只钉子上。"看看这些！"我试着当一个能够遵从科学方法、有观察力有见地的人，但我先前却没有注意到，整张床上布满了钉子。"她死以后，我每天早上都往床上敲进一颗钉子！这是我醒来后做的第一件事！八千六百二十九颗钉子！"我问他为什么，我觉得这是另一个善意的问题，因为这可以让他告诉我他有多么爱她。他说："我不知道！"我说："但是，假如你不知道，那你干吗要这么做呢？""我猜是能管用吧！让我苟活下去！我知道这很荒唐！""我不觉得这样很荒唐。""钉子可不轻啊！一颗钉子很轻！一把钉子也轻！但多了就重了！"我告诉他："一个普通人体内所含的铁量可以打成一根一英寸长的钉子。"他说："床变重了！我能听见地板受压，就像它在痛一样！有时候我半夜突然醒来，担心这玩艺儿要一股脑儿砸到楼下那间公寓里！""你是因为我才睡不着的。""所以我在楼下树了那么一根柱子！你知道印第安纳大学的图书馆吗！""不知道！"我说，但我还是在想着柱子。"它每年都下沉一英寸多一点，因为他们造这座图书馆之前，没有考虑到所有的书的分量！我为这个写过一篇报道！我当时没有做出这样的联想，但我现在想起了德彪西的《沉没的教堂》，那是人类写出过的最美丽的音乐篇章之一！我多少年没有听过它了！你想感觉一下一样东西吗？""想。"我不认识他，但我又觉得自己认识他。"张开手！"他说，于是我就张开手。他把手伸进口袋，掏出一枚回形针。他把回形针按进我的手心里，说："捏成拳头！"我把手捏成拳头。"现在伸出手！"我伸出手。"现在张开手！"回形针飞到床上去了。

也就是这当儿，我才观察到，钥匙在朝着床那边伸出去。因为钥匙相对来说比较重，吸引力没法让它飞起来。挂钥匙的线几乎难以觉察地轻拽着我的脖后颈，而钥匙也稍稍飞离我的胸脯。我想起中央公园里面埋藏着的所有金属。那些金属是不是也被拉向这张床，哪怕只是一点点？布莱克先生用手环住漂浮着的钥匙，说："我有二十四年没有离开这间公寓了！""你说什么？""很不幸，我的孩子，我说的是实话！我有二十四年没有离开这间公寓了！我的脚没有着过地！""为什么呢？""没有什么理由出去！""那你需要东西怎么办呢？""像我这样的人需要什么东西，不出房门也能搞得到。""吃的。书。东西。""我打电话要吃的，他们给我送来！我给书店打电话要书，给录像店打电话要电影！笔、文具、清洗用品、药品！我甚至通过电话买衣服！瞧瞧这个！"他说，他给我看他的肌肉，这些肌肉是下垂的，而不是上挺的。"我当过九天的最轻量级冠军！"我问："哪九天？"他说："你不相信我！"我说："我当然相信你。""这个世界很大。"他说。"但是，一间公寓里面也是很大的！这个也很大！"他指着自己的脑袋说。"但你曾经四处旅行。你有那么多经验。你不怀念世界吗？""怀念！特别怀念！"

我的心情那么沉重，我很高兴我们脚下有那么一根柱子在支撑着我们。怎么能有这么孤独的一个人，在我的有生之年，一直住在离我这么近的地方？假如我知道的话，我会上楼来和他做伴。或者，我会给他做一些饰品。或者给他讲好笑的笑话。或者专门给他举行一次铃鼓音乐会。

这事也让我想到，是不是还有别的离我这么近这么孤独的人。我想起了《埃莉诺·里格比》①。对啊，他们都从哪里来？他们又归于何处？

如果我们用一种化学物质来处理淋浴头里流出来的水，这种化学物质对一系列东西会有反应，比如你的心跳，你的体温，你的脑电波，这样你冲澡时，你的皮肤会随着你的情绪而改变颜色，那又

---

① 甲壳虫乐队的一首歌。

会怎么样呢？如果你特别兴奋，你的皮肤会变成绿色，如果你愤怒你显然会变红，如果你感觉很糟糕你会变成棕色，如果你很忧郁你会变成蓝色。

每个人都会知道别人感觉如何，我们会相互当心一些，因为你绝不会告诉一个皮肤发紫的人说，你很生气，因为她来晚了，同样，你会拍拍一个粉红色人的后背，跟他说："恭喜！"

说这是个好发明的另一个原因是，很多时候，你知道自己对某样东西有很多感受，但你不知道那种感受究竟是什么。我很沮丧吗？或者我只是恐慌？这种心绪不宁会改变你的情绪，它变成你的情绪，然后你就变成一个心绪不宁的灰色的人。但是，有了这种特别的水以后，你就可以看着你橘色的手，然后想，我很高兴！原来我一直是高兴着的！真是如释重负！

布莱克先生说："我有一回去报导俄国一个村庄里一群被迫逃离城市的艺术家！我听说绘画挂得到处都是！我听说，画盖满了墙，你都看不见墙壁了！他们在房顶、盘子、窗户、灯罩上画画！这可是反抗行为！表达行为！那些绘画好不好，其实无关紧要！我要亲眼看看，我要向全世界讲述这个故事！我曾经是为了这样的报导而活着！斯大林发现了这群艺术家，派他的恶棍打手们来了，就在我去的前几天，打断了艺术家们的胳膊！这比把他们杀了还糟糕！看起来真是恐怖，奥斯卡：他们的胳膊上着粗糙的夹板，就像僵尸那样直在他们身前！他们不能自己吃饭，因为他们的手够不到他们的嘴！你知道他们怎么着了！""他们挨饿了？""他们互相喂着吃！这就是天堂和地狱的区别！在地狱里，我们挨饿！在天堂里，我们互相喂食！""我不相信来世。""我也不相信来世，但我相信这个故事！"

然后，突然之间，我想起一件事。一件大事。一件好事。"你想帮助我吗？""你说啥！""找这把钥匙能打开的锁。""帮助你！""你可以和我一起到处寻找。""你要我帮助你！""是。""啊，我不要任何人可怜我!”“没门儿,”我告诉他，“你一看就很聪明，知识渊博，你知道很多我不知道的事情，而且有人做伴也是好事，所以，请答应我吧。”他合上眼睛，一言不发。我不知道他是在想我们正在说的事情，还是在想别的事情，或者是睡着了。这我知道，像奶奶那种上了年纪的人有时候会打盹儿，他们很容易就会睡着了。“你用不着现在就定下来。”我说，因为我不想让他觉得是被强迫的。我说起了那一亿六千二百万把锁，说试它们大概会花很长时间，甚至可能会用上整整一年半时间，如果他想花时间好好想想，那也没有关系，他可以随时下楼来告诉我他的答复。他仍然在思考。“要花多长时间就花多长时间。”我说。他仍在想。我问他：“你定下来了吗?”

他什么都没说。

“你怎么想的，布莱克先生?”

一言不发。

“布莱克先生?”

我拍拍他的肩膀，他猛然抬起头来。

“你好?”

他笑了，就像妈妈发现我干了什么我不该干的时候，我笑的那个样子。

“我一直在读你的嘴唇!”“什么?”他指着他的助听器，这我还一直没有注意到，尽管我一直在竭尽全力地观察一切。“很久以前我把它们关了!”“你把它们关了?”“很久，很久以前!”“故意的?”“我想这样可以省电池!”“为了啥?”他耸耸肩。“但你不想听见声音吗?”他又耸耸肩，他耸肩的样子，让我无法判断他是在说想还是不想。然后我想到了别的事。很美好的事。很真实的事。“你想让我给你打开助听器吗?”

他看着我，同时他的目光好像又穿过了我，仿佛我是一扇玻璃

窗。我又问了一次，缓慢地、小心地挪动我的嘴唇，以确保他能明白我的意思。“你。想。让。我。给。你。打。开。助。听。器吗？”他还是看着我。我又问了一次。他说：“我不知道怎么说‘行’！”我告诉他：“你不必说。”

我走到他背后，看见他每个助听器后面都有一个小小的转钮。

“慢慢开！”他说，好像在乞求我一样，“有很长很长时间没用过了！”

我走到他跟前，这样他可以看见我的嘴唇，然后我答应他，我会尽可能地轻柔。然后我又走到他背后，缓缓地转动转钮，一次几个毫米。什么动静都没有。我又转了几个毫米。然后又是几个毫米。我转到他面前去。他耸耸肩，我也耸耸肩。我回到他背后，然后又把按钮转高了一点点，直到它停住。我回到他面前。他耸耸肩。说不定助听器已经失灵了，或者电池因为年深月久失效了，或者他在关掉助听器这些年间完全聋掉了，这也是可能的。我们互相瞅着对方。

然后，就像是凭空而至，一群鸟儿飞过窗前，那么快，那么近。大概有二十只吧。也说不定更多。但它们又像是一只鸟，因为不知何故，它们都知道要干什么。布莱克先生抓住他的耳朵，发出一连串奇怪的声音。他开始哭了——不是因为幸福，这我看得出来，但也不是因为伤心。

“你没事吧？”我小声问。

我的声音又让他哭了，他点点头说没事。

我问他要不要弄出更多的声音。

他点头说要，然后更多的眼泪从他脸上滚下来。

我走到床边晃了晃床，一些大头针和回形针掉了下来。

他又哭了。

“你要我把它们关掉吗？”我问，但他已经不再注意我了。他在房间里走来走去，把耳朵伸向任何能够发出声音的东西，包括十分安静的东西，比如管道。

我想待在那里看他聆听世界，但时间开始晚了，而我在四点半还有一次《哈姆莱特》排演，这是一次十分重要的排演，因为这是我们第一次用灯光效果。我告诉布莱克先生，我会在下个星期六七点钟来接他，然后我们可以开始寻找。我告诉他："我连 A 打头的都没有完成呢。"他说："成。"他自己的声音让他哭得最凶。

第三条留言。上午九点三十一分。喂？喂？喂？

那天晚上，妈妈在我睡觉前给我掖被子时，她看出来我有心事，问我是不是要谈谈。我想谈，但不想和她谈，所以我说："我不想让你难过，不过我不想谈。""你肯定？""我很累了。"我说，摇摇手。"你想让我给你读点什么吗？""成。""我们可以查《纽约时报》上的错误？""不，谢谢。""好吧，"她说，"好吧。"她亲亲我，关掉灯。然后，她要走的时候，我说："妈妈？"她说："嗯？"我说："你能答应我，我死了以后，别把我埋起来吗？"

她走回来，把手放在我的脸颊上说："你不会死。"我告诉她："我会的。"她说："你不会很快就死。你面前有很长很长的一生。"我告诉她："你知道，我很勇敢，但我不能在地下一个很小的地方度过永生。我就是不能。你爱我吗？""我当然爱你。""那你得把我放在陵墓那种东西里头。""陵墓？""就像我从书上读到的那种。""我们一定要谈这个吗？""对。""现在？""是。""为什么？""因为，要是我明天就死了呢？""你明天不会死。""爸爸也没想到他第二天就会死。""这样的事不会发生在你身上。""谁也没想到会发生在爸爸身上啊。""奥斯卡。""对不起，但我就是不能让人给埋起来。""你不想跟爸爸和我在一起？""爸爸都不在那里！""你说什么？”“他的尸身被毁掉了。”“别这么说话。”“怎么说话？这是实话。我不明白为什么谁都假装他是在那里。”“放松，奥斯卡。”“那只不过是一口空棺材。”“不仅仅是一口空棺材。”“我干吗要和一只空棺材一起度过永生？”

妈妈说：“他的魂灵在那里。”这让我真的愤怒了。我告诉她：“爸爸没有魂灵！他有细胞！”“他的记忆在那里。”“他的记忆在这里。”我说，指着我的脑袋。“爸爸有魂灵。”她说，就像是在把我们的对话回放一点点。我告诉她：“他有细胞，现在这些细胞在屋顶上，在河里，在纽约千百万人的肺里，他们每次说话都会呼吸到他！”“你不应该说这样的话。”“但这是实话！我为什么不能说实话！”“你失去控制了。”“爸爸死了，并不意味着你可以毫无逻辑，妈妈。”“可以。”“不可以。”“你控制一下自己，奥斯卡。”“× 你蛋！”“你说什么！”“对不起。我是说，滚你蛋。”“我得罚你。”“我要一个陵墓！”“奥斯卡！”“别对我撒谎！”“谁撒谎了？”“你那天在哪儿？”“我哪天在哪儿？”“那一天！”“哪一天？”“那天！”“你什么意思？”“你在哪儿？”“我在上班。”“你为什么不在家？”“因为我得上班。”“你为什么不像其他妈妈那样到学校里来接我？”“奥斯卡，我尽可能快地赶回家了。我回家比你回家花的时间要长一些。我觉得，回家来见你，比让你在学校等着我去接你要好一些。”“但我回家的时候你应该在家。”“我真心希望我是在家，但那是不可能的。”“你应该让它成为可能。”“你不可能让不可能的事情成为可能。”“你本来应该的。”她说：“我是尽快赶回家的。”然后她就开始哭了。

斧子赢了。

我把脸贴近她。“妈妈，我不要什么花哨的东西。只要在地面上。”她深深吸了一口气，用胳膊挽住我，说：“这是可以做到的。”我试着想些什么好笑的事情，因为我想，如果我很好笑，她就不会再生我的气，我也就会安全了。“我要一个很大的房间。”“什么？”“我要一个很大的房间。”她笑了，说：“成。”我又抽了抽鼻子，因为我觉得我的计谋在奏效。“还要一个浴盆。”“绝对。会有浴盆的。”“还要电围栏。”“电围栏？”这样盗墓贼就不会想来偷我的珠宝了。”“珠宝？”“对啊，”我说，“我还得要些珠宝呢。”

我们一起笑了，这是必要的，因为这样她就又爱我了。我从枕头下拿出我的情绪册，翻到当天那一页，把我的情绪从“绝望”下调到了“一般”。“嗨，真棒！”妈妈说，从我肩头上看过来。“不，”我说，“只是一般。还有，请不要偷看。”她揉揉我的胸，这还不错，尽管我得拧着点儿身子，这样她就不会察觉我还戴着钥匙，也不会察觉我其实有两枚钥匙。

“妈妈？”“嗯？”“没事儿。”

“怎么了，宝宝？”“嗯，我只是想说，设计床垫时可以专门给胳膊留出个地方，这样你转过身去正好合适。”“那还真不错。”“这对你的后背可能也有好处，因为你可以让你的脊背保持直立，这我知道，是很重要的。”“是很重要。”“还有，抱抱也会容易多了。你知道吧，抱抱的时候，胳膊总是碍手碍脚的？”“我知道。”“让抱抱容易一点，这可是一桩大事。”“对了。”

~~一般~~

乐观，不过仍然现实

“我想爸爸。”“我也想他。”“你想他？”“我当然想他了。”“但你是真想他吗？”“你怎么能这么问呢？”“因为你好像并不是很想他的样子。”“你说什么啊？”“我觉得你知道我说的是什么。”“我不知道。”“我听见你笑。”“你听见我笑？”“在客厅里。和罗恩。”“你觉得，就是因为我偶尔笑一笑，我就不想爸爸了？”我翻过身去，背朝着她。

~~乐观，不过仍然现实~~

极为郁闷

她说："我也常常哭，你知道。""我没见你常常哭。""那说不定是因为我不想让你看见我常常哭。""为什么不想让我看见？""因为这对我们俩都不公平。""没什么不公平的。""我想让我们往前看。""你哭多少？""什么多少？""一勺子？一杯子？一澡盆？如果你把眼泪都加在一起的话。""不是这么算的。""怎么算的？"

她说："我试图想办法高兴。笑让我高兴。"我说："我没想办法高兴。我不愿意这样。"她说："哦，你应该想办法让自己高兴。""为什么？""因为爸爸希望你高兴。""爸爸想让我记住他。""你为什么不能既记住他，又高兴呢？""你为什么会爱上罗恩？""什么？""你显然是爱上罗恩了，我想知道的是，为什么？他有什么了不起的？""奥斯卡，你有没有想过，事情或许会比表面上看起来要复杂得多？""我早就知道是这么回事。""罗恩是我的朋友。""那你答应我，你不会再爱上什么人。""奥斯卡，罗恩也在经历很多事情。我们互相帮助。我们是朋友。""答应我，你不会再爱上谁。""你为什么要我答应这个？""你要是不答应我不再爱上什么人，我就不再爱你了。""你这样不公平。""我不一定得公平！我是你的儿子！"她深深地呼出一口气，说："你真是让我想起爸爸。"然后我说了一句我本来没有计划去说、本来也不想说的话。这句话从我嘴里说出来的时候，我感到耻辱，因为它混合着爸爸的细胞，可能是我们去访问归零地[①]的时候，我吸入了这些细胞。"要是让我来选

---

① 指世贸中心废墟。

择，我会选择你的！”

她看了我一眼，然后站起来，走出了房间。我巴望她使劲关门，但她没有。她仔细地把门关上，就像她平时那样。我可以听见，她没有走开。

~~极为郁闷~~

极为孤独

“妈妈？”

沉默。

我下床，走到门边。

“我收回我说的话。”

她没说什么，但我可以听见她的呼吸。我把手放在门把手上，因为我想，说不定她的手在另一边的门把手上。

“我说我收回我说的话。”

“那样的话，你收不回去。”

“能为那样的话道歉吗？”

沉默。

“你接受我的道歉吗？”

“我不知道。”

“你怎么能不知道呢？”

“奥斯卡，我不知道。”

“你生我的气吗？”

沉默。

“妈妈？”

“嗯。”

“你还在生我的气吗？”

“不了。”

“你肯定？”

“我本来就没生你的气。”

“那你怎么了？”

“疼。”

~~极为孤独~~

我猜我在地板上睡着了。

我醒过来时，妈妈在给我脱衬衣，帮我穿睡衣，这就意味着她看见了我所有的伤痕。昨天晚上，我对着镜子数过，一共有四十一个。有些伤痕变得很大了，不过大部分都很小。我不是为她弄出这些伤痕的，但我还是想让她问我是怎么弄出这些伤痕的（尽管她或许已经知道了），然后可怜我（因为她该知道我有多么不容易），然后觉得难受（因为至少其中有些伤痕是她的错），然后答应我她不会死去，留下我孤孤单单一个人。但她什么都没有说。我甚至无法看见她发现我的伤痕时的表情，因为我的衬衣正罩在我的脑袋上，盖住了我的脸，像一只口袋，或者是一个骷髅。

我的感情

他们在广播里通报航班。 我们没有听。 航班和我们没有关系，因为我们哪儿都不去。

我已经在想念你了，奥斯卡。 甚至和你在一起的时候我都想念你。 这一直是我的问题。 我怀念我已经拥有的东西，我还在自己周围囤积已经失去的东西。

每次我加入一页新纸，我会看着你的爷爷。 看见他的脸，我是多么如释重负。 看着他让我觉得安全。 他的肩膀耷拉着。 他的脊梁弯曲了。 在德累斯顿时，他是一个巨人。 很高兴，他的手还是那么粗糙。 雕塑从来没有离他而去。

我直到现在才注意到，原来他还戴着他的结婚戒指。 我在琢磨，他是回来以后才把它戴上的，还是这些年一直戴着它。 我来这儿之前把公寓门锁上了。 我关上灯，确认没有水龙头在漏水。 向住的地方说再见是一件很艰难的事情。 就像和一个人说再见那样艰难。 我们结婚后搬进这里。 这里比他的公寓多一些空间。 我们需要这些空间。 我们需要空间安顿所有的动物，我们之间也需要空间。 你爷爷买了最贵的保险。 公司里来了个人拍照片。 如果出了什么事，他们可以依照公寓原来的样子把它一模一样地重建起来。 他照了一卷胶卷。 他拍了地板，拍了一张壁炉的照片，一张澡盆的照片。我从来不将我拥有的东西和我是什么混淆起来。 那个人走后，你爷爷拿出自己的照相机，开始拍更多的照片。 你在干什么？我问他。

小心不出大错，他写道。 当时我觉得他是对的，但我现在不那么肯定了。

他给所有的东西都拍了照片。 拍了壁橱架的下面。 拍了镜子后面。 连坏掉的东西都拍了。 那些你都不想记住的东西。 只要把那些照片贴在一起，他就可以重新盖起这套公寓。

还有门把儿。 他给公寓里所有的门把儿都拍了照片。 所有的。 好像这个世界和它的未来都仰仗于每一只门把儿。 好像当我们最终真的需要用这些门把儿照片的时候，我们会想到这些门把儿。

我不知道这为什么会让我这么痛苦。

我告诉他，那些都不是什么好门把儿。

他写道，但它们是我们的门把儿。

我也是他的呀。

他从来没有拍过我的照片，我们也没有买人寿保险。

他将一套照片放在他的梳妆台里。他将另外一套贴在他的笔记本里，这样，万一家里出了什么事，照片也可以永远和他在一起。

我们的婚姻并不是不幸福，奥斯卡。 他知道怎么让我笑。 有时候我也能让他笑。 我们被迫制定一些规矩，但谁不制定规矩呢。 妥协没有什么错。 即使你在几乎所有事情上都做出妥协。

他在珠宝店里找到了工作，因为他懂机器。 他工作很努力，所以他们提拔他当了助理经理，然后又是经理。 他不喜欢珠宝。 他讨厌珠宝。 他曾经说过，珠宝是雕塑的反面。

但那是一门生计，他答应过我，他可以一直干下去。

我们有了自己的商店，在我们自己这个居民区——靠近一个不好的区。 每天从早上十一点到晚上六点开门。但工作永远做不完。

我们用我们的生命来谋生。

有时候下班后他会去机场。 我请他给我带些报纸和杂志。 最开始是因为我想学美国的习惯语。 但我后来放弃学习习惯语了。 我还是请他去。 我知道他需要我同意了才去。 我让他去，不是因为好心。

我们竭尽所能。 我们总是在试着帮助对方。 但不是因为我们无助。 他需要给我搞来东西，就像我需要给他搞来东西。 这使我们都有了目的。 有时候我会向他要我压根儿都不需要的东西，目的只是为了让他给我搞来这样东西。 我们成天都在忙着帮助对方帮助自己。 我会给他拿拖鞋。 他会为我泡茶。 我会把暖气调高这样他就会把冷气调高这样我就可以把暖气调高。 他的手还是那么粗糙。

那天是万圣节。 我们在公寓里的第一个万圣节。 门铃响了。 你爷爷在机场。 我打开门，一个孩子站在那里，一张白布单上挖出两个洞洞，露出她的眼睛。 “给糖，不然就捣蛋!”她说。 我往后退了一步。

你是谁啊?

我是一个鬼!

你干吗穿那玩意儿?

今天是万圣节啊!

我不知道万圣节是什么意思。

孩子们打扮好了，四处敲门，然后你给他们发糖。

我一点糖都没有。

今天是万—圣—节!

我请她等等。 我走到卧室。 我从床垫子底下拿出一只信封。 我们的存款。 我拿出两张百元大钞，把它们放在另一只信封里，把信封给了那个小鬼。

我花钱请她走开。

我关上门，熄了灯，这样别的孩子就不会来按门铃了。

动物们肯定明白了，它们环绕着我，挤靠着我。 你爷爷那天晚上回来时，我什么都没说。 我谢谢他给我带回报纸和杂志。 我走到客房，假装写作。 我一遍又一遍地敲着空格键。 我的生活就是空格。

日子一天一天挨过。 有时候半天半天地挨过。我们互相看着，在脑子里画着地图。 我跟他说我的眼睛坏了，因为我想让他注意我。 我们在公寓里建立安全地带，你可以进入安全地带，然后你就可以不存在了。

我会为他做任何事情。 这可能就是我的顽症。 我们在无事区做爱，关着灯。 做爱就像是哭泣。 我们不能互相看对方。 而且总是从后面。 就像第一次一样。 而且我知道他不是在想着我。 他将我身体两侧挤得那么狠，他推得也很狠。 就像在试图把我推到什么别的地方去。

人干吗要做爱？

一年过去了。 又一年过去了。 又一年。 又一年。

我们谋生。

我从来没有忘记过那个鬼。

我需要一个孩子。

一天早上，我醒过来，理解了我身体中间的那个洞。 我认识到，我可以妥协我的生命，但不能妥协我之后的生命。 我无法解释。 这种需求来自解释之前。

我让它发生，不是因为软弱，也不是因为力量。 是因为需要。 我需要一个孩子。

我试着在他面前掩藏。 我试着等到晚到无计可施的时候再告诉他。 这是一个终极的秘密。 生命。 我把它安全地藏在我身体里。 我带着它四处走。 就像公寓在他的笔记本里。 我穿宽大的衬衣。 我坐着时怀里抱着一只枕头。 我只是在无事区才赤身裸体。

但我不可能永远保守这个秘密。

我们在黑暗中躺着。 我不知道该怎么说。 我知道该怎么说，但我不能说。 我从床头柜上拿过一本他的笔记本。

公寓从来没有这么黑暗过。

我拧开台灯。

我们周围变亮了。

公寓变暗了。

我写道，我怀孕了。

我把笔记本递给他。 他看了。

他拿过笔写道，怎么可能呢？

我写道，我让它发生的。

他写道，但我们有个规矩。

下一页是一只门把儿。

我翻过这一页，写道，我犯规了。

他从床上坐起来。 我不知道过去了多长时间。

他写道，一切都会好的。

我告诉他，光好是不够的。

一切都会~~好~~完美的。

我告诉他，已经没有什么东西还需要用谎言来保护了。

一切都会~~好完美的~~。

我开始哭泣。

这是我第一次在他面前哭泣。 哭的感觉就像是做爱。

我问了他一件事，很多年以前，我们制造出第一个无事区的时候，我就想知道这件事。

我们是什么？ 有，还是无？

他用手盖住我的脸，把我的脸抬起来。

我不知道这是什么意思。

第二天早上，我醒过来，得了严重的感冒。

我不知道是胎儿让我生病，还是你爷爷让我生病。

他去机场之前，我跟他说再见的时候，我提起他的手提箱，手提箱很重。

我知道，他要离开我。

我不知道该不该阻止他。 我是不是该将他掀翻在地，逼着他爱我。 我想往下掰着他的肩膀，冲着他的脸大叫大嚷。

我尾随着他去了。

我整个上午都在看他。 我不知道该怎么和他说话。 我看着他在笔记本上写字。 我看着他跟人打听时间，尽管每个人只是给他指指墙上挂着的黄色大钟。

从远处看着他是那么奇怪。 那么小。 我在广袤世界里关爱着他，因为我在公寓里无法关爱他。 我想保护他，不让世界上无人应该承受的那些坏事来伤害他。

我走得离他很近。 就在他背后。 我看着他写，多么遗憾，我们必须活着，多么可悲，我们只有一次生命。 我退后一步。 我不能靠得那么近。 甚至那个时候都不能。

从一根柱子后面，我看见他又写了些东西，打听时间，用他粗糙的手揉膝盖。 “是”和“否”。

我看着他排队买票。

我在想，我什么时候该上去阻止他离开？

我不知道怎样请求他或者告诉他或者乞求他不要离开。

他排到队伍的最前面时我朝他走去。

我碰碰他的肩膀。

我能看见，我说。 说得多么笨哦。 我的眼睛坏了，但我能看见。

你在这儿干什么？他在本子上写道。

我突然觉得害羞。 我不习惯害羞。 我习惯羞耻。 害羞是你扭脸不看你想要的东西。 羞耻是扭脸不看你不想要的东西。

我知道你要离开，我说。

你回家去，他写道。 你该卧床休息。

行，我说。 我不知道怎么说我应该说的话。

我带你回家。

不。 我不想回家。

他写道，你疯了。 你会感冒的。

我已经感冒了。

你会严重感冒的。[①]

我真不相信他还在开玩笑。我也不相信我会笑。

笑声将我的思绪带回了我们的厨房桌子那里，我们会在那里笑啊笑。这张桌子是我们互相亲近的地方。我们亲近的地方是这张桌子旁，而不是在床上。我们公寓里所有的东西都混了。我们会在客厅里的咖啡桌前而不是在餐厅餐桌前吃饭。我们要靠近窗户。我们将老爷钟的身子里填满了他的空白笔记本，就像这些笔记本是时间本身一样。我们将他写过的笔记本放在第二个厕所的澡盆里，因为我们从来不用这个澡盆。我睡得特别沉的时候就会梦游。有一天我打开了淋浴。有些笔记本漂起来了，有些还留在原地。第二天早上醒来时，我意识到我干了什么。他的岁月将水染成了灰色。

我没有发疯，我告诉他。

你回家去。

我累了，我告诉他。不是累坏了，而是累透了。就像某些做妻子的某一天醒来说，我再也不烤面包了。

你从来就不烤面包，他写道，我们还在开玩笑。

那么就像我醒过来，然后开始烤面包，我说，直到这个时候我们还在开玩笑。我不知道我们不开玩笑的那个时刻会不会到来。那会是什么样子？那会是什么感觉？

我还是个小女孩的时候，我的生活是越来越响的音乐。一切都会使我感动。一条狗尾随着一个人。这让我感动万分。一份日历，有一个月份错了。我会因为这个错误而哭泣。我哭了。从烟囱里冒出来的烟飘散了。一只倾倒的瓶子停留在桌子的边沿。我这一辈子都在学着不要那么多愁善感。

① “catch a cold”为“感冒”，此处用的是“catch a colder”，不符合语法，但好笑。

每一天，我的感觉都在变少。

这就是渐渐老去吗？　还是什么更糟糕的事情？

不在幸福面前保护你自己，你就不能在忧伤面前保护你自己。

他将头藏在笔记本的封面里，就像那封面是他的手。　他哭了。　他是在为谁哭泣？

为安娜？

为他的父母？

为我？

为他自己？

我从他手里拿过笔记本。　笔记本被弄湿了，泪水沿着纸张流下来，就像笔记本自己在哭泣。　他把脸藏在手后面。

让我看着你哭，我对他说。

我不想伤害你，他左右摇晃着头说。

你不想伤害我，这就让我感到受伤，我告诉他。　让我看着你哭。

他放下手。　他脸上一边反写着“是”。　一边反写着“否”。　他还是朝下看着。　现在眼泪不是从他脸上流下，而是从他的眼里滴到地上。　让我看着你哭，我说。　我没有觉得他欠我这个。　我也不觉得我欠他这个。　我们互相欠对方的，是别的东西。

他抬起头看着我。

我不生你的气，我告诉他。

你一定是在生气。

犯规的是我。

但定下了那个让你无以为生的规矩的人是我。

我的思绪飘忽不定，奥斯卡。　它飘到了德累斯顿，飘到了我母亲的珍珠上，珍珠因为她脖子上的汗而洇湿。　我的思绪飘到了我父亲外套的袖子上。　他的胳膊是那么粗壮。　我笃定只要我活着它就能保护我。　它确实保护了我。　即使是在我失去他以后。　关于他胳膊的记忆环绕着我，就像他的胳膊曾经环绕着我。 每一天都连在头一天上。但星期是有翅膀的。 任何相信一秒钟比十年要快的人，没有过过我的生活。

你为什么离我而去?

他写道，我不知道怎么活下去。

我也不知道，但我在努力。

我不知道怎么努力。

我想告诉他一些事情。 但我知道这些事情会伤害他。 所以我把这些事情深埋起来，让它们伤害我。

我把手放在他身上。 触摸他对我来说总是很重要。 我为此而生。 我永远说不清是为什么。 小小的，毫无目的的触摸。 我的手指碰着他的肩膀。 我们挤在公共汽车上的时候，我们的大腿外侧互相触碰。 有时候我想象着将我们所有的小触摸缝补到一起。 要多少万根手指头碰在一起的小触摸加在一起，才能变成做爱? 人为什么要做爱?

我的思绪飘向了我的童年，奥斯卡。 回到了我还是个小女孩的时候。 我坐在那儿，想着一把小石头子儿，还有我第一次发现我腋窝下的毛发。

我的思绪围绕着我母亲的脖子。 她的珍珠。

我第一次喜欢上香水的气味，还有安娜和我躺在我们漆黑的卧室里，暖暖的床上。

一天晚上，我告诉她我看见了发生在我们家后面那个小棚子里的事儿。她要我答应永远也不提起这事儿。 我答应了。

我能看你们亲吻吗?

你能看我们亲吻吗?

你可以告诉我你们要在哪里亲吻，我可以藏起来看。

她笑了，这就是她表示答应了的方式。

我们半夜里醒过来了。 我不知道是谁先醒过来的。 也许我们是同时醒来的。

那是什么感觉？我问她。

什么是什么感觉？

亲吻。

她笑了。

湿乎乎的，她说。

我笑了。

湿乎乎的，热热的，刚开始怪怪的。

我笑了。

就像这样，她说，她捧着我的脸颊，把我拉近她。

我这辈子从来没有觉得那么爱过，从那以后，我也没有觉得那么爱过。

我们很纯真。

还有什么东西能够比我们在那张床上亲吻更纯真？

还有什么东西更值得不被毁灭？

我告诉他，如果你留下来，我会更努力。

行，他写道。

只求你不要离开我。

行。

我们以后绝不提这事。

行。

不知道为什么，我在想鞋。 我这辈子穿过多少双鞋。 我的脚伸进脱出过多少回。 我怎么把那些鞋放在床脚，脚尖冲着床外。

我的思绪从一个烟囱滑落下去，然后燃烧起来。

头上有脚步声。 煎炸着的洋葱。 叮当作响的水晶石。

我们不算富裕，但我们什么都不缺。 我从我卧室的窗户里看着世界。我在这个世界上很安全。我看着父亲一点点崩溃。战争越近，他就越反常。这是他所知道的唯一的保护我们的方式吗？他每天晚上都在小棚子里待几个小时。有时候他就在那里睡。睡在地上。

他想拯救世界。他就是这个样子。但他不想危及我们的家庭。他就是这个样子。他肯定用我的生命衡量过他或许能够拯救的生命的分量。也许是十个。也许一百个。他肯定认为，我的生命比一百个生命的分量更重。

那个冬天他的头发变白了。我以为是雪。他告诉我们一切都会好的。我只是一个孩子，但我知道什么都不会变好。这并不说明我爸爸撒谎。这只是说明他是我的父亲。

就在轰炸的那天早上，我决定给那个被强迫劳改的人写回信。我不知道我为什么等了这么久，也不知道是什么驱使我在这个时候给他写信。

他曾经要求我在信中附上我的照片。我没有我喜欢的照片。现在，我懂得了我童年的悲剧。不是爆炸。而是我从来没有喜欢过我自己的照片。对自己的照片，我就是喜欢不起来。

我决定第二天去找个摄影师，照一张相。

那天晚上，我在镜子前面试穿了我所有的外衣。我觉得自己像个丑陋的电影明星。我请我妈妈教我化妆。她没有问为什么。

她给我示范怎么扑腮红。怎么描眼睛。她从来没有这么长时间地碰我的脸。以前没有理由这样。

我的额头。我的下巴。我的太阳穴。我的脖子。她为什么哭？

我将没写完的信留在了桌子上。

那张纸使我们的房子烧得更快。

我本当将它和我的丑照片一起寄走。

我本当把一切寄走。

机场上全是来来往往的人。但只有你爷爷和我。

我拿过他的笔记本，翻寻着。 我指着，多么令人懊恼，多么可怜，多么忧伤。

他翻寻着笔记本，最后指着，你给我餐刀时的那样子。

我指着，如果我是另一个世界的另一个人，我会做一些不同的事情。

他指着，有时候，人就是想消失。

我指着，不了解自己也没什么不对。

他指着，多么忧伤。

我指着，一点甜东西也不错。

他指着，哭啊哭啊哭啊。

我指着，不要哭。

他指着，悲伤、迷惘。

我指着，多么可怜。

他指着，悲伤、迷惘。

我指着，有。

他指着，无。

我指着，有。

没有人指着，我爱你。

没有路。 我们不能爬过去，或者走过去，直到找到路的边缘。

我后悔自己活了一辈子才发现如何生活，奥斯卡。 因为如果我能够重新开始我的生活，我会用别的方式行事。

我会改变我的生活。

我会亲我的钢琴老师，即使他笑话我。

我会和玛丽一起在床上蹦跶，即使我会出丑。

我会寄出我的丑照片，成千张。

我们怎么办呢？他写道。

由你说了算，我说。

他写道，我要回家。

你的家在哪里？

家是规矩最多的地方。

我明白他的意思。

我们还得制订很多规矩，我说。

让它更像一个家。

对。

行。

我们直接到了珠宝店。　他把手提箱放在后屋里。　那天我们卖出去一对绿宝石耳环。　还有一枚钻石订婚戒指。　还有小女孩儿戴的一个金手镯。　一个正要去巴西的人买了一块手表。

那天晚上我们在床上互相搂着。　他亲遍我的全身。　我相信他。　我不傻。　我是他的妻子。

第二天他去了机场。　我不敢试他的手提箱。

我等着他回家。

几个小时过去了。　很多分钟过去了。

我没有在十一点开珠宝店的门。

我在窗前等着。　我还是相信他。

我没有吃午饭。

很多秒钟过去了。

下午过去了。　晚上来了。

我没有吃晚饭。

年华从每一个瞬间的缝隙间流过。

你父亲在我的肚子里踢了。

他想告诉我什么？

我把鸟笼带到窗前。

我打开窗户，打开鸟笼。

我将鱼冲进了下水道。

我把狗和猫带到楼下，解开它们的项圈。

我把昆虫都放到了街上。

还有爬行动物。

还有老鼠。

我告诉它们，走。

你们所有的。

走。

然后它们就都走了。

它们没有回来。

幸福，幸福

访谈人：你能不能谈谈那天早上的经过？

智康：我和我女儿一起离开家。她要去上班。我要去看一个朋友。空袭警报响起来了。我跟雅子说我要回家。她说："我去办公室。"我干了些杂活，等着警报解除。

我叠了被子。我收拾了壁柜。我用一块湿布擦窗户。一道闪电划过。我的第一个念头是，那是照相机的闪光。现在想起来真是荒唐。闪光刺中了我的眼睛。我的大脑变得一片空白。窗户上的玻璃在我周围四处迸裂。听起来像是我妈妈从前让我不要出声时发出的嘘声。

等我恢复知觉，我意识到自己不是站着的。我被甩到另一个房间里了。布还在我手里，但已经不再是湿的了。我唯一的想法是，我要找到我的女儿。我往窗外看去，看见我一个邻居差不多一丝不挂地站着。他的皮肤从身体上脱落下来。皮肤在他的手指上耷拉着。我问他出了什么事。他筋疲力尽，无力回答。他在四处张望，我只能猜他是在找他的家人。我想，*我必须走。我必须去找到雅子。*

我穿上鞋，带上了防空面罩。我朝火车站走去。那么多人朝我走来，离开城里。我闻到一种类似于烤鱿鱼的味道。我肯定是受刺激了，因为那些人在我看来都像是被从海里冲上岸的鱿鱼。

我看见一个年轻姑娘朝我走来。她的皮肤正从她身体上融化下来。就像蜡烛一样。她喃喃说道："妈妈。水。妈妈。水。"我以为她是雅子。但她不是。我没给她水。我很抱歉，我没给她水。但我正在到处找我的雅子。

我一路跑到广岛火车站。车站里全是人。有些人已经死了。很多人躺在地上。他们在呼唤他们的母亲，要水。我到了常盘桥。我要过了桥才能走到我女儿的办公室。

访谈人：你看见蘑菇云了吗？

智康：没有，我没有看见云。

访谈人：你没有看见蘑菇云？

智康：我没有看见蘑菇云。我在找雅子。

访谈人：但蘑菇云笼罩着整个城市啊？

智康：我在找她。他们告诉我不能过桥。我心想说不定她回家了，所以我回头了。黑雨开始下的时候，我在仁木神社。我不知道黑雨是什么。

访谈人：能不能讲讲黑雨是什么样子的？

智康：我在家里等她。我打开窗户，尽管窗户上已经没有玻璃了。我整夜醒着，等她。但她没有回来。第二天早上六点半，石户先生来了。他女儿和我女儿在一个办公室工作。他在叫唤着找雅子的家。我跑出去。我说："在这儿呢，在这儿！"石户先生向我走来。他说："快！带点衣服去找她。她在太田川岸上。"

我飞快跑去。我跑得比我能够跑得还快。我到了常盘桥的时候，有很多士兵躺在地上。七号早上比六号早上还要多。到了河岸的时候，我分不清谁是谁。我不停地找雅子。我听见有人哭叫："妈妈！"我听出了她的声音。我发现她的情况特别可怕。她在我梦里出现时还是那种可怕的样子。她说："你怎么才来。"

我向她道歉。我说："我尽快赶来了。" 只有我们两个。我不知道该怎么办。我不是护士。她的伤口里有蛆，还有一种浓稠的黄色液体。我想帮她擦干净。但她的皮肤在脱落。蛆从她全身上下爬出来。我不能把它们扫下来，因为那样一来我就会扫下她的皮肤和肌肉。我得把它们挑出来。她问我在干吗。我说："噢，雅子，没什么。"她点点头。九个小时以后，她死了。

访谈人：你一直把她抱在怀里？

智康：是，我把她抱在怀里。她说："我不想死。"我告诉她："你不会死。"她说："我答应你，回家之前，我不会死。"但她疼痛难忍，她不断地哭喊："妈妈。"

访谈人：谈起这些事一定很难。

智康：听说你们这个组织在录制证言，我知道我一定要来。她死在我的怀里，说着："我不想死。"死亡就是这个样子。士兵们穿什么军装无关紧要。武器多精良也不重要。我认为，如果每个人都见过我见过的，我们就永远不会有战争。

我按下了录音机上的"停止"键，因为访谈已经结束了。女生们在哭，男生们发出怪怪的呕吐的声音。

"好了，"基根先生说，从椅子上站起来，用一条手绢擦着额头，“奥斯卡让我们必须思考很多事情。”我说：“我还没完呢。”他说：“我觉得这已经挺完整了。”我解释道：“因为爆炸产生的辐射热是直线传播的，通过观察设置在其中的物体投射下的影子，科学家们可以从几个地点确定震源的方向。这些影子显示出炸弹爆炸时的高度，和火球在发射出最大炭化作用那一刻时的直径。好玩儿吧？”

吉米·斯奈德举起了手。我点了他。他问：“你怎么这么怪？”我问他这个问题是不是反问。基根先生告诉他到邦迪校长的办公室去。有些孩子笑起来了。我知道他们是在坏笑，也就是在笑我，但我尽量保持自信。

“与爆炸相关的另外一个有趣的现象，就是关于燃烧的程度和颜色之间的关系，显而易见，这是因为深颜色有吸光性。比如说，那天早上，有两个围棋大师在一个很大的城市公园里，在真人大小的棋盘上进行一次著名的比赛。原子弹摧毁了一切：座位上的观众，拍摄比赛的人，他们的黑色摄影机，计时表，包括两位大师。唯一幸存的，是白方块上的白棋子。”

吉米往外走的时候说：“喂，奥斯卡，谁是巴克敏斯特？”我告诉他：“理查德·巴克敏斯特·富勒是一个科学家、哲学家、发明家，以设计测地线拱顶而著称于世，他关于布基球①的描述最著名。如果我没记错的话，他死于一九八三年。”吉米说：“我说的是你那个巴克敏斯特。”

我不知道他为什么要问，因为我两个星期前刚刚把巴克敏斯特带到学校里来过。我把它从屋顶上扔下去，演示猫可以通过将自己变成小降落伞来达到匀速度，而且猫从二十层楼上摔下来能活命的几率要高过从八楼上摔下来，因为它们要八层楼的时间才能意识到

① C_{60} 分子。

发生了什么事情，然后放松、调整自己。我说："巴克敏斯特是我的母猫[①]。"

吉米指着我说："哈哈！"小孩儿们都坏笑起来。我不明白这有什么好笑的。基根先生生气了，说："吉米！"吉米说："咋？我怎么着啦？"我看得出来，实际上基根先生也在偷笑。

"我刚才说的是，他们在离核爆中心大约半公里的地方找到了一张纸，上面的字母，他们叫做字的，都被整齐地烧掉了，但纸完好无损。那张纸看起来到底会是什么样子，我感到好奇万分，所以刚开始我试着自己把字母剪下来，但我的手干不了这活儿，所以我做了些调研，在春天街上发现了一家专门做模切的印刷商，他说有二百五十元他就可以做。我问他这里面包不包括税，他说不包括，但我还是觉得这个价钱很值得，所以我拿了我妈妈的信用卡，不管怎么着吧，这就是了。"我举起那一张纸，是《时间简史》日文版的第一页，我从日本亚马逊上找来的译本。我透过乌龟的故事看着全班同学。

那一天是星期三。

星期四课间休息时，我去了图书馆，读最新一期的《美国鼓手》，这是图书馆馆员希金斯专门给我订购的。很乏味。我到了科学实验室，看鲍尔斯先生能不能和我一起做一些试验。他说他已经打算和其他一些老师一起去吃午饭了，而他又不能让我一个人待在实验室里。于是我到艺术室里做了一些饰品，那里允许一个人待着。

星期五，吉米·斯奈德从运动场那头叫我，然后和他的一帮朋友一起朝我走过来。他说："嗨，奥斯卡，你想要埃玛·沃森给你手淫，还是口交？"我告诉他我不认识埃玛·沃森。马特·科尔伯

---

① 原文用的是"pussy"，这个词还有"阴户"的意思。

说："赫敏，弱智。"我说："赫敏是谁？我不是弱智。"戴夫·马龙说："《哈利·波特》里的，玻璃同志。"斯蒂夫·维克尔说："她现在有甜甜的奶子了。"杰克·赖利说："手淫，还是口交？"我说："我从来没有见过她。"

我懂得鸟类和蜜蜂的很多事情，但我对男女之事知道得不多。我知道的那些，都是我从网络上自学的，因为我没有什么人可以问。比如说，我知道你把阴茎放在别人嘴里就是口交。我也知道阳具是阴茎，鸡巴也是阴茎。自然了，还有大鸡巴。我知道女人性交时阴道会湿，但我不知道是什么东西把它给弄湿了。我知道阴道是屄，也是阴部。我知道假阴茎是什么——我觉得——不过我不是特别明白精液是什么。我知道肛交是在肛门里干，但我巴不得我不知道这个。

吉米·斯奈德推搡着我的肩膀，说："说你妈妈是婊子。"我说："你妈妈是婊子。"他说："说你妈妈是婊子。"我说："你妈妈是婊子。""说'我'妈妈'是婊子'。""你妈妈是婊子。"马特、戴夫、斯蒂夫和杰克都在坏笑，但吉米非常非常生气。他举起一只拳头说："你找死。"我四周张望着想找到一个老师，但一个老师也没看见。"我妈妈是婊子。"我说。我进了教室，又看了几页《时间简史》。然后我弄断了一支自动铅笔。我回家后，斯坦说："你有邮件！"

亲爱的奥斯卡：

谢谢你给我寄来你欠我的七十六点五美元。实话说，我压根儿就没想到能收到这笔钱。现在我什么人都会相信了。

（出租司机）马蒂·马哈特拉

又：没小费？

那天晚上，我数完了七分钟，然后是十四分钟，然后是三十分钟。我知道我是不可能睡着的了，因为我实在太兴奋：第二天我就能去找锁了。我又像一只河狸一样忙着发明东西了。我想，一百年后，一本二〇〇三年的电话黄页上所有的人都是死人了。我还想到，有一次，我在明奇家的时候，看见电视里有个人用手把电话本一撕两半。我想，我可不想有人在一百年后把一本二〇〇三年的电话本一撕两半，因为即使上面所有的人都死了，我还是觉得这个电话本应该有所用途。于是我发明了一个黄页黑盒子，就是用他们制造飞机上用的黑盒子的材料做成的电话本。我还是睡不着。

我发明了一种邮票，背面的味道像焦糖布丁。

我还是睡不着。

要是你能够把导盲犬训练成嗅弹犬，那它们岂不是就成了导盲嗅弹犬？这样一来，盲人就可以一边被狗牵着一边挣钱，成为能够有所奉献的社会成员，我们也会更加安全。我越来越睡不着了。

等我醒来时已经是星期六了。

我上楼去接布莱克先生，他在自己门口等着，对着自己的耳朵捻手指头。"这是什么？"我把我给他做的礼物递给他的时候，他问。我耸耸肩，就跟爸爸一样。"我拿它怎么办呢？"我告诉他："打开呀，当然了。"但我忍不住心里的得意劲儿，他还没把包装纸从盒子上撕下来呢，我就说了："这是我给你做的项链上面有个指南针挂件这样你就知道自己在床上的哪个方位了！"他接着开礼物，说："你真好！""是呀。"我说，从他手里夺过盒子，因为我开得快一些。"在你公寓外头可能不灵，因为你离床越远，床的磁力就越小，不过那又怎么着。"我把项链递给他，他戴上项链。项链说床在北边。

"那我们去哪儿？"他问。"布朗克斯。"我说。"区间快车？""什么？""区间快速地铁。""没有什么区间快车，我也不坐公交车。”“为什么不坐？”“公交是明显的袭击目标。”“那你准备怎么把我们带到那儿？”“我们可以走。”“从这儿到那儿得有二十英里，”他说，“你见过我走路吗？”“那倒是。”“我们坐区间快车吧。”“没有什么区间快车。”“不管它叫什么名字，我们坐吧。”

出门时，我说：“斯坦，这是布莱克先生。布莱克先生，这是斯坦。”布莱克先生伸出手，斯坦握了握。我告诉斯坦：“布莱克先生住在 6A。”斯坦把手缩了回去，但我觉得布莱克先生并不介意。

到布朗克斯列车一路都是在地下，这让我惊恐万分，但一进穷人区，地铁就上地面了，我更喜欢这样。布朗克斯很多楼都是空的，我能看出来，因为它们都没有窗户，你可以一眼就看穿这些楼，尽管地铁速度很快。我们下了火车，沿街走着。我们找那个地址的时候，布莱克先生一直拉着我的手。我问他是不是种族主义者。他说是贫穷让他恐惧，而不是人。仅仅是为了开玩笑，我问他是不是同性恋。他说：“大概吧。”“真的？”我问，但我没有抽回我的手，因为我不害怕同性恋。

大楼的蜂鸣器坏掉了，门用一块砖头挡着。阿格尼丝·布莱克的公寓在三楼，还没有电梯。布莱克先生说他在下面等我，因为一天里光爬地铁里那些台阶就够他受的了。所以我一个人上了楼。过道里的地板很黏糊，而且，不知道怎么回事，所有门上的窥视孔都涂着黑漆。有人在一扇门后面唱歌，我还听见其他几扇门里有电视的声音。我在阿格尼丝的门上试了试钥匙，但没打开，于是我就敲门。

一个坐在轮椅上的小个子女人开了门。我觉得她是墨西哥人。或者是巴西人什么的。“对不起，你叫阿格尼丝·布莱克吗？”她说：“不会讲恩语。”“什么？”“不会讲恩语。”“对不起，”我说，“但我不明白你说什么。你能不能重说一遍，表达清楚一点。”“不会讲恩语。”她说。我用一根手指头指着天空，这是全球通用的“等等”的表示，然后冲着楼梯井对下面的布莱克先生喊道：“我觉得她不会讲英语！”“噢，那她说什么语呢？”“你说什么语？”我问她，然后就意识到我问得多么傻，于是我换了个办法：“你会说法语吗？”[①]“西班牙语。”[②]她说。“西班牙语。”我冲楼下吼道。“太棒了！”他吼回来，“我碰巧学过一点西班牙语！”我把她的轮椅推到楼梯口，他们互相吼过来吼过去，这可有点怪，因为他们的声音传来传去，但他们看不见对方的脸。然后布莱克先生吼道：“奥斯卡！”然后我吼道：“这是我的名字，可别把它喊坏了！”然后他吼道：“下来！”

我回到门厅时，布莱克先生解释道，我们找的人曾经是世贸之窗里的女侍者。“什么？”“那位女士叫费利兹，她并不认识阿格尼丝。她搬进来的时候有人对她提过阿格尼丝罢了。”“真的？”“我不会瞎编。”我们走到街上，开始步行。一辆车从身边开过，车里放着特别响的音乐，让我的心都振动起来。我往上看，窗户间连着一些绳子，绳子上挂着衣服。我问布莱克先生，人们常说的“晒衣绳”，是不是就是这玩意儿。他说：“他们说的就是这个。”我说：“我就知道是的。”我们又走了一段。孩子们在街上踢石头，笑着，好的那种笑。布莱克先生捡起一块石头放在自己口袋里。他看看街上的标记，又看看表。两个老人坐在一家商店门口的椅子上。他们在吸雪茄，像看电视一样看着世界。

“想想真怪。”我说。“什么事怪？”“她在那儿上班。说不定她认识我爸爸。也许不认识他，但说不定她那天早上招待过他。我爸爸在那儿，在餐厅里。他有一个会。说不定她给他添了咖啡什么的。”“有可能。”“说不定他们是一起死的。”我知道他不知道该怎么回答这个问题，因为他们当然是一起死的。真正的问题是他们是怎

① 原文为法语。
② 原文为西班牙，下同。

么一起死的，他们是在餐厅的两头，还是靠近对方，还是怎么样。说不定他们一起到了楼顶。在一些照片里，你可以看见人们一起跳了下来，手拉着手。所以，说不定他们就是这么死的。或许他们互相说话，一直到楼倒下来。他们说了些什么？他们显然是很不同的人。或许他对她讲起了我。我纳闷他跟她说了些什么。我说不清想起他握着什么人的手时，我心里是什么个滋味。

"她有孩子吗？"我问。"我不知道。""问她。""问谁？""我们回去，问现在住在那儿的那位女士。我打赌她知道阿格尼丝有没有孩子。"他没有问我这个问题为什么这么重要，也没有告诉我她已经把她知道的所有事情都告诉我们了。我们往回走了三个街口，我走上楼梯，把她的轮椅又推到楼梯口，他们又楼上楼下地谈了一会儿。然后布莱克先生吼道："她没有孩子！"但我疑心他是不是在骗我，因为尽管我不懂西班牙语，我听得出来，她说的可比一句"没有孩子"要多得多。

我们回头往地铁走去时，我明白了，然后我就很生气。"等等，"我说，"你那会儿笑什么？""哪会儿？""你第一次跟那位女士说话的时候，你在笑。你们俩都在笑。""我不知道。"他说。"你不知道？""我不记得了。""想一想。"他想了想。"我不记得了。"第七十七个谎言。

地铁站旁边有个杂货摊，摊位前支着一口大锅，锅里放着墨西哥玉米粽子。我们向卖货的女人买了几个粽子。正常情况下，我只吃单独包装或者是妈妈准备的食品，但我们还是坐在路沿上吃了我们的粽子。布莱克先生说："不管怎么说，我是振作起来了。""什么是'振作起来了'？""充满活力。充满朝气。""我也振作起来了。"他用手环住我的肩膀，说："好。""这是素的，对不对？"我们走上地铁台阶的时候我摇着铃鼓，火车进入地下的时候我屏住了呼吸。

阿尔伯特·布莱克是从蒙大拿来的。他想当演员，但他没去加利福尼亚，因为加州离家太近，而当演员的全部意义就在于成为另外一个人。

艾丽丝·布莱克特别紧张，因为她住在一栋应当是派工业用场的建筑里，人是不应当在那里住的。开门之前，她先要我们保证我们不是房屋委员会的人。我说："我建议你从窥视孔里看看我们。"她看了，然后她说："哦，你们啊。"我觉得她的话有点奇怪。然后她就让我们进去了。她手上沾满了木炭的黑灰，我还看见房子里到处都是画，画的都是同一个男人。"你四十岁了吧？""我二十一岁。""我九岁。""我一百零三岁。"我问她这些画是不是都是她画的。"是。""所有的？""对。"我没有问画上那个男人是谁，因为我担心她的回答会让我觉得难过。除非你爱他、想他，不然你不会画一个人那么多次。我告诉她："你特别美丽。""谢谢。""我们能亲嘴吗？"布莱克先生用胳膊肘捅捅我，问她："你认识这把钥匙吗？"

亲爱的奥斯卡·谢尔先生：

我在代替卡利博士回信，她现在在刚果进行一项探险研究。她请我向你转达她的感激，感谢你对她的大象工作所表达的热情。鉴于我已经是她的助手这事实——而预算又总是有限，这一点你肯定已经有所体验——她眼下不会再另雇他人。不过她还是要我告诉你，如果你还有兴趣而且有时间，明年秋天她有可能在苏丹有个项目需要人帮忙。（目前基金申请方案正在处理过程中。）

请把你的简历寄给我们，包括以前的研究经历，本科和研究生期间的成绩单，和两封推荐信。

祝好

盖里·富兰克林

艾伦·布莱克住在东城，是中央公园南面一栋楼里的看门人，我们就是在那儿找到他的。他说他痛恨当看门人，因为他在俄国是一个工程师，而现在他的大脑正在死去。他给我们看了他口袋里装着的袖珍电视。“它能放DVD，”他说，“如果我有电子邮箱，我也可以在上面查电子邮件。”我告诉他，如果他愿意，我可以给他设一个电子邮箱。他说：“真的？”我拿过他的电视机，我不很熟悉，但很快就鼓捣明白了，把一切都设定就绪。我说：“你想用什么名字？”我建议用他的名字“Allen”，或全名“AllenBlack”，或者是一个绰号。“或者叫‘Engineer’[①]。这个名字挺酷。”他把手指放在胡须上，想了想。我问他有没有孩子。他说：“有个儿子。他马上就要比我还高了。更高，更聪明。他会成为一个伟大的医生。脑外科医生。或者是最高法院法官。”“好，你可以用你儿子的名字当用户名，尽管我猜这可能会有点让人糊涂。”他说：“Doorman[②]。”“什么？”“就用Doorman。”“你想用什么名字就用什么名字。”“Doorman。”我把他的邮箱名设成了Doorman215，因为已经有二百一十四个看门人了。我们告别的时候，他说：“祝你好运，奥斯卡。”我说：“你怎么知道我叫奥斯卡？”布莱克先生说：“你告诉过他的。”那天下午回家后我给他发了封电子邮件：“很遗憾你对那枚钥匙一无所知，但见到你还是很高兴。”

亲爱的奥斯卡：

尽管根据你的信来看，你确实是个聪明的年轻人，但是，因为从来没有见过你，对你的科研经历也一无所知，我很难为你写推荐信。

---

① 中文意思为“工程师”。
② 中文意思为“看门人”。

谢谢你对我的研究所说的好话，祝你的探险好运，包括科研的和别的探险。

最真诚的

简·古多尔

阿诺德·布莱克单刀直入："我帮不了忙。对不起。"我说："我都没有告诉你我们需要你帮什么忙。"他开始变得泪汪汪的，他说："对不起，"然后关了门。布莱克先生说："下一个。"我点点头，内心想道，怪。

谢谢你的来信。因为我收到的信很多，我不能亲自回信。不过，请记住，我读了并存下了每一封来信，希望哪一天能够给每一封信它所应得的认真回复。

你最忠实的

斯蒂芬·霍金

整个星期都很乏味，除非在我想起钥匙的时候。尽管我知道在纽约还有一亿六千一百九十九万九千九百九十九把它没有开过的锁，我还是觉得它什么都打开过了。有时候我喜欢摸摸它，就是为了知道它确实是在那里，就像装在我口袋里的胡椒喷雾。或者是正好相反。我调整调整挂绳，让两把钥匙——一把是公寓门的，一把是我还不知道哪儿的——正好贴着我的心，唯一的问题是有时候觉得有些冷，所以我在我胸脯上那个地方贴了一块创可贴，钥匙可以靠在创可贴上面。

星期一很乏味。

星期二下午我得去费恩医生那儿。我不懂我为什么需要帮助，因为在我看来，你爸爸死的时候，你本来就应该觉得心情沉重，而如果你的心情不沉重，那你才需要帮助呐。但我还是去了，因为我就靠它攒零花钱。

“嗨，哥们儿。”“实际上，我并不是你的哥们儿。”“对。哦。今天天气很好，你不觉得吗？如果你愿意，我们可以出去扔扔球。”“觉得天气很好，是。想不想扔球，不想。”“肯定吗？”“体育不好玩儿。”“你觉得什么东西好玩儿？”“你在寻找什么样的答案？”“你为什么觉得我是在寻找什么东西？”“你为什么觉得我是个大傻帽？”“我不觉得你是个大傻帽。我不觉得你是傻帽。”“谢谢。”“你觉得你是什么，奥斯卡？”“费恩医生，我在这儿，是因为我在经历生活中的一种绝境，这让我妈妈感到难过。”“这应当让她感到难过吗？”“不应该。生活本来就是绝境。”“你说你在经历绝境，什么意思？”“我总是情绪激动。”“你现在情绪激动吗？”“我现在情绪特别激动。”“你在感受哪些情绪？”“所有的情绪。”“比如说……”“现在我感觉到了悲伤、幸福、愤怒、爱、罪恶感、快乐、羞耻，还有一点点幽默，因为我有一部分大脑想起了牙膏做的一件我不能说的事。”“听起来你确实是感觉到了很多东西。”“他往我们法语俱乐部售卖会的巧克力面包里放了泻药。”“这确实好笑。”“我百感交集。”“你这个百感，对你的日常生活有影响吗？”“哦，回答你的问题，我觉得你用的这个词不算真正的词。百感。但我明白你想说什么，回答是有影响。结果是我经常哭，通常是一个人的时候。上学对我来说是很困难的事。我也不能在朋友家里过夜，因为我离开妈妈就害怕。我不会与人打交道。”“发生在你身上的，究竟是什么事？”“我感受太多。就这么回事。”“你觉得人会感受太多吗？或者有错误的感觉？”“我的内心和我的外表不能吻合。”“有什么人表里一致吗？”“我不知道。我只是我。”“说不定这就是一个人的个性：内在和外在的区别。”“但我的情况要更糟糕一些。”“我怀疑是不是每个人都觉得自己的情况比别人更糟糕。”“或许吧。但我的情况确实是要更糟糕。”

他坐回自己的椅子，把笔放在桌子上。“我能问你一件很私密的事情吗？”“这是自由国家。”“你注意到你阴囊上有小绒毛吗？”“阴囊。”“阴囊是你阴茎根部装着你的睾丸的那个袋子。”“我的蛋蛋。”“对。”“好玩。”“想一想，花点时间想一想。我可以转过身去。”“我不需要想。我阴囊上没有小绒毛。”他在一张纸上写了点什么。“费恩医生？”“叫我霍华德。”“你说过，如果我觉得不自在，应该告诉你。”“对。”“我现在就觉得不自在。”“对不起。我知道这是个特别私密的问题。我之所以问，是因为有时候，身体变化的时候，我们会在情绪上经历很多巨大的变化。我是在猜测，或许你所经历的，部分是因为你身体上的变化。”“不是。是因为我爸爸死了，死法是任何人能够想象得出的最可怕的方式。”

他看着我，我看着他。我对自己保证，不要先移开目光。但是，和往常一样，还是我先移开目光。

“我们玩个小游戏怎么样？”“智力游戏吗？”“不完全是。”“我喜欢智力游戏。”“我也喜欢。不过这不是智力游戏。”“完蛋。”“我说一个词，然后我要你告诉我你想起来的第一件事。你可以说一个词，一个人的名字，甚至是发一种声音。不管什么。答案没有对错。没有规则。我们试试可以吗？”我说：“来吧。”他说：“家庭。”我说：“家庭。”他说：“对不起。我没说清楚。我说一个词，然后你告诉我你想起的头一件东西。”我说：“你说‘家庭’我就想起了家庭。”他说：“但我们尽量别用同一个词。行吗？”“行。我是说，成。”“家庭。”“深吻。”“深吻？”“就是一个男人用他的手指摸一个女人的阴道。对吧？”“对，对。行。没有错误答案。那么安全呢？”“安全怎么啦？”“行。”“是。”“肚脐眼。”“肚脐眼？”“肚脐眼。”“肚脐眼不能让我想起任何东西。”“深挖。”“在我自己的肚脐眼上深挖？”“在你脑子里，奥斯卡。”“啊。”“肚脐眼。肚脐眼。”“肚子的屁眼？”“好。”“不好。”“不，我的意思是：‘好。你干得不赖。’”“我干得不错。”“不错。”“水。”“庆祝。”“汪汪。”“那是狗叫吗？”“随便。”“好。很好。”“好。”“脏。”“肚脐眼。”“不舒服。”“特别。”“黄色。”“一个黄种人的肚脐眼的颜色。”“不过，我们试试能不能就用一个词，行吗？”“就一个没有规则的游戏来说，这个游戏的规则太多了。”“伤害。”“现实。”“黄瓜。”“福米卡牌塑料。”“福米卡牌塑料？”“黄瓜？”“家。”“放东西的地方。”“紧急状况。”“爸爸。”“你爸爸是紧急状况的原因，还是应对紧急状况的解决办法？”“两个都是。”“幸福。”“幸福。哎呀，对不起。”“幸福。”“我不知道。”“试试。幸福。”“不晓得。”“幸福。挖。”我耸耸肩。“幸福，幸福。”“费恩医生？”“叫我霍华德。”“霍华德？”“嗯？”“我觉得不自在。”

剩下的四十五分钟我们就随便谈，尽管我没什么可对他说的。我不想去那儿。除了找锁，我不想去任何地方。到了妈妈该进来的时候，费恩医生说他想订个计划，这样下一个星期就会比这一个星期更好。他说：“你能不能跟我说说你觉得你能做到的事情，一些该记住的事情。这样，下星期我们就可以谈谈你有多么成功。”“我要想办法上学去。”“好。很好。还有呢？”“说不定我能对傻瓜们更耐心一点。”“好。还有呢？”“我不知道，说不定我会想办法不要因为情绪激动而坏事。”“还有别的吗？”“我会想办法对我妈妈好一点。”“还有？”“这还不够？”“够了。足够了。那我问你，你觉得你会怎么去实现你这些目标？”“我要把我的感觉深深地埋在心里。”“你什么意思，埋在心里？”“不管我感觉到什么，我都不会让它表露出来。如果我要哭，我会在心里哭。如果我要流血，我会给自己掐一个伤疤。如果我的心开始发疯，我不会对世上任何人吱一声。一点用都没有。只会让别人的生活更糟。”“但如果你把自己的感觉都埋在心里，那你就不再是你了，对不对？”“那又怎么着？”“我能问你最后一个问题吗？”“这个问题就是最后一个问题吗？”“你认为你父亲的死能有什么积极意义吗？”“我认为我父亲的死能有什么积极意义吗？”“对。你认为你父亲的死可能有什么积极意义吗？”我踢翻了我的椅子，把他的文件扔到地板上，狂叫着：“没有，当然没有，你他妈这个混蛋！”

我是想这么干来着。但实际上我只是耸了耸肩。

我出门去告诉妈妈该她了。她问我刚才怎么样。我说：“还行。”她说：“你的杂志在我包里。还有果汁盒。”我说：“谢谢。”她俯下身来亲了我一下。

她进去以后，我轻轻地把听诊器从我的野外用品包里拿出来，然后我跪下去，将我不知道叫什么的那头按在门上。球？爸爸肯定知道。我听不见太多，有时候我不知道是没有人在说话，还是我没有听见他们说的话。

期望太高，太早

我知道

你？

什么　我？

你干什么？

我不是关键。

直到你觉得　奥斯卡不可能

直到他觉得　是　感觉好了

不知道。　一个问题。

你？

我不

　　不知道?

　　　　　　　　几个小时几个小时地解释。

　　　　试着开始?

开始　　　　容易　　　　你　　　　　幸福?

有什么好笑的?

　　曾经　　有人　　　我一个问题，我可以说行，或者　但是　不再相信简单的答案。

可能　　　　错误问题。或许　　　提醒还有简单的东西。

什么简单?

多少手指　　　　举着?

没那么简单

我想谈谈　　　　这不容易。

　　有没有想过

什么?

听起来像什么。　　　　　甚至医院，我们通常想的方式

安全的环境。

家是一个安全的环境。

你他妈以为你是谁？

对不起。

没什么对不起。你很愤怒。

不是你　　愤怒

你是冲谁愤怒？

对孩子来说　　　一起经历同样的过程有好处

奥斯卡不　　　其他孩子。　　　甚至是和他年龄相仿的孩子。

好事？

奥斯卡是奥斯卡，没有人　　　　　　这是大好事。

我担心　　　　　他自己。

我们谈这个，简直难以置信。

无话不谈，　　　　　意识到没有　　　理由来谈

对他自己有害？

我担心这个。　　　　表明一个孩子

绝无可能　　　　把我孩子送到医院。

开车回家的路上我们一直沉默着。我打开收音机，找到了一个正在播放《嗨，朱迪》的频道。歌里唱的是对的，我不想把事情搞糟。① 我想找一首悲伤的歌，然后把它变得快乐一点。我只是不知道怎么让它快乐起来。

晚饭后，我回到自己的房间。我从壁柜里拿出盒子，从盒子里拿出盒子、袋子、没织完的围巾和电话。

第四条留言。上午九点四十六分。是爸爸。托马斯·谢尔。是托马斯·谢尔。喂？你能听见我吗？你在家吗？接电话。快接电话！拿起电话。我在一张桌子底下。喂？对不起。我脸上包着一张湿餐巾。喂？不。试试另一个。喂？对不起。人们都疯了。还有，直升机在盘旋。我想我们会到屋顶上去。他们说可能会有什么。疏散——我不知道，试试那个——他们说有可能从那里疏散，可能吧。直升机能够靠近。可能。快接电话。我不知道。对，那个。你在家吗？试试那个。

他为什么不说再见？

我给自己又掐了一道伤痕。

他为什么不说“我爱你”？

星期三很乏味。

---

① 《嗨，朱迪》是甲壳虫乐队的一首著名歌曲，头两句歌词是：“嗨，朱迪，别把事情搞糟，找到一首悲伤的歌，把它变得快乐一点。”

星期四很乏味。

星期五也很乏味，不过星期五到了，意味着星期六也快到了，也意味着我离锁又近了很多，这就是幸福。

为何我不在你身边

一九七八年四月十二日

给我的孩子：我写这封信的地方，是你妈妈的爸爸的小杂物棚以前所在的地方，小杂物棚已经不在这儿了，没有地毯盖着没有了的地板，没有了的墙上没有了窗户，所有的东西都换了。这儿现在是个图书馆，这会让你的外公十分幸福，就像他埋的那些书都是种子，每一本书都长出了一百本。我坐在被大百科全书环绕的长桌一端，有时候我会拿下一本，阅读他人的故事，国王，演员，暗杀者，裁判，人类学家，网球冠军，大亨，政治家，你不要因为没有收到我的信，就以为我没有写信。我每天都给你写一封信。有时候我想如果我能告诉你那天晚上发生了什么，我就可以把那个晚上抛在后面，说不定我就能回到你身边，但那个晚上没有开始也没有终结，在我出生之前就存在了，到今天还在继续。我在德累斯顿写这封信，你母亲在无事的客房里写，或者说我认为她是在那里写，我希望她在写，有时候我的手在发烧，我坚信我们是在同时写同一个字。你妈妈写作的那台打字机是安娜给我的。她是在离爆炸只有几个星期之前给我这台打字机的，我感谢她，她说："你为什么要感谢我？这是给我的礼物。""给你的礼物？""你从来不给我写信。""可我跟你在一起啊。""那又怎么着？""你只给没和你在一起的人写信。""你从来不雕塑我，但你至少可以给我写信。"这是爱的悲剧，你的爱，不可能超过对你失去了的东西的爱。我告诉她："你从来不给我写信。"她说："你从来也没有送我打字机。"我开始设计我们未来的家，我会整夜打字，然后第二天交给她。我想象过十几所房子，有些是带魔力的（在一座时间凝固了的城市里，带有一座钟停摆了的钟楼），有些是世俗的（一座带有玫瑰和孔雀的布尔乔亚式乡村住宅），每一个都可行而完美，我不知道你母亲有没有看见过那些信。"亲爱的安娜，我们要住在盖在世界上最高的梯子顶端的家里。""亲爱的安娜，我们要住在土耳其一座山坡上的窑洞里。""亲爱的安娜，我们要住在一个没有墙的家里，我们到了哪里，哪里就是我们的家。"我不是在设想越来越好的房子，而是在向她表示，房子本身无关紧要，我们可以住在任何房子里，任何一座城市，任何一个国家，任何一个世纪，而幸福依然，就像世界是我们的居所一样。失去一切之前的那天晚上，我通过打字机，描绘了我们最后一个未来的家："亲爱的安娜，我们要住在一个系列家里，它循阿尔卑斯山而上，我们在每个家里只住一次。每天早上吃完早饭以后，我们可以坐着雪橇下滑到下一个家里。当我们打开它的前门时，前一个家就会被毁掉，重新盖成一个新的家。我们到了山脚以后，可以乘滑雪缆车到山顶，然后又从头开始。"第二天我去把这个设计送给她，在我去你母亲家的路上，我听见小杂物棚那里有声音，就是我现在给你写信的这个地方，我疑心那是西蒙·戈德堡。我知道安娜的父亲在藏着他，有些晚上，我和安娜在田里蹑手蹑脚地走路时，我听见过他们说话，他们总是在窃窃私语，我在他们的晒衣绳上看见过他沾满了木炭灰的衬衣。我不想让人发现我，于是我悄悄地从墙上挪掉一本书。安娜的父亲，你的外公，坐在椅子上，头埋在手里，他是我的英雄。每当我回想起那个时刻，我从来没有看见他把头埋在手里，我不让自己那样看他，我看见的是我手里的书，是奥维德插图版的《变形记》。我曾经在美国搜寻这个版本，好像找到它我就可以把它塞回小棚子的墙里，遮住我的英雄把脸埋在手里的形象，把我的生命和历史都停留在那一个瞬间，我在纽约的每一家书店打听，但我一直没能找到它，光线从墙上的洞外撒满了房间，你外公抬起了头，他走到书架前，我们从挪走了的《变形记》那里互相看着，我问他出什么事了，他什么都没有说，我只能看见他脸上的一条，一条书脊那么宽的他的脸，我们互相看着，直到仿佛一切都会燃烧起来，那是我毕生的沉默。我在安娜房间里找到了她。“你好。”“你好。”“我刚才看见你爸爸了。”“在小棚子里？”“他看着很不高兴。”“他不想继续在里面掺和了。”我告诉她：“一切都快结束了。”“你怎么知道？”“大家都这么说。”“大家全都错了。”“会结束的，然后生活就会恢复原样了。”她说：“别孩子气。”“别转过脸不看我。”她不看我。我问：“出什么事了？”我从来没见过她哭。我对她说：“别哭了。”她说：“别碰我。”我问：“怎么啦？”她说，“请你闭嘴好吗？”我们闷头坐在她床上。沉默像一只手一样压迫着我们。我说：“不管出什么事——”她说：“我怀孕了。”我不能写下我们当时互相说的话。我离开之前，她说：“请你喜出望外。”我告诉她我确实是喜出望外，我当然喜出望外了，我吻了她，我吻了她的肚子，那是我最后一次看见她。那天晚上九点半，空袭警报响起来了，所有的人都去了防空洞，但谁都是不紧不慢的，我们习惯了警报，我们以为警报是虚惊，谁没事要来炸德累斯顿？我们街上的人家关掉了家里的灯，蜂拥进了防空洞，我在台阶上等着，我在想着安娜。四周死寂，我能在黑暗中看见自己的手。成百架的飞机从头上飞过，巨大而沉重的飞机，掠过夜空，像成百只鲸鱼掠过水中，它们扔下了一束一束的红色火焰，为即将到来的一切照亮了夜空，我独自在街上，红色火焰在我四周落下，成千上万束，我知道某种无法想象的事情要发生了，我在想着安娜，我喜出望外。我四步并一步地跑上楼，他们看见了我脸上的表情，我什么都没有来得及说——我本来会说些什么？——我们听见一声巨大的响声，快速逼近的爆炸，就像一群鼓掌的观众朝我们跑来，然后它们就在我们头顶上了，我们被扔到了角落，我们的地窖里充满了火和烟，更多的强力的爆炸，墙被从地上拔了起来，与地面分开了那么一小会儿，让光线倾泻进来，然后又倒塌在地，橘黄色的蓝色的爆炸，紫色的白色的，我后来在书上读到，头一次爆炸延续了半个小时，但当时我感觉像是很多天很多星期，就像世界即将毁灭，爆炸就那么按部就班地从容地结束了，就像它按部就班地从容地开始了一样，“你没事吧？”“你没事吧？”“你没事吧？”我们跑出地窖，地窖里全是灰黄色的烟，我们什么都辨认不出来，半个小时以前我还在门廊上，现在没有街道没有房子也没有门廊，只有四面八方的火焰，我家的房子只剩下一块门墙，顽固地支撑着前门，一匹着火的马迅疾跑过，燃烧着的汽车上载着燃烧着的难民，人们在叫喊，我告诉我父母我要去找安娜，我妈妈叫我和他们待在一起，我说我会在我们家门口和他们碰头，我爸爸求我留下来，我抓住门把，门把把我手上的皮肤烫掉了，我看见了手掌上的肌肉，红红的，跳动着，我干吗要用手去抓它？我爸爸冲着我大吼，这是他有生以来第一次冲我大吼，我不能写下他吼的话，我告诉他们我会回到我们家门口和他们碰头，他冲我脸上打过来，这是他有生以来第一次打我，这也是我今生今世最后一次看见我的父母。我往安娜家走的路上，第二波空袭开始了，我跌跌撞撞地冲进最近的一个地窖，地窖被击中了，充满了粉红色的烟雾和金色的火苗，于是我又逃到下一个地窖，下一个也着火了，我从一个地窖跑到另一个地窖，因为每一个地窖都被炸毁了，燃烧着的猴子在树上哀鸣，翅膀着火了的鸟儿在电话线上歌唱，电话线传送着绝望的通话，我又发现了一个防空洞，里面挤得水泄不通，棕色的烟雾像一只手一样从房顶压下来，呼吸变得越来越困难，我的肺企图将整个房间扯进我的嘴里，银色的爆炸，我们都一股脑儿想离开地窖，踩着死去的和即将死去的人，我踏过一个老人，我踏过一些孩子，所有的人都和家人失散了，炸弹像瀑布一样，我跑过大街，从一个地窖到另一个地窖，看见可怕的东西：腿和脖子，我看见一个女人的金发和绿衣着火了，她手里抱着一个毫无声息的婴儿奔跑着，我看见人融化成一池浓稠的液体，有的有三四英尺深，我看见人体像灰烬一样脆裂，狂笑，还有成群的人的尸体，他们为了逃出火海，头朝下跳入湖泊和池塘，他们沉在水下的那一部分身体完好无损，而水面之上那一部分则焦得无法辨认，炸弹不停地降落，紫色的、橘黄色的和白色的，我跑啊跑，我的手在不停地流血，透过建筑倒塌的声音，我听见了那个婴儿沉默的呼喊。我跑过动物园，笼子都打开了，所有的野兽都在四散奔逃，晕头转向的动物在痛苦和混乱中哀嚎，一个管理员在呼救，他是个很强壮的人，他的眼睛被烧得闭上了，他抓住我的手问我会不会开枪，我说我得去找一个人，他把他的枪给我，说："你得找到那些食人动物。"我告诉他我枪法不好，我告诉他我不知道哪些动物吃人哪些不吃人，他说："见一个杀一个。"我不知道我杀了多少动物，我杀了一头大象，大象被爆炸抛落在离它笼子二十码的地方，我把枪压在它脑袋上，按动扳机时我想，真有必要杀死这头动物吗？我杀死了一只栖息在一株倒下的大树桩上的猩猩，它一边扫视着这场毁灭一边抓着自己的毛发，我杀了两头狮子，它们面朝西方并肩站着，它们是一伙儿的吗，它们是朋友、伙伴吗，狮子有爱的能力吗？我杀了一只趴在一头巨大的死熊身上的小熊，它是不是趴在它父亲或母亲身上？我用十二颗子弹杀了一头骆驼，我疑心它并不是食人动物，但我见什么就杀什么，什么都得杀掉，一只犀牛在用脑袋撞石头，一下接一下，好像是想了结自己的痛苦，或者是让自己受苦，我冲它开枪，它还在撞脑袋，我再开枪，它撞得更厉害，我走到它跟前，

把枪按在它两眼之间，我杀了它，我杀了一匹斑马，我杀了一头长颈鹿，我让海狮池的水都变红了，一头猩猩靠近我，那是我刚刚射击过的猩猩，我以为我已经把它杀死了，它慢慢地走近我，手按着耳朵，它跟我要什么，我叫道："你跟我要什么？"我再次射击，冲着它心脏所在的位置，它看着我，从它的眼中，我肯定看见了某种形式的理解，但我没有看见原谅，我试着朝秃鹫们射击，但我射得不够准，后来我看见秃鹫们津津有味地吃着人尸，我觉得一切都是我的错。第二次轰炸突然全面结束了，就像它突然全面开始了一样，顶着烧焦的头发，挥着黑色的胳膊和黑色的手指，我昏昏沉沉地走着，走到洛什维茨桥，我把我黑色的手浸泡在黑色的水中，我看见了我的影子，我被我自己的影子吓坏了，被血纠结成团的头发，皴裂流血的嘴唇，红色的跳动的手掌，这些手掌，即使是在我三十五年后写这段话的时候，看起来仿佛还是不该长在我胳膊的末端。我记得我失去平衡，我记得我头脑中的一个念头：继续思考。只要我还在思考，我就还活着，但后来，我突然停止思考了，我记得的下一件事情就是觉得特别冷，我意识到我是躺在地上，痛苦已经完满了，它让我知道我已经死了，我开始活动我的腿和胳膊，我的活动肯定是被一个士兵看到了，上级把他们部署到城市里，到处寻找幸存者，我后来听说，从那座桥下拉出了二百二十具尸体和四个幸存者，我是其中一个。他们把我们装在卡车上拉出了德累斯顿，我从盖在卡车边上的帆布缝隙间望出去，大楼在燃烧，树在燃烧，沥青，我看见和听见了陷于困境中的人，我闻见了他们，像有生命的火把，站在蜕皮的、燃烧的街道，请求无法给予的救助，空气本身也在燃烧，卡车要绕道几次才能离开那一片混乱，飞机再一次向我们俯冲，我们被拉出卡车，放在了卡车底下，飞机俯冲下来，更多的机关枪，更多的炸弹，黄色的，红色的，绿色的，蓝色的，棕色的，我又一次失去了知觉，等我醒来时我躺在一张白色的医院病床上，我的胳膊和腿都不能移动，我在想我是不是没有胳膊和腿了，但我没有足够的力气看看胳膊和腿还在不在，很多个小时以后，或者是很多天以后，我终于能够往下看了，我看见我被绑在床上，一个护士在我身旁站着，我问："你为什么要这么对待我？"她说我一直想伤害自己，我请她把我放开，她说她不能，我告诉她我不会伤害自己，我保证，她对我道歉，她摸摸我，医生给我动了手术，他们给我打针，包住了我的身体，但救了我的命的还是她的抚摸。我出院后的那些天，那些星期，我找我的父母，找安娜，找你。每个人都在每一座建筑的废墟中寻找自己的家人，但是所有的搜寻都是徒劳，我找到了我们的老房子，前门还是那么顽固地耸立着，我们有些家什幸存下来了，打字机幸存下来了，我像抱孩子那样抱着它，在被疏散之前我在门上写道我活下来了，还写下了奥沙茨难民营的地址，我等着有人给我写信，但从来没有一封信来。因为有那么多尸体，因为那么多尸体都毁坏了，从来就没有过死者名单，结果成千上万的人都留下来忍受希望的折磨。在洛什维茨的桥下，当我以为我正在死去的时候，我脑海里只有一个念头：继续思考。思考使我活了下来。我现在活下来了，但思考在杀死我。我想啊想啊想啊。我不断地想到那个晚上，那一团一团的火光，像黑色的水一样的天空，在我失去一切几个小时以前，我还拥有一切。你姨妈告诉我她怀孕了，我喜出望外，我不该相信这种喜悦，一百年的快乐可以在一秒钟之内烟消云散，我亲了她的肚子，尽管那里还没有什么可以亲吻得到的东西，我告诉她："我爱我们的孩子。"这句话让她笑了，自从我们在去对方家里的半路上互相看见的那一天之后，我还没有听见她这么笑过，她说："你在爱一个概念。"我告诉她："我爱我们的概念。"关键就在这里，我们有个共同的概念。她问："你怕吗？""怕什么？"她说："生命比死亡可怕。"我从兜里掏出我们未来的家，给她，我吻了她，我吻了她的肚子，那是我最后一次见到她。走到路尽头时，我看见了她爸爸。他从小棚子里走了出来。“我差点忘了！”他冲我说。“这儿有你一封信。是昨天来的。我差点儿忘了。”他跑进屋，拿着一封信出来。“我差点儿忘了，”他说，他的眼睛红红的，他的指关节白白的，我后来听说，他在爆炸中幸存下来，后来自杀了。你妈妈跟你说过这些吗？她自己知道这件事吗？他递给我一封信。是西蒙·戈德堡寄来的。信是从荷兰的韦斯特博克临时营地寄来的，我们地区的犹太人都被送到了那里，在那里，他们要么去工作，要么就走向死亡。“亲爱的托马斯·谢尔，认识你很高兴，不管那是多么短暂。因为无需解释的原因，你给我留下了很深的印象。我最大的希望是，我们的人生之路，不管多么漫长曲折，还能够有交集。在那一天到来之前，我希望你在这艰难时代一切如意。你最真诚的，西蒙·戈德堡。”我把信放回信封，把信封放进我的口袋，那个未来的家曾经所在的地方，我走开时听见了你外公的声音，他还在门口，“我差点儿忘了。”你妈妈在百老汇街的面包店发现我的时候，我本来想跟她诉说一切，如果我能对她倾诉，也许我们本来能够有另外一种活法，说不定我能在那里和你在一起，而不是在这里。或许如果我说“我失去了一个孩子”，如果我说了“我太害怕失去我爱的东西，所以我拒绝爱任何东西”，说不定这能够让我勉为其难，使不可能成为可能。说不定，但我做不到，我将太多的东西在心里埋藏得太深。于是我在这里，而不是在那里。我坐在这个图书馆里，离我的生活有几千英里，写着另一封我知道我不能发出的信，不管我多么努力地尝试，不管我多么想把信寄出去。在小杂物棚后面做爱的那个男孩，怎么变成了在这张桌子上写这封信的这个男人？

我爱你，

你的父亲

第六区

“从前，纽约有个第六区。”“什么是区?”“这就是我说的打岔。”“我知道，但是，如果我不懂什么是区，我就听不懂这个故事。”“区就像是一个居民小区。或者是很多个居民小区的集合。”“如果有一个第六区，另外那五个区都叫什么区?”“曼哈顿，当然了，还有布鲁克林、皇后区、斯塔滕岛和布朗克斯。”“我去过这几个区吗?”“你又打岔了。”“我只是想知道。”“我们去过一回布朗克斯动物园，几年前。记得吗?”“不记得。”“我们也去布鲁克林看过植物园里的玫瑰。”“我去过皇后区吗?”“没有。”“我去过斯塔滕岛吗?”“没有。”“当真有个第六区吗?”“我正要跟你讲呢。”“我不再打岔了。我保证。”

“嗯，你不会从任何历史书里读到这个故事，因为除了中央公园里的旁证外，没有任何东西能证明第六区曾经存在过。这样一来，人们很容易否认它的存在。但是，尽管大部分人会说他们没有时间或理由相信，或者压根就不相信第六区存在过，不过他们说这些话的时候，用的是‘相信’这个词。

“第六区也是一座岛，与曼哈顿仅有一条窄窄的水道相隔，最窄的地方正好是世界上跳远记录的距离，这样，地球上正好有一个人可以从曼哈顿跳到第六区而不把自己弄湿。一年一度的跳跃活动，是一场盛会。人们把特制面条串着的面包圈从一个岛连到另一个岛上，萨莫萨三角饺装在大面包里，希腊沙拉像糖果一样四散抛洒。纽约的孩子们用玻璃瓶子抓萤火虫，然后让这些瓶子在区和区之间漂流。虫子们会慢慢窒息——”“窒息?”“憋气。”“它们干吗不在瓶盖上钻洞?”“萤火虫在生命的最后几分钟里会快速地拍打翅膀。如果时间安排得合适，跳远的人跳过的时候河上会闪闪发亮。”“酷。”

“终于等到那一刻时，长跑者会从东河那边过来。他全程横穿过曼哈顿，而纽约居民们从街道两岸，从他们的公寓和办公室的窗户里，从树枝上，为他喝彩。第二大道，第三大道，列克星敦，帕克，麦迪逊，第五大道，哥伦布，阿姆斯特丹，百老汇，第七大道，第八大道，第九大道，第十大道……他跳跃时，纽约居民们从曼哈顿和第六区的岸边喝彩，为跳远者喝彩，也互相喝彩。在跳远的人飞腾在空中的那个瞬间，每个纽约人都觉得自己能够飞翔。

“或者‘悬念’是一个更好的词汇。那个跳跃之所以这么鼓舞人心，不是因为跳远的人能从一个区跳到另一个区，而是因为他能够在两个区之间停留那么长时间。”“这倒是真的。”

“很多、很多年以前，有一年，跳远的人的大脚趾头点了一下河面，激起了一小点涟漪。当涟漪从第六区传递到曼哈顿的时候，人们叹息了，叹息声吹得萤火虫罐像风铃那样互相敲击起来。

“‘你起跑肯定不好！’曼哈顿一个议员隔水大喊。

“跳远的人摇摇头，觉得不明白，而不是羞耻。

“‘你是逆风。’六区市议员说道，把一块毛巾递给跳远的人擦脚。

“跳远的人摇摇头。

“‘他可能中午吃多了。’一名观众对另一名观众说。

“‘或者是他已经江郎才尽了。’另一个人说，他把自己的孩子都带来看跳远了。

“‘我敢打赌他心不在焉，’又有一个人说，‘没有严肃的感情，你不可能跳那么远。’

“‘不，’跳远的人这样回答所有的猜测，‘你们都不对。我跳得

没有问题。’

“启示——”“启示？”“领悟。”“哦，明白了。”“就像脚趾头激起的涟漪一样，传递到所有的观望者，当纽约市长将它说出来的时候，每个人都叹息着同意：‘第六区在移动。’”“移动！”

“以每次移动一毫米的速度，第六区在从纽约向外移动。有一年，跳远的人的整个脚都湿了，几年后，他的脚脖子，很多很多年以后——那么多年过去了，没有什么人能够记得从前那种无忧无虑的庆祝是什么样子——跳远的人只有伸出胳膊才能够得着第六区，后来他就完全够不着了。曼哈顿和第六区之间的八座桥开始无力支撑，最后一座接一座地倒进水中。隧道被拉得太细，什么都进不去了。

“电话和电线拉断了，迫使第六区重新使用旧时的技术，其中大部分都跟小孩玩具似的：他们用放大镜来烤热从餐馆带回来的饭；他们把重要的文件折成纸飞机，然后把它们从一座办公楼扔到另一座办公楼；玻璃瓶里的萤火虫，从前只是在跳跃节供装饰用的，如今每家的每个房间里都有，萤火虫取代了人造灯。

“处理过比萨斜塔的那批工程师……比萨是在哪里？”“意大利！”“对了。他们被请来进行评估。

“‘第六区想离开。’他们说。

“‘那么，你们有什么办法呢？’纽约市长问。

“他们回答道：‘什么办法也没有。’

“他们当然想挽救。尽管‘挽救’这个说法可能不准确，因为第六区自己似乎确实是想离开。‘挽留’可能是准确的说法。人们在岛岸上拉上了链子，但链子很快就断了。人们绕着第六区四周浇灌了很多水泥桩，但是，水泥桩也不起作用。套子无济于事，磁铁无济于事，连祈祷也无济于事。

“年轻的朋友们，他们用线连着罐头盒，把这种东西当作岛和岛之间的电话，他们得花越来越多的钱买线，电话就像越飞越高的风筝一样。

"'我几乎听不见你了。'一个年轻女孩在她曼哈顿的卧室里说，她从她父亲的望远镜里眯着眼拼命看，企图找到她朋友的窗户。

"'不行的话我就嚎叫。'她朋友从他第六区的卧室里说，用他上一次生日得到的望远镜看她的公寓。

"他们之间的距离远来越远了，远得需要将很多绳子连起来把电话线加长：他的溜溜球绳子，她那个能说话的洋娃娃的拉绳，绑住他父亲日记的麻线，曾经将她祖母的珍珠挂在她的脖子上而不散落在地上的蜡线，一条将他叔公的被子和一堆破布缝在一起的线。他们互相分享所有的东西，有溜溜球、洋娃娃、日记、项链和被子。他们想向对方诉说的话越来越多，而线却越来越少。

"男孩让女孩对着罐头说'我爱你'，但没有作更多的解释。

"她没有问为什么，没说'这太傻'，也没说'我们太小，还不懂得爱'，也没有暗示说她说'我爱你'只是因为他让她说。她只是说了'我爱你'。这句话传过了溜溜球、洋娃娃、日记、项链、被子、晒衣绳、生日礼物、竖琴、茶叶袋、网球拍，和他那天本来应该从她身上脱下来的裙子的褶边。""恶心死了！""男孩用盖子盖住他的罐头盒，把它从绳子上取下来，把她的爱放在他壁橱的一层格子里。当然，他永远不能打开这个盒子，因为他一打开盒子，就会失去盒子里装着的东西。只要知道它在那里就足够了。

"有些人，比如说这个男孩他们一家人，不愿意离开第六区。他们说：'我们干吗要离开？是世界上的其他地方在移动。我们这个区是固定的。让他们离开曼哈顿。'谁能证明他说错了呢？谁愿意证明呢？""我不能。""我也不能。对第六区的大多数人来说，他们毫无疑问是要拒绝接受显而易见的选择的，根本不是什么顽固、原则和勇敢的问题。他们就是不想走。他们热爱他们的生活，不愿意改变。所以他们就漂流走了，一毫米一毫米地漂流着。

“说了这么多，我们终于要说到中央公园了。中央公园从前不是在它现在这个位置。”“你说的是故事里的事，对吧？”

“它曾经在第六区的正中间。它是第六区的快乐之源，它的心灵。但是，事情已经很明显了，第六区肯定是要离开了，不可挽救也不能挽留。于是人们决定，通过纽约市全民公决，来抢救公园。”“全民公决？”“投票。”“后来呢？”“一致通过。连最顽固的第六区居民也承认别无选择。

“一只巨大的钩子挂住了最东面的地面，纽约市的人像把一张地毯拖过地板一样，把中央公园从第六区拖到了曼哈顿。

“拖动公园的时候，孩子们可以躺在公园里。人们觉得这是一种特许，尽管谁也不明白为什么需要作出这种特许，或者说为什么特许的对象必须是孩子们。那天晚上，历史上最大的焰火晚会照亮了纽约的天空，爱乐乐团倾心演奏。

“纽约的孩子们仰面躺着，一个挨一个，填满了公园的每一寸土地，仿佛公园就是为了他们、为了那个时刻而设计的。焰火缤纷落下，落地之前在空中飘散，孩子们一毫米一毫米地、一秒钟一秒钟地，被拉入了曼哈顿，拉入了成年。等公园到了它今天停留的这个位置时，所有的孩子都睡着了，公园是他们的梦想拼成的拼图。有些孩子叫喊起来，有些无意识地笑着，有些纹丝不动。”

“爸爸？”“嗯？”“我知道实际上没这么个第六区。我是说，客观地说。”“你是乐观主义者还是悲观主义者？”“我不记得了。哪个？”“你知道这些词的意思吗？”“不清楚。”“乐观主义者态度积极，有希望。悲观主义者态度消极，玩世不恭。”“我是乐观主义者。”“嗯，那好，我们没有不可争议的铁证。如果一个人不愿意相信，那么没有什么证据能够说服他相信。但是，如果一个人愿意相信，那他可以有很多线索可以掌握。”“哪些线索？”“就像中央公园那些奇怪的化石记录。还有水库差别很大的 pH 值。还有，动物园里有些池子的方位，和那些把公园从一个区拖到另一个区的大钩子留下的洞正好对应。”“没门儿。”

“有一棵树——在旋转木马那个出口东面二十四步的地方——那棵树上刻了两个名字。电话本和人口统计里都没有他们的记录。所有医院、税收和投票记录上也都找不到他们。他们的存在没有任何别的证据，除了树上的宣言。还有一个你可能觉得有趣的事实：刻在中央公园里树上的名字，出处不明的不低于百分之五。”“这确实有趣。”

“第六区的所有档案都随着第六区一起漂走了，我们永远不能证明这些名字属于第六区的居民，是中央公园仍然在第六区而不是在曼哈顿的时候刻上去的。有些人相信那些名字是编出来的名字，而且，他们将疑心更推进一步，认为那些爱的表达方式也是编出来的。人们的信仰是不同的。”“你相信什么？”

“喔，一个人，即使是最悲观的悲观主义者，只要他或她在中央公园待上几分钟，除了现在，很难不体验到别的东西，对不对？”“我猜是吧。”“或许我们是在怀念我们失去了的东西，或许是在祈望我们期待到来的东西。也或许是公园移动那天晚上留下的梦想的残余。或许我们是在怀念那些孩子失去了的东西，希望他们希望过的事情。”

“那第六区呢？”“你说啥？”“第六区怎么样了？”“嗯，中央公园原来在的地方，现在有一个大洞。这座岛在地球上移动的时候，这个大洞就像一个镜框，显示着下面的东西。”“那它现在在哪儿？”“南极洲。”“真的？”

“人行道上全是冰，公共图书馆的彩色玻璃承受着雪的重压。冰冻的小区公园里的喷泉冻住了，孩子们荡到秋千顶上的时候被冻住了——冻住了的绳子让他们保持飞翔的状态。拉公共马车的马——”“这是什么东西?”“就是在公园里拉马车的马。”“不人道。”“它们正跑着就被冻住了。跳蚤市场的小贩们正在讨价还价就给冻住了。中年妇女在她们生活的半中腰就被冻住了。法官的锤子，在正要宣判有罪无罪时就被冻住了。地上有冻住了的婴儿的第一次呼吸、和将死的人最后一次呼吸结成的水晶。一个被冻得关住了的壁橱里，有一个冰冻住了的书架，书架上有一个罐头，里面有一个声音。”

“爸爸?”“嗯?”“这不是打岔，不过你讲完了吗?”“完了。”“这个故事太棒了。”“你觉得好，我很高兴。”“太棒了。”

“爸爸?”“嗯?”“我刚想起一件事。你觉得我从中央公园里挖出来的那些东西真是从第六区来的吗?”

他耸耸肩，我最爱他耸肩。

“爸爸?”“嗯，哥儿们?”“没啥。”

我的感情

出事的时候，我正在客厅里。 我正在一边看电视，一边给你织白围巾。 电视上正在播新闻。 时间在流过，就像一只手，在我想搭乘的火车上挥动着。 你刚刚才离开家去上学，我已经开始在等待着你。 我希望你永远不要像我想念你那样想念任何东西。
我记得他们在采访一个失踪女孩的父亲。
我记得他的眉毛。 我记得那个父亲刮得很干净的忧伤的脸。
你还是相信她还活着吗?
我相信。
有时候我看着电视。

有时候我看着我织着你的围巾的手。

有时候我透过我的窗户看着你的窗户。

这个案子有新线索吗？

就我所知，没有。

但是你还是相信。

是。

要怎么样你才会放弃？

为什么要折磨他？

他碰碰自己的额头，说，要见到尸体。

问这个问题的女人碰了碰自己的耳朵。

她说，对不起。 等一下。

她说，纽约发生了什么事故。

失踪女孩的父亲摸了摸胸脯，目光越过摄影机。 他在看他的妻子？ 看哪个他不认识的人？ 看什么他想看的东西？

也许这听起来有些奇怪，但他们放出大楼燃烧的镜头时，我什么感觉都没有。 我甚至都没有吃惊。 我接着给你织围巾，我接着想那个失踪女孩的父亲。 他仍然相信女儿没死。

然后烟雾从大楼上的一个大洞里冒出来。

黑色的烟雾。

我记得我小时候见过的最大的暴风雪。 从我窗户里，我看见书从我父亲的书架上被拽出来。 书都飞起来了。 一株比任何人都要老的树倒下了，朝着与我们房子相反的方向。 不过，那棵树完全有可能砸向我们的房子。

第二架飞机命中的时候，播放新闻的女人开始尖叫。

一颗火球从大楼里滚出来，飞升而上。

千百万张纸弥漫在空中。 它们在空中停留着，就像一个圈，环绕着大楼。 就像土星的环。 我父亲桌子上咖啡留下的那圈印子。 托马斯告诉我他不需要的那枚戒指。 我告诉他，他不是唯一需要戒指的人。

第二天早上，我父亲叫我们把我们的名字刻在那棵从我们家的房子往外倒的树上。 我们得表达感激。

你母亲打来了电话。

你看新闻了吗?

正在看。

托马斯打电话了吗?

没有。

我也没接到他的电话。我很担心。

你为什么担心?

我告诉你了。 我没接到他的电话。

但他在店里啊。

他在那栋楼里有个会，我没接到他的电话。

我转过头，觉得要呕吐。

我放下电话，跑到马桶前，吐了。

我不会毁了地毯。 我就是这样的人。

我给你妈妈打回去。

她告诉我你在家。 她刚跟你说过话。

我告诉她我会过去看你。

别让他看新闻。

好。

如果他问起来，就告诉他一切都会好的。

我告诉她，一切都会好的。

她说，地铁乱得一团糟。 我要走回家。 一个小时以后我就该到家了。

她说，我爱你。

她嫁给你爸爸十二年了。 我认识她十五年了。 这是她第一次对我说她爱我。

这时候，我就知道她知道了。

我跑过街道。

看门人说你十分钟之前上楼了。

他问我是不是还好。

我点点头。

你胳膊怎么啦？

我看看我的胳膊。 衬衣下，我的胳膊在流血。 我是不是摔倒了，而自己都没有意识到？ 我是不是抓胳膊了？ 这时候，我就知道我知道了。

我按门铃时没有人开门，于是我用我自己的钥匙开了门。

我呼唤你。

奥斯卡！

我看看大衣衣橱。 我看看沙发后面。 咖啡桌上有一个拼字游戏板。 词都掺和在一起。 我走到你房间里。 房间里没人。 我看看你的壁橱。 你不在那里。 我走到你父母的房间。 我摸摸他椅子上的燕尾服。 我把手伸进燕尾服的口袋。 他有他父亲那样的手。 你爷爷的手。你会有那样的手吗？ 这些口袋提醒了我。

我回到你的房间，躺在你的床上。

我看不见你天花板上的星星，因为灯开着。

我想起我长大的那所房子里的墙壁。 我的手印。 墙倒下的时候，我的手印也倒下了。

我听见你在我身底下呼吸。

奥斯卡。

我站到地上。 我趴下来。

里面能趴两个人吗？

不能。

你在里面吗？

在。

我试试行吗？

我猜可以吧。

我只能勉强挤到床底下。

我们仰面躺在床下。 里面太窄，我们没法转过头来互相看对方。 没有一盏灯能照到我们。

学校怎么样？

还行。

你按时到校了？

我去早了。

那你在外边等着？

嗯。

你今天干什么了？

我看书。

什么？

什么什么？

你读了什么书？

《时间简史》。

这本书好吗？

说实话，这可不是你能问的问题。

走回来的，感觉怎么样？

还行。

天气特别好。

对。

我从来没见过这么好的天气。

这倒是真的。

待在家里很可惜。

我猜是吧。

但我们都在这里。

我想转头去看你，但我不能。　我挪动我的手去碰你的手。

他们让你离开学校的？

差不多是立刻。

你知道出什么事了吗？

嗯。

你接到爸爸或妈妈的电话了吗？

妈妈。

她说什么了？

她说一切都好，她马上就会到家。

爸爸也会马上到家。　等他把店关了。

嗯。

你把巴掌按在床上，好像是要把床从我们头上搬开一样。我想告诉你一些事，但我不知道该说些什么。　我只知道我需要告诉你一些事。

你想给我看你的邮票吗？

不想，谢谢。

或者我们可以再打拇指仗。

以后吧。

你饿了吗？

不饿。

你想就在这里等爸爸妈妈回家吗？

我猜是吧。

你想让我在这儿和你一起等吗？

我没事。

你肯定吗？

肯定。

我能和你一起等吗，奥斯卡？

可以。

有时候，我觉得空间在向我们塌下来。 有人在床上。 玛丽在跳。 你父亲在睡觉。 安娜在吻我。 我觉得自己被埋葬了。 安娜捧着我的脸颊。 我父亲揪我的脸。 所有的东西都压在我身上。

你妈妈回家时，她那么紧地拥抱你。 我想保护你不受她伤害。

她问你爸爸打电话了没有。

没有。

电话里有留言吗？

没有。

你问她，爸爸是不是在那个楼里开会。

她说不是。

你试着寻找她的目光，这时候我就知道你知道了。

她给警察打电话。 电话占线。 她又打电话。 电话占线。

她接着打。 电话不占线的时候，她请求和什么人说话。

没有人接电话。

你进了厕所。 我告诉她控制住自己。 至少是在你面前。

她给报社打电话。 他们什么也不知道。

她给消防站打电话。

谁也不知道怎么回事。

整个下午，我给你织围巾。 围巾越来越长。

你妈妈关上了窗户，但我们还是能闻到烟味儿。

她问我，我是否觉得我们应该做些海报。

我说，这也许是个好主意。

听到这话她哭了，因为她本来一直依靠着我。

围巾越来越长。

她用了你们度假的照片。 仅仅两个星期以前的照片。 是你和你父亲。 看见照片时，我告诉她，她不应该用一张有你在上面的照片。 她说，她不会用整个照片。 只是你父亲的脸。

我告诉她，就算是这样，也还是不好。

她说，还有更重要的事情要操心。

还是另外找一张照片吧。

随它去吧，妈妈。

她以前从来没有叫过我妈妈。

有那么多照片可以挑选。

操心你自己的事情吧。

这是我自己的事情。

我们并不是生对方的气。

我不知道你明白多少，但说不定你什么都明白。

那天下午，她带着那些海报到城里去了。 海报整整装满了一个滚动手提箱。 我想起你的祖父。 我在想那个时刻他人在哪里。 我不知道我想不想让他受罪。

她拿了一个订书机。 和一盒订书钉。 和胶带。 我现在在想着这些东西。 纸、订书机、订书钉、胶带。 这些东西让我呕吐。 物质的东西。 爱一个人爱了四十年，此刻，这份爱变成了订书钉和胶带。

只有我们两个人。 你和我。

我们在起居室里玩游戏。 你做了些首饰。 围巾越来越长。 我们在公园里散步。 我们没有谈论悬在我们头顶上的事情。 那件像天花板一样压着我们的事情。 你脑袋靠在我腿上睡着后，我打开了电视。

我调低了声音，直到电视机变成无声。

同样的画面，来回重复。

人体掉下来。

人们在高处的窗户里挥动衬衣。

人体掉下来。

飞机飞进大楼。

人们身上盖着灰色的灰尘。

人体掉下来。

大楼塌下来。

飞机飞进大楼。

飞机飞进大楼。

大楼塌下来。

人们在高处的窗户里挥动衬衣。

人体掉下来。

飞机飞进大楼。

有时候我觉得你的睫毛在抖动。 你醒着吗？ 还是在做梦？

你妈妈那天晚上回来得很晚。 行李箱空了。

她拥抱着你，直到你说，你把我弄疼了。

她给你爸爸认识的所有人、所有说不定会知道一点什么的人打电话。 她告诉他们，对不起，把你吵醒了。 我想冲她的耳朵大叫：别对不起！

她一直在擦眼睛，尽管她的眼睛里没有眼泪。

他们认为，有几千人受伤。 失去知觉的人。 没有记忆的人。 他们认为会有几千具尸体。 他们要把这些尸体放在一个溜冰场里。

记得吗，几个月以前我们去滑冰，我背对着溜冰场，因为我告诉你，看人滑冰让我觉得头疼？ 我看见冰底下有一排一排的尸体。

你妈妈告诉我，我可以回家了。

我告诉她，我不想回去。

她说，吃点什么吧。 试着睡一会儿。

我肯定吃不下，也睡不着。

她说，我得睡一会儿。

我告诉她我爱她。

这句话让她哭了，因为她本来指望着我。

我穿过街道回家了。

飞机飞进大楼。

人体掉下来。

飞机飞进大楼。

人体掉下来。

飞机飞进大楼。

飞机飞进大楼。

飞机飞进大楼。

等我不必在你面前装得很坚强的时候，我变得十分虚弱。我躺倒在地上，这是我归属的地方。 我用拳头砸着地板。 我想打破我的手，但手太疼了，我就停住了。 我太自私，没有为我的独生子打破自己的手。

人体掉下来。

订书钉和胶带。

我没有觉得空虚。 我巴不得觉得空虚。

人们在高处的窗户里挥动衬衣。

我希望像一只打翻了的水罐那样空虚。 但我像一块石头一样充实。

飞机飞进大楼。

我得上厕所。　我不想起来。　我想躺在我的污秽里，这是我应得的东西。　我想做一头栖身于自己污秽之中的猪。　但我起来了，上了厕所。　我就是这样。

人体掉下来。

大楼塌下来。

向我们家的房子相反方向倒去的树的年轮。

我多么想是我自己在废墟之下。　哪怕是一分钟。　一秒钟。　就像希望取代他的位置那样简单。　而又比那更复杂。

电视是唯一的光源。

飞机飞进大楼。

飞机飞进大楼。

我以为感觉会不同。　但即使是那时候，我也只是我。

奥斯卡，我记得你在台上，面对那么多陌生人。　我想告诉他们，他是我的。　我想站起来大叫，那个美丽的人儿是我的！　我的！

我看你的时候，我那么骄傲，那么悲伤。

唉。　他的嘴唇。　你的歌声。

我看着你的时候，我的生命就有了意义。　连坏事都有了意义。　坏事是必须的，坏事使你成为可能。

唉。　你的歌声。

我父母的生命有了意义。

我祖父母的。

甚至是安娜的生命。

但我知道真相，这就是我悲伤的原因。

在此之前的每个时刻，都取决于这一个时刻。

世界历史上的一切，都可以在一个瞬间被证明全是错误。

你母亲想要有一个葬礼，尽管没有尸身。

谁能说什么？

我们一起坐在出租车里。 我不停地抚摸你。 我摸你摸不够。 我需要更多的手。 你和司机开着玩笑，但我能看见你内心里在痛苦。 让他发笑就是你痛苦的方式。 他们到了墓地，他们放下那口空棺的时候，你发出了一声动物般的哀鸣。 我从来没有听过那种声音。 你是一只受伤的动物。 那个声音还在我的耳朵里。 你的声音是我花了四十年时间在寻找的东西，我想让我的生命和生平故事成为这样的东西。 你母亲把你带到旁边，抱着你。 他们把土铲进你父亲的坟墓。泥土盖在我儿子空空的棺木上。 棺材里面什么都没有。

我所有的声音都被锁在我身体里面了。

出租车把我们载回家。

所有的人都一言不发。

我走进我这栋楼的时候，你陪我走到前门口。

看门人说我有一封信。

我告诉他我明天或者后天来拿。

看门人说那个人刚刚把信留下。

我说，明天。

看门人说，他看起来很绝望。

我请你给我读。 我说，我的眼睛坏了。

你打开信。

对不起，你说。

你为什么说对不起?

不是，这是信上说的。

我把信拿过来，看着。

你祖父四十年前离开时，我擦去了他写的所有的字。 我把镜子上和地板上的字都洗掉了。 我把墙都粉刷了。 我清洗了淋浴帘子。 我甚至重新做了地板。 清除他的话语，花去了比我认识他的时间还多的时间。 就像把沙漏倒过来。
我以为他必须寻找正在寻找的东西，然后意识到这个东西不再存在，或者从来就没有存在过。 我以为他会写信。 或者寄钱。 或者要孩子的照片，即使不要我的照片。
四十年毫无音信。
只有空信封。
然后，在我儿子葬礼那一天，三个字。
对不起。
他回来了。

独自活着

我们一起找了六个半月之后，布莱克先生告诉我他要退出了，然后我又是一个人了，我什么目标也没有实现，我的情绪低沉到了我有生以来的最低谷。显而易见，我不能和妈妈谈，而尽管牙膏和明奇是我的好朋友，我也不能和他们谈。爷爷能和动物交谈，但我不能，所以巴克敏斯特也不能帮我什么忙。我不尊敬费恩大夫，要向斯坦解释一切，仅仅是讲到故事开头所要花的时间都已经太长，而我又不相信人能和死人交谈。

法利不知道奶奶是不是在家，因为他刚刚开始值班。他问我有什么事不对劲。我告诉他："我需要她。""你要我按铃吗？""不用了。"往上跑那七十二级台阶的时候，我想，归根结底，布莱克先生不过是一个老得不得了的老人，拖我的后腿，也不知道什么有用的事情。我按奶奶的门铃时，已经有点上气不接下气了。我很高兴听到布莱克先生说他要退出了。我都不知道我当初干吗要把他叫上。奶奶没来开门，所以我又按了门铃。她怎么不在门口等着？我是她唯一在意的东西。

我自己进去了。

“奶奶？喂？奶奶？”

我猜，说不定她去商店了什么的，于是我就坐在沙发上等着。说不定她去公园散步助消化去了，我知道她有时候这么做，虽然这让我觉得怪怪的。或者她说不定是去给我买脱水冰激凌，或者是去邮局寄什么东西。但她给谁写信呢？

尽管不想这么做，但我还是开始幻想。

她在过百老汇大街的时候被出租车给撞了，出租车开走了，所有的人都在人行道上看着她，但没有一个人过去帮她，因为每个人都担心自己会把心肺复苏急救给做错了。

她从图书馆的梯子上摔下来，摔破了头。她在那里流血至死，因为她是在书库里一块从来没有人光顾的地方。

她毫无知觉地躺在 Y① 的游泳池底部。孩子们在她上面十三英尺的地方游泳。

我试着想别的事情。我试着想一些乐观的幻想。但是，那些悲观幻想的声音很大。

她心脏病发作了。

有人把她推到铁轨上去了。

她被奸杀了。

我开始在她的公寓里找她。

“奶奶？”

我需要听见的是“我没事”，但我什么也没听见。

我查看了餐厅和厨房。我打开了厨房储存柜的门——以防

① YMCA，基督教青年会，一般带有儿童娱乐设施，不一定有宗教意义。

万一——但那里只有食品。我查看了大衣衣橱和厕所。我打开通向第二间卧室的门，爸爸在我这个年龄的时候曾经在那里睡觉、做梦。

这是我第一次在奶奶不在家的时候来她的公寓里，我觉得特别特别怪，就像看着她的衣服而她却不在衣服里面。我去她的房间，看见了她的衣服。我打开衣柜最上面一个抽屉，尽管我知道她显然不会在那里。那么我干吗打开它呢？

抽屉里面装满了信封。几百只信封。它们被缠成一捆一捆的。我打开下面一只抽屉，里面也装满了信封。第三个抽屉也是。全都是。

从信封上的邮戳看，这些信封是按时间顺序排列的，也就是按日子排列的。信是从德国德累斯顿寄来的，她就是从那儿来的人。从一九六三年五月三十一日，到最坏的一天，每天一封。有些是写给“我未出世的孩子”的。有些是写给“我的孩子”的。

咋回事？

我知道我不该这么干，因为它们不是写给我的，但我还是打开了一封。

信是一九七二年二月六日发出的。“给我的孩子”。里面是空的。

我打开另外一封，是另外一捆里的。一九八六年十一月二十二日。“给我的孩子”。也是空的。

一九六三年六月十四日“给我未出世的孩子”。空的。

一九七九年四月二日。空的。

我找到了我出生的那一天的信。空的。

我想知道的是，她把这些信都放到哪儿去了？

我听见另外一个房间里有声音。我迅速关上抽屉，这样奶奶就不知道我在这里偷看，然后我蹑手蹑脚地走到前门口，因为我担心弄出声响的会是一个抢劫犯。我又听见了那个声音，这一次，我能听出声音是从客房里传来的。

我想，那个房客！

我想，他真的存在！

我从来没有像在那个时刻那样爱奶奶。

我转过身，蹑手蹑脚地走到客房门口，把我的耳朵贴到门上去。我什么也没有听见。但我膝盖着地跪下去时，我看见客房里的灯亮了。我站了起来。

“奶奶？”我小声说道。“你在里面吗？”

没有回答。

“奶奶？”

我听见一个特别细小的声音。我又一次跪下去，这一次我看见灯关了。

“里面有人吗？我八岁，我在找我奶奶，因为我有急事找她。”

脚步声到了门口，我差不多听不见，因为声音特别轻微，也因为地毯。脚步声停下了。我能听见呼吸声，但我知道那不是奶奶的呼吸声，因为它更重，更慢。有个东西碰到了门。一只手？两只手？

“喂？”

门把转动了。

“如果你是抢劫犯，请别杀我。”

门开了。

一个人站在那里，一言不发，很明显，他不是抢劫犯。他老极了，他的脸和妈妈的脸正好相反，因为这张脸即使是不皱眉的时候看着也像是在皱眉。他穿着白色的短袖衫，所以你能看见他的胳膊肘上有很多毛，他的两颗门牙之间有一条缝，就像爸爸那样。

“你是那个房客吗？”

他集中注意力想了一会儿，然后关上了门。

“喂？”

我听见他在房间里挪动东西，然后他回来了，又打开了门。他拿着一个小本。他翻到第一页，第一页是空白的。“我不能说话，”他写道，“对不起。”

“你是谁？”他翻到下一页，写道：“我的名字叫托马斯。”“这是我爸爸的名字。很常见。他死了。”他又翻过一页，写道：“对不起。”我告诉他：“我爸爸又不是你杀的。”不知道什么原因，下一页是一张门把儿的照片，所以他翻到再下面一页，写道：“我还是要说对不起。”我告诉他：“谢谢。”他把本子往回翻了两页，指着“对不起”。

我们站在那里。他在房间里。我在过道里。门开着，但我觉得我们之间好像有一扇无形的门，因为我不知道对他说什么，他也不知道对我写什么。我告诉他：“我是奥斯卡。”我把我的名片递给他，“你知道我奶奶在哪儿吗？”他写道：“她出去了。”“哪儿？”他耸耸肩，就像爸爸以前那样。“你知道她什么时候会回来吗？”他耸耸肩。“我有事找她。”

他站在一种地毯上，我站在另一种地毯上。两种地毯连接的地方，让我想起那个不在任何区的地方。

“你要进来吗，”他写道，“我们可以一起等她。”我问他他算不算陌生人。他问我是什么意思。我告诉他：“我不能和一个陌生人在一起。”他什么都没有写，好像他不知道自己究竟算不算陌生人。“你有七十岁吗？”他给我看他的左手，上面有个“是”的刺青。“你有犯罪史吗？”他给我看看他的右手，上面是“否”。“你还说别的语言吗？”他写道：“德语。希腊语。拉丁语。”“你会说法语吗？”他打开又合上他的左手，我想他的意思是会一点。

我进去了。

墙上有字，到处都是字，像“我多么想有生命”和“即使是就一次，即使是就一秒钟”。我希望奶奶从来没有看见这些字，我这是为了这个老先生着想。他放下笔记本，不知道什么原因，又拿起另外一本。

“你在这儿住了多久了？”我问。他写道：“你奶奶跟你说我在这儿住了多久了？”“嗯，”我说，“从爸爸死了以后，我猜吧，那就差不多两年了。”他打开他的左手。“那之前你在哪儿？”“你奶奶跟你说我那之前在哪儿？”“她没说。”“我不在这儿。”我觉得这个回答有些怪，但我已经开始习惯怪怪的回答了。

他写道：“你想吃点儿什么吗？”我跟他说不。我不喜欢他那么看我，因为这让我觉得很不自在，但我又不能说什么。“你想喝点儿什么吗？”

“你有什么样的生平故事？”我问。“我的生平故事？”“对呀，你有什么样的生平故事？”他写道：“我不知道我有什么样的生平故事。”“你怎么可能不知道你的生平故事呢？”他耸耸肩，就像爸爸曾经耸肩那样。“你在哪儿出生的？”他耸耸肩。“你怎么可能不知道你是在哪儿出生的呢！”他耸耸肩。“你在哪儿长大的？”他耸耸肩。“好吧。你有兄弟姐妹吗？”他耸耸肩。“你干什么工作？或者假如你退休了，你以前干过什么工作？”他耸耸肩。我试着问他一个他不可能不知道答案的问题。“你是人吗？”他把本子往回翻，指着“对不起”。

那个时刻，我比任何时候都更需要奶奶。

我问房客：“我能给你讲讲我的生平吗？”

他打开左手。

于是我把我的生平故事讲给她听了。

我假装他就是奶奶，然后我从头开始。

我告诉他我是怎么发现椅子上的燕尾服，我是怎么打破花瓶，找到钥匙、锁匠、信封和艺术用品商店的。我告诉他阿龙·布莱克的声音，还有我怎么差点儿吻了阿比·布莱克。她没说她不想亲吻，只是说这不是个好主意。我告诉他住在科尼艾兰的阿贝·布莱克，有两张毕加索画的埃达·布莱克，还有飞过布莱克先生窗前的鸟儿。它们翅膀掠过的声音，是他二十多年来第一次听到的声音。然后是伯尼·布莱克，他能看见格拉姆西公园的风景，但却没有公园的钥匙，所以他说，这比看着一堵砖墙还糟糕。切尔西·布莱克的无名指上有一圈太阳晒出来的印子，因为她从蜜月一回来就离婚了，唐·布莱克是一个动物权利活动家，尤金·布莱克则收集硬币。傅·布莱克住在运河街，那儿以前真有一道运河。他英语不太好，因为他从台湾来到美国之后就没有离开过中国城，因为他没有什么理由离开中国城。和他说话时，我一直想象着窗户外面有水，就像在水族馆里那样。他给了我一杯茶，虽然不想喝茶，不过我还是喝了，为了礼貌。我问他是真的喜欢纽约，还是就穿穿那件衬衣。他笑了，好像有点紧张的样子。我看得出他没听懂，不知道为什么，这让我觉得我自己不该说英语。我指指他的衬衣。“你？真？的？喜？欢？纽？约？吗？”他说：“纽约？”我说：“你，的，衬，衣。”他看看他的衬衣。我指着N说“纽”，指着Y说“约”。他看上去有些糊涂，或者是尴尬，或者是吃惊，或者甚至是生气。“我都不知道这是纽约。中文里，NY的意思是‘你’。我以为这衬衣上的字说的是‘我爱你’。”我这才看见墙上的“I♥NY”招贴画，门上的“I♥NY”旗子，洗碗毛巾上的“I♥NY”，还有厨房桌子上午餐饭盒上的“I♥NY”。我问他：“那么，你为什么这么爱每个人呢？”

乔治娅·布莱克住在斯塔滕岛上，她把她的起居室变成了她丈夫的生平博物馆。她存着他孩提时代的照片，他的第一双鞋，他的旧成绩单，他的成绩还没我的好呢，但那又怎么着吧。“你们是一年多以来的第一批参观者，”她说，她给我们看了一个丝绒盒，盒子里有一个很棒的金奖牌，“他是个海军军官，我喜欢当海军军官的家属。每隔几年，我们就得搬到一个新奇的地方。我一直没有机会扎根，但这很刺激。我们在菲律宾住了两年。”“酷。”我说。布莱克先生则开始用一种奇怪的语言唱起一首歌，我猜那是菲律宾语吧。她给我们看她的结婚相册，一张一张地翻，她说：“我以前是不是又苗条又美丽？”我告诉她：“你以前是。”布莱克先生说：“你现在也是。”她说：“你们俩难道不是最可爱的人吗？”我说：“是。”

“这是他打了那个一杆进洞的高尔夫球三号木杆。这事他可自豪了。那几个星期，他老跟我说起这件事。这是我们去夏威夷毛伊岛的飞机票。我告诉你这个不算太虚荣吧：那是我们结婚三十周年纪念日。三十年。我们要去重申我们的结婚誓言。就像浪漫小说里那样。他的手提行李箱里装满了花，天哪。他想用这些花在飞机上给我一个惊喜，但他的包过 X 光的时候我看见了 X 光屏幕，一个黑色的花束一览无遗。就像花儿的影子。我是个多么幸运的女孩。”她用一块布擦掉我们的指纹。

我们花了四个小时到达她家。其中两个小时，布莱克先生得说服我登上斯塔滕岛渡船。渡船是明显的潜在袭击目标，此外，不久前还有一次渡船事故，在《发生在我身上的事》里，我有一张一个失去了胳膊和腿的人的照片。还有，我也不喜欢水。船我也不喜欢，特别是船。布莱克先生问我，假如我不上这趟渡船，那天晚上我在床上躺着将会是什么感觉。我说：“心情沉重，可能吧。”“如果你上了渡船你会是什么感觉呢？”“盖帽儿了。”“那么？”“那我正在渡船上的时候是什么感觉呢？船沉了怎么办？有人把我推下去怎么办？要是船被一只肩托式导弹打中了怎么办？那今天晚上就没有今天晚上了。”他说：“要是那样，反正你也不会感觉到什么。”我想了想，觉得这倒也是。

“这是他长官的评语，”乔治娅说，敲敲盒子，“是模范。这是他在他母亲葬礼上系的领带，愿他母亲安息。她是那么好的一个人。比大部分人都好。这是他孩提时代住的房子的照片。当然了，这是在我认识他以前。”她敲敲每一个盒子，然后把自己就像麦比乌斯圈①一样的手印擦掉。“这是他的体育代表队的信。这是他以前吸烟时用的烟盒。这是他的紫心勋章。”

我开始觉得心情沉重，原因很明显，她本人的东西呢？她的鞋、她的证书呢？她的花的影子在哪儿？我做出了一个决定，我不会问关于钥匙的事，因为我想让她相信我们来是看她的博物馆的，而且我认为布莱克先生也是这样想的。我自己拿定主意，如果我们查过了整个名单，还是找不到任何线索，那么，或许，如果我们别无选择，我们可以回来问她一些问题。“这是他的婴儿鞋。”

但这时候我就开始琢磨了：她说我们是一年多以来的第一批参观者。爸爸是一年多以前去世的。他就是我们之前的那个参观者吗？

“大家好。”一个男人在门口说。他拿着两只杯子，杯子里冒着热气，他的头发湿漉漉的。“噢，你醒了！”乔治娅说，拿过上面写着“乔治娅”的那只杯子。她重重地亲了他一下，于是我就想，这到底是他妈的咋回事儿？“他就在这儿呢。”她说。“谁就在这儿？”布莱克先生问道。“我丈夫。”她说，似乎他也是他自己生平的展品。我们四个人站在那里互相笑着，然后那个男人说：“嗯，我想你们现在想看我的博物馆了。”我告诉他：“我们已经看了。真挺好的。”他说：“不，奥斯卡，这是她的博物馆。我的在另外一个房间里。”

---

① 数学术语，指一种单侧、不可定向的曲。

Ferry

谢谢你的来信。因为我收到的信很多，我不能亲自回信。不过，请记住，我读了并存下了每一封来信，希望哪一天能够给每一封信它所应得的认真回复。

你最忠实的

斯蒂芬·霍金

一个星期过得很快。艾里斯·布莱克。杰里米·布莱克。凯尔·布莱克。洛里·布莱克……马克·布莱克看见我们时在哭，因为他在等着什么人回到他身边，每次有人敲门时，他都抑制不住地企望那是他等待着的人，尽管他知道他不该企望。

南希·布莱克的同屋告诉我们南希正在十九街的咖啡店里上班，所以我们就去那儿了，我解释给南希听，尽管很多人不这么认为，其实，普通咖啡比蒸馏咖啡[①]所含的咖啡因还要高，因为煮咖啡时，水和咖啡渣接触的时间要长得多。“既然他这么说，那这肯定是真的。”布莱克先生说，拍拍我的头。我告诉她：“另外，你知道吗？如果你扯着嗓门儿大叫九年，你有可能制造出足够的能量，烧开一杯咖啡。”她说：“我不知道。”我说：“这就是为什么他们在科尼艾兰，紧挨着旋风过山车开了一家咖啡店！懂了吗？”这句话让我笑了，不过只有我一个人笑。她问我们要不要点什么东西。我告诉她：“冰镇咖啡，谢谢。”她问：“多大杯子？”我说：“等等，你能不能用咖啡做的冰块？这样，冰块化的时候，咖啡就不会变得水兮兮的了。”她告诉我他们没有用咖啡做的冰块。我说：“不出所料。”布莱克先生说：“我要切入正题了。”然后他就切入了正题。我去了厕所，给自己掐了一个伤痕。

---

① 让蒸汽或开水通过磨碎的咖啡豆制成的浓咖啡。

雷·布莱克在坐牢，所以我们没能和他说上话。我在网上做了点搜索，发现他坐牢是因为他在强奸了两个孩子之后又把他们谋杀了。网上还有死去的孩子的照片，尽管我知道看这些照片会让我难过，我还是看了。我把照片打印出来，放进《发生在我身上的事》里，这两张照片就在让-皮埃尔·艾涅尔的照片后面，艾涅尔是法国宇航员，他的宇宙飞船从和平号空间站回来后，他得让人抬着从飞船上下来，因为地心引力不仅让我们往下掉，也让我们的肌肉强壮。我给监狱里的雷·布莱克写了信，但我没有收到任何回音。内心里，我希望他和钥匙毫无关系，尽管我不由自主地想到，那是他牢房上的钥匙。

露丝·布莱克住在帝国大厦的第八十六层[①]，我觉得这可真是特别怪，布莱克先生也觉得这特别怪，因为我们俩都不知道还有人真住在那儿。我告诉布莱克先生我觉得怕怕的，他说觉得怕怕的也没关系。我告诉他我觉得我干不了，他说我觉得我干不了也没关系。我告诉他这是我最害怕的事情。他说他能理解为什么。我要他反对我，但他不反对，这样我就没办法和他吵起来。我告诉他我会在大厅里等他，他说："好吧。""行了，行了，"我说，"我去。"

电梯带你上去的时候，你可以听到关于大厦的介绍，这还是相当有意思的，我平常会记一些笔记，但眼下我需要集中精力保持勇敢。我捏捏布莱克先生的手，我忍不住在脑子里想象：电梯的电缆断裂了，电梯往下摔落，底下有一只蹦床，我们又冲上来，楼顶像一只早餐盒一样大开着，我们向着连斯蒂芬·霍金都不知道的宇宙的那一部分飞升……

电梯门打开时，我们走出电梯，到了观景台。我们不知道要找谁，所以只是四处看了看。尽管我知道这里的景色特别美丽，我的

① 帝国大厦共一百零二层，第八十六层为观景台。

脑子还是开始走岔，我一直在想象着一架飞机朝着大楼位于我们下面的部分飞冲过来。我不愿意这样想象，但我情不自禁。我想象着最后一秒钟：看得见飞行员的脸，飞行员是个恐怖分子。我想象着，当飞机的机头离大楼只有一毫米的时候，我们彼此能看见对方的眼睛。

我恨你，我的眼睛会告诉他。

我恨你，他的眼睛会告诉我。

然后就会有一声巨大的爆炸声，大楼会左右摇晃，就好像它马上就要倒塌一样，我从网上读到过相关描述，我知道那是什么样的感觉，尽管我巴不得自己没有读到过那些东西。然后就会有浓烟冲我压过来，四周到处都有人喊叫。我读到过一段描述：一个人跑了八十五层楼，肯定有两千级台阶吧，他听见人们在喊“救命！”和“我不想死！”还有一个拥有一家公司的人在呼叫“妈咪！”

这时会很热，我的皮肤会开始起泡。要是能逃脱高温该是多么舒服，但另一方面，如果我砸在马路上我当然肯定会死。我会选择什么？我会跳，还是会被烧掉？我猜我会跳，因为那样我就不会感觉到痛苦。反过来说，或许我会被烧掉，因为那样的话至少我会有一个死里逃生的机会，尽管我有可能还是无从逃脱，但能够感觉到痛苦，还是要好过毫无知觉，对不对？

我记起了我的手机。

我还有几秒钟。

我该给谁打电话？

我该说什么？

我想到每个人可以互相说的所有事情，还有，我想到每个人最后终究会死，死亡可能会发生在一瞬之间，或者是若干天以后，或者是若干个月之后，如果你刚刚出世的话，或者是七十六年半之后。一切诞生的东西都将逝去，这就意味着我们的生命就像摩天大厦。浓烟在不同的楼层升起，但它们都在燃烧，而我们都被圈陷在其中。

从帝国大厦的观景台上，你可以看到最美丽的东西，我在哪儿读到过，街上的人看起来应该像是蚂蚁，但这个说法不对。他们看着像是小人儿。汽车看着像是小汽车。甚至大楼也看着像小楼。仿佛纽约成了纽约的微型复制品，这其实挺好，因为你可以看看纽约到底是什么样子，那和你身在其中时的感觉是不一样的。另外站在这里也很可怕，因为有那么多种死的方式。但感觉又很安全，因为你周围环绕着这么多人。我仔细地环着观景台走向每一处景色，一只手一直摸着墙。我看见了我试着打开的所有的锁，还有我还没有试过的一亿六千一百九十九万九千八百三十一把锁。

我双膝跪下，爬到一台望远镜前。我紧紧抓着它站起来，从我腰带上的零钱袋里拿出一枚二十五美分的硬币。当金属盖子打开时，我看见很远的东西显得特别近，比如说伍尔沃思大楼，联合广场，还有世贸大厦原址上的大洞。我看进一座办公大楼的窗户，我猜大概在十个街区以外吧。我花了十多秒钟搞定聚焦，然后我就能看见一个男人坐在桌前，写着什么。他在写什么？他看起来一点都不像爸爸，但他让我想起爸爸。我把脸紧贴在望远镜上，我的鼻子在冰冷的金属上挤瘪了。他和爸爸一样是左撇子。他也和爸爸一样，门牙间有一条缝吗？我想知道他在想什么。他在想念谁？他为什么事情感到遗憾？我的嘴碰到了金属，就像亲吻了望远镜一下。

我找到布莱克先生，他正在看中央公园。我告诉他我想下去了。“不找露丝了？”“我们可以改天再来。”“但我们已经在这儿了。”“我没情绪。”“只要几——”“我想回家。”他看得出我马上就要哭了。“好吧，”他说，“我们回家。”

我们走到等电梯下楼的队伍的队尾。

我看着每一个人，心里琢磨着他们是从哪儿来的，他们在想念

谁，他们在为什么事情感到遗憾。

有个胖女人带着个胖孩子，一个日本人带着两部相机，一个拄着双拐的女孩，她的石膏上有很多人签了字。我有一种奇怪的感觉，如果我去查一查，我会发现爸爸的笔迹。说不定他会写个“祝你早日康复”。或者仅仅是他的名字。一个老女人站在几英尺之外，直盯着我，这让我觉得不自在。她抱着一块写字板，不过我看不清上面写了些什么，而且她的穿着很老式。我告诫自己保证不要先转开视线，不过我还是先转开了。我拉拉布莱克先生的袖子，叫他看这个女人。“你知道么？”他小声道。“什么？”“我敢打赌就是她。”不知道什么原因，我知道他是对的。我一点都没有想到，或许我们是在找不同的东西。

“我们去找她吗？”“也许吧。”“怎么去呢？”“我不知道。”“去打个招呼。”“你不能就这样去打招呼。”“告诉她现在几点了。”“但她没有问现在几点。”“问她几点了。”“你去。”“你去。”我们忙着争论谁该上去跟她打招呼，都没留心她已经朝我们走来了。“我看出你们想走了，”她说，“但我能带你们在这个特别的大厦作一次特别的参观吗？”“你叫什么名字？”我问。她说：“露丝。”布莱克先生说：“我们想参观。”

她笑了，深深吸了一口气，然后开始边走边说。“帝国大厦于一九三〇年三月开工，它是在原华尔道夫-阿斯托里亚饭店的旧址上，也就是三十四街五十大道三百五十号。大厦在一年四十五天后竣工——总人工为七百万小时，包括星期天和假日。为了加快速度，大厦尽可能使用预制材料——结果，工程以每个星期大约四层半的速度进展。整个框架不到半年就完工了。”这比我找锁需要花的时间还要短。

她吸了一口气。

“大厦由施里夫、兰姆和哈蒙建筑公司设计，原设计方案是要盖八十六层，但后来又加了一个一百五十英尺的飞艇碇泊塔。今天，桅杆被用于电视和无线电广播。大厦的造价，包括它占用的土地，是四千零九十四万八千九百美元。大厦本身的造价是两千四百七十一万八千美元，因为大萧条期间人工和材料价格下跌，所以大厦本身的造价还不到预计的五千万的一半。”我问：“大萧条是什么？”布莱克先生说：“我以后告诉你。”

“帝国大厦高达一千二百五十英尺，在世贸中心的第一座大楼于一九七二年建成之前，帝国大厦一直是世界上最高的建筑。大厦开放时，很难找到人来租，于是纽约人开始管它叫‘空国大厦’。”这句话让我笑了。“就是这个观景台将大厦从破产中拯救了出来。”布莱克先生拍拍墙，仿佛他很为观景台自豪。

“帝国大厦由六万吨钢铁支撑着。它有大约六千五百个窗户，一千万块砖头，大厦总重量在三十六万五千吨左右。”“这个左右可真沉。”我说。“五十多万平方英尺的大理石和印第安纳石灰石包住了这个摩天大厦。里面，有来自法国、意大利、德国和比利时的大理石。事实上，纽约最著名的建筑是由世界各地的材料建成的，唯独没有纽约的材料，就像这个城市是因为移民而变得伟大起来的一样。”“太对了。”布莱克先生说，点点头。

“帝国大厦是几十部电影的拍摄景点，也是接待外国贵宾的场所，一九四五年，甚至还有二战的轰炸机摔进七十九层。”我集中精力想幸福、安全的事情，比如说妈妈裙子上的拉链，还有爸爸吹口哨太久时总要喝点水。“一台电梯摔到底层了。但那个乘客被紧急制动闸救了，所以你不必担心。”布莱克先生捏捏我的手。“说起电梯，大厦里有七十部电梯，包括六部运货电梯。电梯行驶的速度是每分钟六百到一千四百英尺。或者，如果你愿意，你可以步行一千八百六十级楼梯，从街上走到楼顶。”我问人是不是也可以从楼顶走下来走下去。

“像今天这样的晴天，你可以看到八十英里以外——一直到康涅狄格州。自从观景台于一九三一年开放以来，大约有一亿一千万游客欣赏过他们脚下这个城市的美丽景致。每一年，三百五十多万人来到八十六层，来到《金玉盟》里加里·格兰特徒劳地等候德博拉·科尔[①]的地方，还有汤姆·汉克斯和梅格·瑞恩[②]在《西雅图不眠夜》里关键的一次会面的地方。此外，残疾人也能访问观景台。”

她停下来，把手放在胸脯上。

“总之，纽约市的感情和精神都体现在帝国大厦上了。从在这里陷入情网的人，到带着儿女和孙子回到这里的人，每个人都认识到，这座大厦不仅是一个让人们观看地球上最壮观的景色的庄严的里程碑，它还是美国人创造力的独一无二的象征。”

她鞠躬。我们鼓掌。

“你们这些年轻人还有点时间吗？”“我们有很多时间。”布莱克先生说。“因为正式参观已经结束，但关于这座大厦还有几样我特别喜爱的东西，我只和我觉得真正想知道的人分享。”我告诉她：“我们可想知道呢。”

“飞艇碇泊塔，今天的电视塔底座，是大厦原建筑的一部分。碇泊私人飞艇的尝试成功了。但是，一九三一年九月的另一次尝试，一艘海军飞艇差点儿翻了，差点让那些参加这次历史性事件的名流们一命呜呼，飞艇压载的水把几个街区以外的行人都淋了个透湿。碇泊塔的念头尽管很浪漫，最终还是被放弃了。”她又开始走动了，我们跟随着她，但我在琢磨，假如我们不跟随着她，她会不会继续说个不停。我看不出，她做她眼下在做的事情，究竟是为了我们，还是为了她自己，还是因为别的完全不同的缘故。

“在候鸟迁徙的春秋季节，照亮大厦的灯会关掉，这样鸟儿就

① 德博拉·科尔（1921—2007），美国女演员，代表作品有《粉红佳人》等。
② 梅格·瑞恩（1961—　），美国女演员，最新作品为《特工的特别任务》。

不会被灯光迷惑，撞在大厦上。”我告诉她：“每一年，都有一万只鸟在窗户上撞死。”我在做关于世贸大厦双子楼窗户的研究时，碰巧看见了这条信息。“这么多鸟啊。”布莱克先生说。“还有这么多窗户。”露丝说。我告诉他们：“是啊，所以我发明了一种设备，它能测到一只离楼倍儿近的鸟儿，然后就会从另一座摩天大楼里触发一个倍儿响的鸟鸣声，鸟儿就会冲鸟鸣声飞过去。它们会从一座楼飞到另一座楼。”“就像弹球。”布莱克先生说。“弹球是什么？”我问。“但这样鸟儿们永远也不会离开曼哈顿了。”露丝说。“那才好呢，”我告诉她，“因为这样一来你的鸟食衬衫就可靠了。”“我们先不说这一万只鸟行吗？”我告诉她当然可以，这些鸟儿又不是我的。

“帝国大厦是天然的避雷针，每一年都被击中高达五百次。雷暴时，室外观景台会关闭，但室内观景区继续开放。大厦顶上的静电积聚太重，如果条件适宜，你把手伸出观景台的栏杆，‘圣埃尔莫之火’①会从你指尖上喷射出来。”“‘圣埃尔莫之火’太盖帽儿啦！”“在这儿亲吻的情人们会发现他们的嘴唇上电光闪烁。”布莱克先生说：“我最喜欢这点。”她说：“我也是。”我说：“我最喜欢的是‘圣埃尔莫之火’。”“帝国大厦坐落于北纬四十度，四十四分，五十三点九七七秒；西经七十三度，五十九分，十点八一二秒。谢谢。”

“太令人愉快了。”布莱克先生说。“谢谢。”她说。我问她怎么知道得这么多。她说：“我熟悉这座大厦，因为我热爱它。”这让我心情特别沉重，因为我想起了我还没找到的那把锁，在我找到它之前，我对爸爸就爱得不够。“这座大厦有什么特别？”布莱克先生问。她说：“如果我知道答案，那就不是真正的爱了，对不对？”“你是

① 这原是一部电影的名字，在电影中，“圣埃尔莫之火”指的是青春之火。

个出色的女士。”他说，然后他问她的家族是从哪里来的。“我出生在爱尔兰。我还是个小女孩的时候，我们家就来到了这里。”“你父母呢？”“我父母是爱尔兰人。”“你祖父母呢？”“爱尔兰人。”“很好。”布莱克先生说。“为什么？”她问。这也是我在纳闷的问题。“因为我的家族和爱尔兰一点关系都没有。我们是坐‘五月花’[①]来的。”我说：“酷。”露丝说：“我还是不太明白你是什么意思。”布莱克先生说：“我们不是亲戚。”“我们不是亲戚？”“因为我们同姓。”我心里想道，但是，严格来说，她压根儿就没说过她姓布莱克。而且，即使她姓布莱克，她为什么不问他怎么知道她的姓呢？布莱克先生摘下贝雷帽，单膝跪下，这一套动作可花了他老鼻子时间了。“我冒着太直率的危险，我希望我哪天下午能够有和你相会的荣幸。如果你谢绝，我会觉得失望，但不会觉得受了冒犯。”她别过脸去。“对不起，”他说，“我不该问。”她说：“我只待在这上面。”

布莱克先生说：“什么？”“我只待在这上面。”“总在这儿？”“对。”“多久了？”“哦。好久了。很多年。”布莱克先生说：“没门儿！”我问她怎么待。“什么怎么待？”“你在哪儿睡觉？”“天气好的时候，我在这外面睡。但天冷的时候，这么高的地方大部分时候天都很冷，我在一个储存间里有张床。”“你吃什么？”“这上面有两个小吃店。有时候有个年轻人会给我带点吃的——如果我想尝尝不同的东西的话。你知道，纽约好吃的东西太多了。”

我问他们知不知道她在这上面。“他们是谁？”“我不知道，大厦的主人什么的。”“从我搬上来以后，大厦的主人都换过好几茬了。”“工人呢？”“工人也是来来去去。新来的看见我在这儿，以为我本来就该在这儿。”“没有人让你走？”“从来没有。”

“你为什么不下去？”布莱克先生问。她说：“我在这上面更舒

① 英国第一艘载着清教徒前往北美殖民地的船只。

服。”“你怎么会觉得在上面更舒服呢?”“很难解释。”“是怎么开始的?”“我丈夫是挨家挨户上门推销的推销员。”“然后呢?”“从前就是这样。他总是在卖这卖那。他热爱能够改变生活的下一样东西。他总是能想出奇妙的、疯狂的主意。有点像你。”她对我说，这又让我心情沉重，因为我为什么不能让人想起我?“有一天，他在一家军队剩余物品商店里发现了一个聚光灯。那时战争刚结束，你什么都能找到。他把聚光灯连在一个汽车电池上，将它一股脑儿连在了他拖来拖去的那只箱子上。他让我到帝国大厦的观景台上来，他在纽约穿行的时候，会时不时用灯来晃我，所以我能知道他在哪里。”

“灵吗?”“不灵，白天的时候不灵。要天相当黑了我才能看见灯，不过一旦我能看见，就觉得特别奇妙。就好像整个纽约，除了他的灯，所有的灯都熄灭了。我就是能看得这么清楚。”我问她是不是在夸张。她说：“我还说保守了呢。”布莱克先生说：“说不定你讲得正好恰如其分。”

“我记得第一天晚上。我上到这里，每个人都在四处张望，指指点点地看这看那。有那么多奇妙的东西可以看。但被某个东西回指着的，只有我。”“是个人。”我说。“是，一个人的一样东西。我觉得自己像个女王一样。挺好玩吧? 挺傻吧?”我摇摇头说不傻。她说：“我觉得自己就像个女王。灯灭的时候，我知道他一天的活干完了，我就会下去，在家里等他。他死了以后，我就回到这上头来了。是挺傻的。”“不，”我说，“不傻。”“我不是在找他。我不是小姑娘。但现在待在这里，就像以前白天时我寻找他的灯光时的感觉一样。我知道灯光就在那里，我只是看不见它而已。”

“回家我受不了。”她说。我问为什么，尽管我知道我会听到什么自己不愿意知道的事情。她说：“因为我知道他不会在家。”布莱克先生对她道谢，但她还没有说完。“那天晚上，我在一个角落缩成一团，就是那个角落，然后睡着了。可能我想让警卫们注意到我吧。我不知道。半夜里我醒来时，就我一个人。我很冷。我很害怕。我走到扶手栏杆旁边。就在那儿。我感到前所未有的孤独。好像大楼都变得更高了。或者城市变得更黑暗了。但我也感到前所未有的生机。我从来没觉得那么实在地活着，那么孤独。”

“我不会让你下去的，”布莱克先生说，“我们可以在上面待一个下午。”“我挺笨手笨脚的。”她说。“我也是。”布莱克先生说。“我不会和人相处。我把我知道的一切都告诉你们了。”“我和人相处得糟透了。”布莱克先生说，尽管事实不是这么回事。“你问他。”他说，指着我。“是这么回事，”我说，“他不咋地。”“整个下午，你可以给我讲这座大厦的故事。那就太棒了。我就想这么度过我的时光。”“我连口红都没有。”“我也没有。”她笑了一声，然后又把手盖在嘴上，好像是因为自己忘却了忧伤，而跟自己生气一样。

我走完那一千八百六十级台阶、下到大厅里的时候，已经是下午两点三十二分了，我筋疲力尽，布莱克先生看起来也是筋疲力尽，所以我们直接回家了。我们走到布莱克先生门口时——就是几分钟前的事儿——我已经在为下一个周末做计划了，因为我们还得到远洛克威去，到波拉姆山去，到长岛市去，如果我们有时间我们还得去当博，但他打断了我，说：“听着。奥斯卡。”“这是我的名字，别把它喊坏了。”“我觉得我要收摊了。”“收什么摊？”“我希望你能理解。”他伸出手来跟我握手。“收什么摊？”“我喜欢和你在一起。每一秒钟我都喜欢。你把我带回了世界。这是任何人能为我做的最好的事情。但现在我觉得我得收摊了。我希望你能够理解。”他的手还伸着，等着我的手。

我告诉他：“我不理解。”

我踢着他的门，告诉他：“你违背了你的诺言。”

我推着他，大声喊道：“这不公平！”

我踮起脚尖，把我的嘴凑到他耳朵旁，大声喊道：“× 你妈！”

我没这么干。我握了握他的手。

“然后我就直接上这儿来了，现在我就不知道该干吗了。”

我给房客讲这个故事的时候，他不停地点头，看着我的脸。他盯我盯得那么入神，以至于我怀疑他是不是压根儿就没有在听我说话，或者是在我说的话里面寻找什么特别安静的东西，有点像金属探测器一样，不过寻找的是真相，而不是金属。

我告诉他：“我找了六个多月了，我没有发现一样我六个月之前不知道的事情。事实上，我知道的东西变少了，因为我跷掉了马塞尔先生的法语课。还有，我得撒古戈尔普勒克斯个谎，撒谎让我感觉特别不好，还有，我打扰了很多人，我可能毁掉了以后和他们成为朋友的机会，还有，现在我比我刚开始找的时候更想爸爸，虽然我找锁的目的是为了不再想念他。”

我告诉他：“已经开始让我痛苦得无法忍受了。”

他写道：“什么让你痛苦？”

然后我做了一件让我自己都大吃一惊的事情。我说：“等等。”然后我跑下了七十二级台阶，穿过街道，跑过斯坦身边，尽管他在说：“你有邮件！”然后又跑上一百零五级台阶。公寓里没人。我想听美丽的音乐。我想听爸爸的口哨声，他的红笔沙沙作响的声音，钟摆在他的壁橱里摇摆，他在系鞋带。我跑到我自己的房间，拿到了电话。我往回跑下一百零五级台阶，跑过斯坦身边，他还是在说着：“你有邮件！”我又爬上七十二级台阶，跑回奶奶的公寓。我走到客房里。房客还站在原地，就像我离开时那样，就像我压根儿就没来过这里。我从奶奶从来没有能够织完的围巾里拿出电话，插上电源，然后给他放了那五条留言。他的脸上毫无表情。他只是看着我。甚至不是在看着我，而是看进了我的身体里，就像他的探测器探测到了我内心深处的某个巨大的真相。

“没有任何别人听过这个。”

“你妈妈呢？”他写道。

“特别是她不能听。”

他操起胳膊，把双手夹在腋窝底下，对他来说，这就可能等于是把手盖在嘴上。我说：“连奶奶都不知道。”他的手开始颤抖，就像被桌布套住的鸟儿。他终于把手放下了。他写道：“说不定他看见了发生的事情，跑进去救什么人。”“他会的。他就是这样的人。”“他是个好人？”“他是最好的人。但他去那座楼是开会。他还说他上到了顶层，所以他肯定是在飞机撞楼的地方的上面，这说明他不是跑进去救什么人的。”“可能他只是说他要上到顶层。”“他干吗要这么说？”

“什么样的会？”“他管理家里的珠宝生意。他总是有会。”“家里的珠宝生意？”“我爷爷创的业。”“你爷爷是谁？”“我不知道。我出生前他就离开我奶奶了。她说他能和动物交谈，还能雕出比真东西还真的雕像。”“你怎么想？”“我觉得没有人能和动物交谈。也许和海豚可以。或者用手语和大猩猩交流。”“你对你爷爷有什么想法？”“我不想他。”

他按下“播放”，又听了一遍留言，等第五条留言放完时，我又按了“停”。

他写道：“在最后一条留言里，他听起来很平静。”我告诉他：“我在《国家地理》里读到了一点东西，当一个动物觉得自己要死时，它会感到害怕，开始行动失常。可是，等它知道自己马上就要死时，它反而变得特别、特别平静。”“说不定他不想让你担心。”说不定。说不定他没有说他爱我，恰恰是因为他爱我。但这个解释还不够好。我说：“我得知道他是怎么死的。”

他把小本子翻回去，指着“为什么？”

“这样我就不用继续琢磨他是怎么死的了。我总是在琢磨。”

他翻回小本子，指着："对不起。"

"我在网络上找到了一些尸体坠落的录像。这些录像是在一个葡萄牙网站上找到的，那个网站存放了很多美国不能放的东西，尽管事情发生在这里。每次想找一些爸爸是怎么死的信息时，我都得先打开一个翻译程序，找出一些词汇用不同的语言该怎么说，比如'九月'是'Wrzesien'，'人们从燃烧的大楼里跳下'是'Menschen，die aus brennenden Gebäuden springen'。然后我再去谷歌这些词。我觉得特别可气，全世界的人都知道我不能知道的事情，可事情是在这里发生的，发生在我身上，这不应该是我的事情吗？

"我把葡萄牙录像带的画面打印出来，然后特仔细地查看。有个人可能就是他。穿得和他一样，我把照片放大，一直放大到照片看起来都不再像一个人了，有时候我觉得我能看见眼镜。或者我觉得我能看见。但我知道我可能看不见。只不过是我想让那个人就是他。"

"你想让他跳？"

"我只是想不再胡思乱想。如果我知道他是怎么死的，究竟是怎么死的，我就不用再去想象他是死在卡在两层楼之间的电梯里的，我知道有些人是这么死的，我也不用想象他试图沿着大楼的外表面向下爬，我在一个波兰语网站上看到过一个录像，有个人这么做过，或者用一块桌布当降落伞，世界之窗上有些人就是这么干的。死的方式有很多种，但我必须知道他是怎么死的。"

他伸出手，好像想让我抓住它们。"那是刺青吗？"他握起右手。我把他的小本翻回去，指着"为什么"。他把手收回去，写道："这样容易一些。我不用不停地写是和否，只要亮出我的手就成。""但是，怎么光是是和否呢？""我只有两只手。""那'让我想想'呢，还有'说不定'和'可能'呢？"他闭上眼睛，集中精力想了几秒钟。然后他耸耸肩，就像爸爸过去那样。

"你从来不说话吗？"他打开右手。"那你干吗不说话？"他写道：

“我不能。”“为什么不能？”他指着“我不能”。“你的声带破了还是怎么回事？”“有东西破了。”“你最后一次说话是什么时候？”“很久很久以前。”“你说的最后一个词是什么？”他翻回本子，指着“我”。“‘我’是你说的最后一个词？”他耸耸肩。“你试过说话吗？”“我知道试的结果是什么。”“什么？”他翻回本子，指着：“我不能。”

“试试。”“现在？”“试着说点什么。”他耸耸肩。我说：“求你了。”

他张开嘴，将手指放在喉咙上。他的手指颤动着，就像布莱克先生正在翻寻某份只有一个词的传记的手指一样，但他没有发出任何声音，连难听的声音都没有，也没有呼吸声。

我问他：“你想说什么？”他翻回本子，指着“对不起”。我说：“没关系。”我说：“说不定你的声带真破了。你应该去看个专家。”我问他：“现在你想说什么？”他指着“对不起”。

我问：“我能给你的手拍张照片吗？”

他把双手放在腿上，掌心朝上，像一本书。

是和否。

我把爷爷的相机对上焦距。

他的手纹丝不动。

我拍了照片。

我告诉他：“现在我要回家了。”他拿起本子写道：“你奶奶怎么办？”“告诉她我明天再和她说。”

过街半路上，我听见后面有拍手的声音，就像布莱克先生窗外鸟儿的振翅声。我回过身，房客正站在楼门口。他把手放在喉咙上，张开嘴，就像他又要试着说话一样。

我回头朝他喊道：“你想说什么？”

他在本子上写了什么，然后把它举起来，但我看不见，于是我又跑了回去。本子上说：“别告诉你奶奶我们见过面了。”我告诉他："你不说我就不说。"我甚至都没有对显而易见的事情起疑心：他为什么不想让这件事被别人知道？他写道："如果你有任何什么事情需要我帮忙，就朝客房的窗户扔个小石头子儿。我会下来在街灯下和你碰头。"我说："谢谢。"尽管我心里想道，为什么我会需要你帮忙？

那天晚上我唯一想做的就是睡觉，但我能做的只是胡思乱想。

发明一种不怕寻热导弹的冰冻飞机怎么样？

要是地铁里的十字转门又是辐射探测器呢？

还有特别长的救护车，能够把所有的大楼和医院都连起来。

发明带腰包的降落伞怎么样？

发明枪把上带有传感器的枪怎么样？传感器能探测到你是不是正在生气，如果你在生气，枪就不会射击，即使你是个警察。

发明芳纶[①]的罩袍呢？

还有用移动部件盖成的摩天大厦，必要时可以自动重新布局，甚至可以在中间打开一个洞，让飞机飞过。

还有……

还有……

还有……

然后，一个想法，一个不同于任何其他想法的想法，浮进我的脑海。这个想法离我越来越近，越来越响。我不知道它来自何处，也不知道它意味着什么，也不知道我是喜欢它还是憎恶它。它像一只拳头那样打开，或者是像一朵花那样绽放。

打开爸爸的空棺材怎么样？

---

① 一种合成纤维，耐高温。

YES

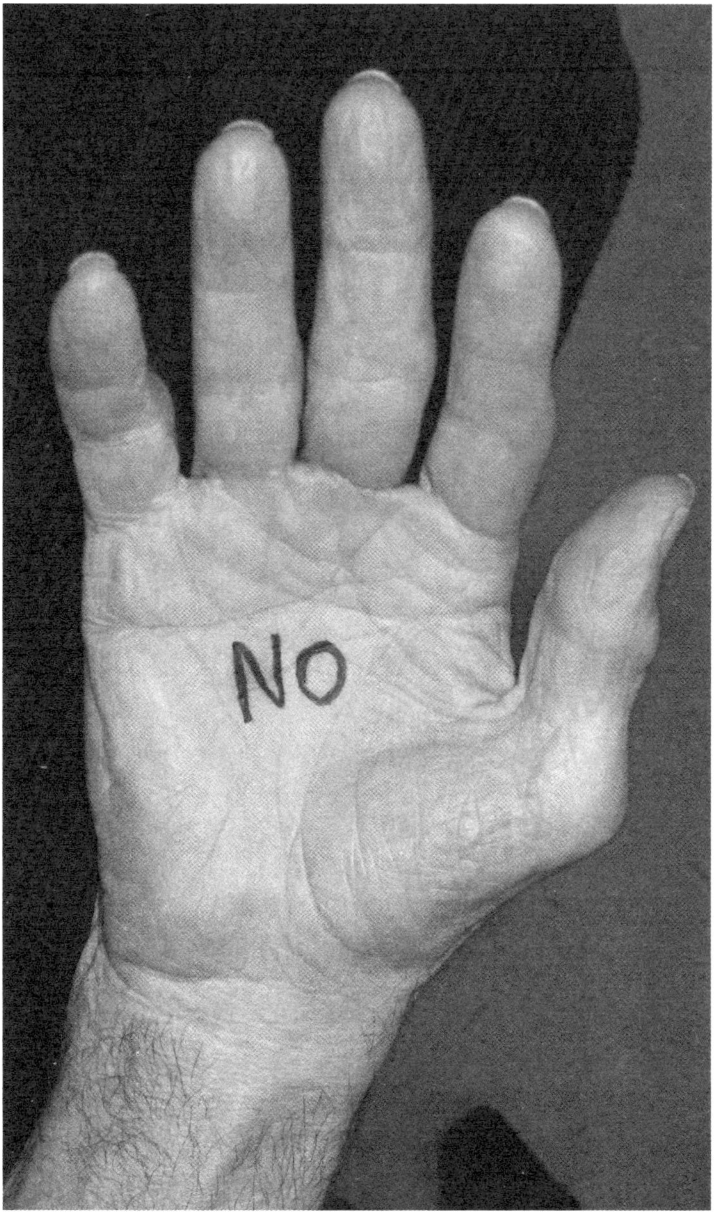
NO

为何我不在你身边

二〇〇三年九月十一日

我不能说话，对不起。

我的名字叫托马斯。

对不起。

我还是要说对不起。

给我的孩子：你死的那一天我给你写了最后一封信，我以为我再也不会给你写一个字，我以前认为的事情都是错的，为什么今天晚上我手里握着笔我还是觉得有些吃惊？我一边等着见奥斯卡，一边写，不到一个小时之后，我会合上这个本子，在街灯下找到他，我们会前往墓地，去找你，你的父亲和儿子，事情就是这样。两年前，我给你母亲的看门人留了一张便条。从街对面，我看着出租车开过来，她出来了，她碰到了车门，她变了许多，但我还认得出她，她的手变了，但她触碰车门的样子还是一样的，她和一个小男孩一起进了大楼，我看不见看门人是不是把我的纸条给她了，我看不见她的反应，男孩出来了，进了街对面的楼。那天晚上，我看着她，她用手掌贴着窗户站在那里，我给看门人又留了一张条子，“你还想见我吗，我是不是该离开？”第二天早上，窗户上有一张条子：“不要离开。”这条子意味深长，但它并不意味着“我还想见你”。我找了一把石头子儿，把它们扔到她的窗户上，什么事情都没有发生，我又扔了一些，但她没有来到窗前，我在我的笔记本上写了一张便条——“你还想见我吗？”——我撕下条子，把它给了看门人，第二天早上我又回去了，我不想让她的生活比眼下更艰难，但我也不想放弃，窗户上有一张条子：“我真不想见你。”这句话也是意味深长的，但它还是表明她不想见我。我从街上找了些小石头子儿，扔到她的窗户上，希望她能听见，知道我的意思，我等啊等，她没有来到窗前，我写了一张条子——“我该怎么办？”——然后把条子递给看门人，他说：“我会保证她收到这张条子。”我不能说：“谢谢你。”第二天早上我回去了，她的窗户上有一张条子，是第一张条子的内容：“不要离开。”我找到小石头子儿，我扔出小石头子儿，它们像手指一样敲着玻璃，我写了一张条子：“离开还是不离开？”这种情况还要持续多久？第二天我在百老汇大街上找到了一个市场，买了一个苹果，如果她不需要我我就离开，我不知道我能去哪里，但我会转身离开，她窗户上没有条子，于是我扔出了苹果，等着玻璃像雨一样洒在我身上，我不怕碎片，苹果穿过她的窗户飞进了她的公寓，看门人站在大楼前，他说："窗户是开着的，算你运气好，老兄。"但我知道我运气不好，他递给我一枚钥匙。我坐着电梯上去，门开着，气味将我带回了我四十年间挣扎着不去回忆但却无法忘却的东西的旁边。我把钥匙放进口袋里，"只能住客房！"她从我们的卧室里叫道，我们曾经睡觉、做梦和做爱的房间。我们的第二次生命就这样开始了……我从飞机上下来时，十一个小时的旅行之后，四十年之后，一个人拿起我的护照，询问我来美国的目的，我在笔记本上写道："悼念，"然后，"~~悼念~~试着活下去。"他瞪了我一眼，问我是来做生意还是来游玩的，我写道："都不是。""你想悼念、试着活下去多久？"我写道："尽我的余生。""你要待着不走了？""尽可能吧。""你说的是一个周末，还是一年？"我什么都没写。那人说："下一个。"我看着行李在转盘上旋转，每一件行李都属于某个人，我看着孩子们转来转去，将来的生命，我跟着箭头走进没有东西需要申报的旅客的队列，这让我觉得想笑，但我还是默默无声。有个警卫让我走到一旁。"没有东西需要申报，你却有那么多件行李。"他说我点点头，心想没有东西需要申报的人带的行李最多，我为他打开行李。"我的意思是说，那么多纸张。"我写道："这是给我儿子的信。他活着的时候，我没有能够把它们寄出来。现在他死了。我不能说话。对不起。"这个警卫看看另一个警卫，他们都笑了笑，我不介意他们嘲笑我，这不算什么，他们让我通过了，不是因为他们相信我，而是因为他们不想试图理解我，我找到一个付费电话，给你母亲打电话，我的计划就到此为止了，我假设过那么多，我假设她还活着，还住在四十年前我离开时住的那间公寓里，我假设她会来接我，一切都会开始有意义，我们会悼念，试着活下去，电话响了又响，我们会原谅我们自己，电话响了，一个女人接了电话："喂？"我知道就是她，声音变了但呼吸没变，词和词之间的间隔没变，我按了"4，3，5，5，6"，她说："喂？"我问："4，7，4，8，7，3，2，5，5，9，9，6，8？"她说："你的电话太差劲了。喂？"我想从话筒中伸过手去，穿过电话线，一直到她房间里，我想把文着"是"的手掌给她看，我问："4，7，4，8，7，3，2，5，5，9，9，6，8？"她说："喂？"我告诉她："4，3，5，7！""听着，"她说，"我不知道你的电话怎么了，但我只能听见摁键声。你能不能把电话挂了再试试？"再试试？我是在试着再试试，这就是我正在做的事！我知道这无济于事，我知道这不会有任何好处，但我就那样站在飞机场里，在世纪之初，在我生命的尽头，我对她倾诉着一切：我为什么离开，我去了哪里，我怎么发现了你的死，我为什么回来，在余生中我还想干什么。我告诉她，是因为我想她相信我，理解我，因为我觉得我欠她，欠我自己，欠你，我是不是比以前更加自私？我把我的生活分解成了字母，爱是"5，6，8，3"，死亡是"3，3，2，8，4"，当苦难被从快乐中减去的时候，剩下的是什么？我在想，我生命的总和是多少？

"6，9，6，2，6，3，4，7，3，5，3，2，5，8，6，2，6，3，4，5，8，7，8，2，7，7，4，8，3，3，2，8，8，4，3，2，4，7，7，6，7，8，4，6，3，3，3，8，6，3，4，6，3，6，7，3，4，6，5，3，5，7！6，4，3，2，2，6，7，4，2，5，6，3，8，7，2，6，3，4，3？5，7，6，3，5，8，6，2，6，3，4，5，8，7，8，2，7，7，4，8，3，9，2，8，8，4，3，2，4，7，7，6，7，8，4，6，3，3，3，8！4，3，2，4，7，7，6，7，8，4！6，3，3，3，8，6，3，9，6，3，6，6，3，4，6，5，3，5，7！6，4，3，2，2，6，7，4，2，5，6，3，8，7，2，6，3，4，3？5，7，6，3，5，8，6，3，6，3，4，5，8，7，8，2，7，7，4，8，3，

3，2，8！ 7，7，4，8，3，3，2，8，3，4，3，2，4，7，6，6，7，8，4，6，8，3，8，8，6，3，4，6，3，6，7，3，4，6，7，7，4，8，3，3，9，8，8，4，3，2，4，5，7，6，7，8，4，6，3，5，5，2，6，9，4，6，5，6，7，5，4，6！ 5，2，6，2，6，5，9，5，2？ 6，9，6，2，6，5，4，7，5，5，4，5，2，5，2，6，4，6，2，4，5，2，7，2，2，7，7，4，2，5，5，2，9，2，4，5，2，6！ 4，2，2，6，5，4，2，5，7，4，5，2，5，2，6，2，6，5，4，5，2，7，2，2，7，7，4，2，5，2，2，2，2，4，5，2！ 7，2，2，7，7，4，2，5，5，2，2，2，4，5，2，4，7，2，2，7，2，4，6，5，5，5，2，6，5，4，6，5，6，7，5，4！ 4，3，2，4，3，3，6，3，8，4！ 6，3，3，8，6，3，9，6，3，6，6，3，4，6，5，3，5，3！ 2，2，3，3，2，6，3，4，2，5，6，3，8，3，2，6，3，4，3！ 5，6，8，3？ 5，3，6，3，5，8，6，2，6，3，4，5，8，3，8，2，3，4，8，3，3，2，8！ 3，3，4，8，3，3，2，8，3，4，3，2，4，7，6，6，7，8，4，6，8，3，8，8，6，3，4，6，3！ 2，2，7，7，4，2，5，5，2，9，2，4，5，2，6！ 4，2，2，6，5，4，2，5，7，4，5，2，5，2，6，2，6，5，4，5，2，7，2，2，7，7，4，2，5，5，2，2，2，4，5，2！ 7，2，2，7，7，4，2，5，5，2，2，2，4，5，2，4，7，2，2，7，2，4，6，5，5，5，2，6，5，4，6，5，6，7，5，4！ 6，5，5，5，7！ 6，4，5，2，2，6，7，4，2，5，6，5，2，6！ 2，6，5，4，5？ 5，7，6，5，5，2，6，2，6，5，4，5，2，7，2，2，7，7，4，2，5，9，2，2，2，4，5，2，4，5，5，6，5，2，4，6，5，5，5，2！ 4，5，2，4，5，5，6，5！ 5，6，8，3？ 5，5，6，5，5，2，6，2，6，3，4，5，8，3，8，2，3，3，4，8，3，9，2，8，8，4，3，2，4，3，3，6，3，8，4，6，3，3，8！ 4，3，2，4，3，3，6，3，8，4，6，3！ 5，6，8，3？ 5，6，

8，3？5，6，8，3？4，2，2，6，5，4，2，5，7，4，5，2，5，2，6，2，6，5，4，5，2，7，2，2，7，4，5，2，4，6，3，5，8，6，2，6，3，4，5，8，7，8，2，7，7，4，8，3，3，2，8！6，5，5，5，7！6，4，5，2，2，6，7，4，2，5，6，5，2，6！2，6，5，4，5？5，7，6，5，5，2，6，2，6，5，4，5，2，7，2，2，7，7，4，2，5，9，2，2，2，4，5，2，4！5，6，8，3？5，5，6，5，2，4，6，3，6，7，3，4，6，7，7，4，8，3，3，9，8，8，4，3，2，4，5，7，6，7，8，4，6，3，5，5，2，6，9，4，6，5，6，7，5，4，6！5，2，6，2，6，5，9，5，2？6，9，6，2，6，5，4，7，5，5，4，5，2，5，2，6，4，6，2，4，5，2，7，2，2，7，7，4，2，5，5，2，9，2，4，5，2，6！4，2，2，6，5，4，2，5，7，4，5，2，5，2，6，2，6，5，4，5，2，7，2，2，7，7，4，2，5，5，2，2，2，4，5，2！7，2，2，7，7，4，2，5，5，2，2，2，4，5，2，4，7，2，2，7，2，4，6，5，5，5，2，6，5，4，6，5，6，7，5，4！6，5，5，5，7！6，4，5，2，2，6，7，4，2，5，6，5，2，6！2，6，5，4，5？5，7，6，5，5，2，6，2，6，5，4，5，2，7，2，2，7，7，4，2，5，9，2，2，2，4，5，2，4！5，6，8，3？5，5，6，5，2，4，6，5，5，5，2！4，5，2，4，5，5，6，5！2，5，5，2，9，2，4，5，2，6！4，2，2，6，5，4，2！5，5，6，5，5，2，6，2，6，3，4，5，8，3，8，2，3，3，4，8，3，9，2，8，8，4，3，2，4，3，3，6，3，8，4，6，3，3，3，8！4，3，2，4，3，3，6，3，8，4！6，3，3，3，8，6，3，9，6，3，6，6，3，4，6，5，3，5，3！2，3，3，3，2，5，3，4，2，5，6，3，8，3，2，6，3，4，3？5，6，8，3？5，3，6，3，5，8，6，2，6，3，4，5，8，3，8，2，3，3，4，8，3，3，2，8！2，7，2，4，6，5，5，5，2，6，5，4，6，5，6，7，5，4！6，5，5，5，7！6，

4，5，2，2，6，7，4，2，5，6，5，2，6，1，2，6，5，4，5？5，7，6，5，5，2，6，2，6，5，4，5，2，7，2，2，7，7，4，2，5，9，2，2，2，4，5，2，4，5，5，6，5，2，4，6，5，5，5，2，1，4，5，2，4，5，5，6，5！5，6，8，3？5，5，6，5，5，2，6，2，6，3，4，5，8，3，8，2，3，3，4，8，3，9，2，8，8，4，3，2，4，3，4，6，5，5，5，2！4，5，2，4，5，5，6，5！6，5，4，5？4，5？5，5，6，5，5，2，6，2，6，3，4，5，8，3，8，2，3，3，4，8，3，9，2，8，8，4，3，2，4，3，3，6，3，8，4，6，3，3，3，8！4，3，2，4，3，3，6，3，8，4，1，6，3，3，3，6，7，4，2，5，6，3，8，7，2，6，3，4，3？5，7，6，3，5，8，6，2，6，3，4，5，8，7，8，2，7，7，4，8，3，3，2，8！7，7，4，8，3，3，2，8，3，4，3，2，4，7，6，6，7，8，4，6，8，3，8，8，6，3，4，6，3，6，7，3，4，6，7，7，4，8，3，3，9，8，8，4，3，2，4，5，7，6，7，8，4，6，3，5，5，2，6，9，4，6，5，6，7，5！5，2，6，2，6，5，9，5，2？6，9，6，2，6，5，4，7，5，5，4，5，2，5，2，6，4，6，2，4，5，2，7，2，2，7，7，4，2，5，5，2，9，2，4，5，2，6！4，2，2，6，5，4，2，5，7，4，5，2，5，2，6，2，6，5，4，5，2，7，2，2，7，7，4，2，5，5，2，2，2，4，5，2！7，2，2，7，7，4，2，5，5，2，2，2，4，5，2，4，7，2，2，7，2，4，6，5，5，5，2，6，5，4，6，5，6，7，5，4！6，5，5，5，7！6，4，5，2，2，6，7，4，2，5，6，5，2，6！2，6，5，4，5？5，7，6，5，5，2，6，2，6，5，4，5，2，7，2，2，7，7，4，2，5，9，2，2，2，4，5，2，4！5，6，8，3？5，5，6，5，2，4，6，5，5，5，2！4，5，2，4，5，5，6，5！8，6，3，9，6，3，6，6，3，4，6，5，3，5，3，2，2，3，3，2，6，3，4，2，5，6，3，8，3，2，6，3，4，3？5，6，8，

3？ 5，3，6，3，5，8，6，2，6，3，4，5，8，3，8，2，3，3，4，8，3，3，2，8！ 3，3，4，8，3，3，2，8，3，4，3，2，4，7，6，6，7，8，4，6，8，3，8，8，6，3，4，6，3！ 2，2，7，7，4，6，7，4，2，5，6，3，8，7，2，6，3，4，3？ 5，7，6，3，5，8，6，2，6，3，4，5，8，7，8，2，7，7，4，8，3，3，2，8！ 7，7，4，8，3，3，2，8，3，4，3，2，4，7，6，6，7，8，4，6，8，3，8，8，6，3，4，6，3，6，7，3，4，6，7，7，4，8，3，3，9，8，8，4，3，2，4，5，7，6，7，8，4，6，3，5，5，2，6，9，4，6，5，6，7，5，4，6！ 5，2，6，2，6，5，9，5，2！ 6，9，6，2，6，5，4，7，5，5，4，5，2，5，2，6，4，6，2，4，5，2，7，2，2，7，7，4，2，5，5，2，9，2，4，5，2，6！ 4，2，2，6，5，4，2，5，7，4，5，2，5，2，6，2，6，5，4，5，2，7，2，2，7，7，4，2，5，5，2，2，2，4，5，2！ 7，2，2，7，7，4，2，5，5，2，2，2，4，5，2，4，7，2，2，7，2，4，6，5，5，5，2，6，5，4，6，5，6，7，5，4！ 6，5，5，5，7！ 6，4，5，2，2，6，7，4，2，5，6，5，2，6！ 2，6，5，4，5？ 5，7，6，5，5，2，6，2，6，5，4，5，2，7，2，2，7，7，4，2，5，9，2，2，2，4，5，2，4！ 5，6，8，3？ 5，5，6，5，2，4，6，5，5，5，2！ 4，5，2，4，5，5，6，5！ 2，5，5，2，9，2，4，5，2，6！ 4，2，2，6，5，4，2！ 5，5，6，5，5，2，6，2，6，3，4，5，8，3，8，2，3，3，4，8，3，9，2，8，8，4，3，2，4，3，3，6，3，8，4，6，3，3，3，8！ 4，3，2，4，3，3，6，3，8，4！ 6，3，3，3，8，6，3，9，6，3，6，6，3，4，6，5，3，5，3！ 2，2，3，3，2，6，3，4，2，5，6，3，8，3，2，6，3，4，3？ 5，6，8，3？ 5，3，6，3，5，8，6，2，6，3，4，5，8，3，8，2，3，3，4，8，3，3，2，8！ 2，7，2，4，6，5，5，5，2，6，5，4，6，5，6，7，5，4！ 6，5，

5，5，7！ 6，4，5，2，2，6，7，4，2，5，6，5，2，6！ 2，6，5，4，5？ 5，7，6，5，5，2，6，2，6，5，4，5，2，7，2，2，7，7，4，2，5，9，2，2，2，4，5，2，4，5，5，6，5，2，4，6，6，6，6，2！ 4，5，2，4，5，5，6，5！ 5，6，8，3？ 5，5，6，5，5，2，6，2，6，3，4，5，8，3，8，2，3，3，4，8，3，9，2，8，8，4，3，2，4，3，3，6，3，8，4，6，3，3，3，8！ 4，3，2，4，3，3，6，3，8，4，6，3！ 5，6，8，3？ 5，6，8，3？ 5，6，8，3！ 4，2，2，6，5，4，2，5，7，4，5，2，5，2，6，2，6，5，4，5，2，7，2，2，7，4，5，2，4，6，3，5，8，6，2，6，3，4，5，8，7，8，2，7，7，4，8，3，3，2，8！ 7，7，4，8，3，3，2，8，3，4，3，2，4，7，6，6，7，8，4，6，8，3，8，8，6，3，4，6，4，6，7，3，4，6，7，7，4，8，3，3，9，8，8，4，3，2，4，5，7，6，7，8，4，6，3，5，5，2，6，9，4，6，5，6，7，5，4，6！ 5，2，6，2，6，5，9，5，2？ 6，9，6，2，6，5，4，5，6，5，2，4，6，5，5，5，2，7，4，2，5，5，2，2，2，4，5，2！ 7，2，2，7，7，4，2，5，5，2，2，2，4，5，2，4，7，2，2，7，2，4，6，5，5，5，2，6，5，4，6，5，6，7，5，4！ 6，5，5，5，7！”

按这些数字花了好长时间，我不知道有多久，很多分钟，很多小时？我的心累了，我的手指也累了，我在用我的手指摧毁我和我生命之间的墙，一点一点地。我的硬币用完了，或者她挂断了，我又打过去，“4，7，4，8，7，3，2，5，5，9，9，6，8？”她说：“你在开玩笑吗？”开玩笑，开玩笑，开什么玩笑，这是开玩笑吗？她又挂了，我又打过去，“8，4，4，7，4，7，6，6，8，2，5，6，5，3！”她问：“奥斯卡？”这是我第一次听到他的名字……第二次失去生命中的一切的时候，我正在德累斯顿的火车站里，我在给你写一封我知道我永远也不会发出的信。有时候我在德国写，有时候在美国写，有时候在动物园里写，除了我正在给你写的信以外，我什么都不在乎，就像我低着头去找安娜的时候一样，把自己从世界上隐藏起来，这就是为什么我会遇到你母亲她，这就是为什么我没有注意到人们都凑到电视机前去了。只有到第二架飞机撞上、一个本来不想叫喊的人叫喊起来的时候，我才往那边看，电视机前现在有几百人，他们从哪儿来的？我站起来看，我不明白我在电视屏幕上看见的东西，那是广告吗，是一部新电影？我写道："出什么事了？"然后把笔记本递给一个正在看电视的年轻商人看，他抿了一口咖啡，说："还没人知道呢。"他的咖啡纠缠着我，他的"还"纠缠着我。我站在那里，人群中的一个人，我看见的是影像，还是有更复杂的事情在发生？我试着数飞机撞楼之处上面还有多少层楼，大火已经沿着大楼内部烧上去了，我知道那些人是没救了，飞机上有多少人，大街上有多少人，我想啊想。走回家的路上，我在一家电器店前停下，前窗是一格一格的电视机，除了一台，其他的全部都在放着大楼的镜头，同样的镜头不断重复地放着，就像世界本身在重复着，一群人聚集在人行道上。旁边那一台电视，在放着一个自然节目，一头狮子在吃一只火烈鸟，人群里开始发出噪音，一个本来不想叫喊的人叫喊起来了，粉红色的羽毛，我看着那些电视机中的一台，只有一座大楼，一百层天花板变成了一百层地板，然后变得一无所有，我是唯一一个相信这个的人，因为我经历过，天上飞满了纸张，粉红色的羽毛。那天下午，咖啡馆都满了，人们在笑，电影院门口排着队，他们去看喜剧，世界这么大又这么小，在同一个时刻，我们这么近又这么远。那以后的那些天，那些星期，我在报纸上读着死者名单：三个孩子的母亲，大学二年级学生，扬基队球迷，律师，哥哥，债券交易员，周末魔术师，爱搞恶作剧的滑稽人士，姐姐，慈善家，居中的儿子，爱狗的人，清洁工，家里唯一的孩子，企业家，女招待，十四个孩子的祖父，注册护士，会计，实习生，爵士乐萨克斯手，溺爱孩子的叔叔，陆军后备人员，深夜诗人，妹妹，洗窗工，拼字游戏爱好者，志愿救火员，父亲，父亲，电梯维修工，葡萄酒爱好者，办公室经理，秘书，厨师，金融家，行政副总裁，观鸟爱好者，父亲，洗盘工，越战老兵，新妈妈，阅读爱好者，家里唯一的孩子，下棋高手，足球教练，水管工，公关管理人员，父亲，驻校艺术家，城市规划人员，新婚者，投资银行家，大厨，电子工程师，那天早上有点感冒、本来想请病假的新父亲……然后有一天我看见了，托马斯·谢尔，我的第一个想法是我死了。“他留下了妻子和一个儿子。”我想，我的儿子，我想，我的孙子，我想啊想啊想，然后我就不再想了……飞机降落时，我四十年来第一次看见曼哈顿，我不知道我是在上升还是降落，灯光是星星，我没有认出任何建筑，我告诉那个人，“悼念~~试着活下去~~。”我没有申报任何东西，我给你母亲打电话但我无法解释我自己，我又打过去，她以为有人跟她开玩笑，我又打过去，她问：“奥斯卡？”我到杂志柜台，换来一些钢镚儿，我又试，电话响了又响，我又试，电话又响，我等了一会儿，然后又试，我坐在地上，不知道接下来会发生什么，甚至不知道我自己想让什么事情发生，我又试了一遍。“你好，你打到了谢尔家。尽管我现在的声音听起来像电话留言，但我确实在接电话。如果你想和我或我奶奶说话，请在我发出哔一声之后开始讲话。哔——。喂。”那是一个孩子的声音，一个男孩。“真是我。我确实在接电话。喂？”我挂上了电话。奶奶？我需要时间来思考，出租车太快了，公共汽车也太快了，我怕的是什么？我把行李箱放在手推车上开始往前走，我很吃惊，没有什么人阻止我，即使是我把手推车推到街上时也没有，即使是我把手推车推到高速公路边上时也没有，随着我每走一步，天变得更亮，更热，仅仅几分钟之后我就明白，我没办法这样走下去，我打开一只行李箱，拿出一沓信，“给我的孩子，”那是一九七七年的，“给我的孩子，”“给我的孩子，”我想把那些信放在我身边的路上，把我没能告诉你的话排成一条路，这或许可以让我的负担变得可以承受，但我不能，我得把它们带给你，带给我的孩子。我招了一辆出租车，出租车到了你母亲所住公寓的门前时，天已经很晚了，我得找一家旅馆，我需要吃东西，需要洗个澡，需要时间来思考，我从笔记本上撕下一页纸，写下“对不起”，我把纸条交给看门人，他说：“这是给谁的？”我写道：“谢尔太太。”他说：“这儿没有谢尔太太。”我写道：“有。”他说：“相信我，要是有个谢尔太太住在这座楼里我会知道的。”但我在电话里听见了她的声音，她是不是搬了家但还留着电话号码，我怎么能找到她呢，我需要一本电话簿。我写下“3D”然后把笔记本递给看门人。他说：“施密特女士。”我拿回我的本子，写道：“这是她娘家的姓……”我住在客房里，她把吃的放在我门口，我可以听见她的脚步声，有时候我觉得我听见了玻璃杯的边缘碰在门上的声音，那是我曾经喝过水的杯子吗，那个杯子曾碰过你的嘴唇吗？我找到了我出走之前的笔记本，它们都在老爷钟的身子里，我以为她会把它们都扔了，但她留着它们，很多是空白的，很多是写满了的，我翻过这些笔记本，我找到了我们碰面那天下午的那一本和我们结婚第二天的那一本，我找到了我们的第一个无事区，我回忆起了我们最后一次在水库周围散步的那一天，我找到了栏杆、水池和壁炉的照片，在一堆本子最上面的那一本是我第一次试图出走的那一本：“我并不总是沉默，我曾经说啊说啊说啊说啊。”我不知道她是可怜我，还是可怜她自己，但她渐渐会来客房待一会儿，开始她什么也不说，只是整理房间，从角落里扫出蜘蛛网，吸地毯，把相框摆正，然后有一天，在掸床头柜上的灰时，她说：“你出走我可以原谅，但你回来了，我不能原谅。”她走出去了，出去时把门带上了，在那之后我有三天没有看见她，然后就像什么也没有说过一样，她换掉了一个亮得好好的灯泡，她拿起东西然后又把它放下，她说："我不能和你分享这一份悲伤。"她走出去，把门关上，我是囚犯还是狱卒？她在客房里待的时间变得越来越长，我们从来没有谈过话，她不喜欢看着我，但有什么事发生了，我们在变得亲近，或者更疏远，我冒了个险，我问她能不能给我摆姿势，就像我们当初刚见面时那样，她张开嘴，什么话也没有说出来，她碰了碰我的左手，我没意识到我的手攥成了拳头，她这是在说是，还是在抚摸我？我到艺术用品商店去买些黏土，我管不住自己的手，长盒子里的蜡笔，调色板刀子，一卷一卷挂着的手工纸，我试了所有的样品，我用蓝笔和绿色的油画笔，用橘黄色的蜡笔和炭笔，写我的名字，那种感觉就像是在签订我生命的条约。我在那里待了一个多小时，尽管我只买了很简单的一块黏土，我回家时，她在客房里等我，她穿着睡袍，站在床前，"你离开后做过雕塑吗？"我写道，我试过，但做不了，"连一个都没做过？"我给她看右手，"你想起过雕塑吗？你在你脑子里雕塑过吗？"我给她看我的左手，她脱下长袍，走向沙发，我不能看她，我把黏土从袋子里拿出来，放在牌桌上，"你在你脑子里给我塑过像吗？"我写道，"你想怎么摆姿势？"她说，这件事的意义就在于我应当作出选择，我问地毯是不是新的，她说，"看着我，"我试了，可我做不到，她说，"看着我，要不就从我身边走开。不要留下来，然后又去看别的东西。"我请她仰面躺下，但这感觉不太对，我请她坐下，这也不对，抱着胳膊，把头扭到别的方向，怎么着都不对，她说，"教我怎么摆。"我走到她那儿，我拆开她的头发，我按了按她的肩膀，我想越过所有距离抚摸她，她说："从你走后就没有人抚摸过我。没有人那样抚摸过我。"我把手抽回来，她把我的手放在她的手里，再按在她的肩膀上，我不知道该说什么，她说："你呢？"什么都保护不了的谎言有什么意义呢？我给她看我的左手。"谁抚摸过你？"我的笔记本写满了，所以我在墙上写道："我那么想有一次生命。""谁？"我自己都难以置信，我的诚实从我的胳膊穿行下来，从我的笔下流出来："我花了钱。"她没有改变姿势，"她们漂亮吗？""这不是关键。""不过她们漂亮吗？""有一些漂亮。""那么，你把钱给她们，然后这么着了？""我喜欢跟她们聊天。我谈你。""这该让我感觉不错吗？"我看着黏土。"你告诉她们，你离开的时候我正怀着孕吗？"我给她看看我的左手。"你跟她们说安娜了吗？"我给她看看我的左手。"你喜欢她们中的哪一个吗？"我看着黏土，她说："我喜欢你跟我说真话。"然后她把我的手从肩上拿下来，按在她大腿之间，她没有把头扭到一边，她没有闭上眼睛，她盯着她腿间的我们的手，我觉得我正在杀死什么东西，她解开我的皮带，拉开我裤子的拉链，她把手伸进了我的内裤，"我很紧张。"我说，用微笑说。"没关系。"她说。"对不起。"我说，用微笑说。"没关系。"她说，她关上身后的门，然后又打开门，说，"你在你脑子里给我塑过雕像吗？"……要把我需要告诉你的全告诉你，这个本子页数不够，我可以写得小一点，我可以沿着页边裁开把一页纸裁成两页，我可以在我写的文字上再写字，但那之后呢？每天下午有个人会来到公寓，我可以听见门打开了，还有脚步声，轻轻的脚步声，我听见谈话，一个孩子的声音，他的声音差不多像是一首歌，就是我从机场打电话时听到的声音，他们两个会一谈就是好几个小时，有天晚上她来摆姿势的时候我问她，是谁来看她，她说："我孙子。""我有个孙子。""不，"她说，"是我有个孙子。""他叫什么名字？"我们再试，我们互相慢慢地脱掉对方的衣服，是知道自己很容易就会做错的那种人的那种缓慢，她脸朝下躺在床上，她的腰受了多年来穿着不合身的裤子的刺激，她的大腿上有疤，我用带着"是"和"否"的手揉搓着她的大腿，"别的什么也别看。"我掰开她的大腿，她吸了一口气，我能看进她最隐私的地方而她却看不见我在看，我把手伸到她底下，她弯曲起膝盖，我闭上了眼睛，她说："躺到我身上来。"没有地方能够写得下我的紧张，她说："躺到我身上来。"我担心把她压坏了，她说："你的全身压住我的全身。"我让自己沉入她，她说："这就是我一直想要的。"我怎么不能就此为止呢，我为什么还要写些别的呢，我该折断我的手指，我从床头柜上拿过一支笔在我胳膊上写道："我能见他吗？""不能。""求你了。""求你了。""我不会让他知道我是谁的。我只是想看看他。""不行。""为什么不行？""因为。""因为什么？""因为我换了他的尿布。还有，有两年我不能趴着睡觉。我教他怎么说话。他哭的时候我哭了。不讲道理的时候，他冲着我嚷嚷。""我可以躲在大衣柜里，从钥匙孔里往外看。"我以为她会说不行，她说："如果他看见了你，那你就背叛了我。"她是可怜我，还是要让我受罪？第二天早上，她把我领到大衣柜里，大衣柜面对着起居室，她和我一起进去，我们在那里待了一整天，尽管她知道他到下午才会来，大衣柜那么小，我们之间的空间太小，我们需要"无事区"，她说："那时的感觉就是这样，除了你不在这儿。"我们默默地互相看了几个小时。门铃响时，她去开门让他进来，我手脚着地地趴着，这样才能让眼睛保持在合适的高度，透过钥匙孔我看见门开了，那双白鞋，"奥斯卡！"她说，把他从地上抱起来，"我没事。"他说，他的声音就像一首歌，在他的声音里我听见了自己的声音，还有我父亲和祖父的声音，那也是我第一次听见你的声音，"奥斯卡！"她又说，又把他抱起来，我看见了他的脸，安娜的眼睛，"我没事。"他又说，他问她去哪儿了。"我在和房客说话呢。"她说。房客？"他还在这儿啊？"他问。"不在，"她说，"他得出去有点事儿。""那他是怎么走出公寓的呢？""你来之前他刚出去。""但你说你正在和他说话。"他知道我存在，但不知道我是谁，但他知道有个人在这里，他也知道她没有说实话，我能听得出来，在他的声音里，在我的声音里，在你的声音里。我得和他谈谈，但我得说什么呢？我是你爷爷，我爱你，对不起？或许我应该告诉他我不能告诉你的事情，把所有那些本来是写给你看的信都给他。但她永远不会答应我这个要求，而我又不会背叛她，于是我开始想别的办法……我该干什么？我要更多的空间，我有很多话要说，我的话在挤压着环绕着笔记本纸张边缘的墙壁，第二天，你母亲到了客房来为我摆姿势，我用文着“是”和“否”的手在黏土上工作，我把黏土揉软，我把拇指按进她的脸颊，把她的鼻子往前推出来，留下了我的指纹，我塑出了瞳孔，我突出了她的眉毛，我掏空了她的下唇和下巴之间的地方，我拿起一本笔记本，走到她那里。我开始写下自从我离开以后我去过哪里、干过什么，我怎么谋生的，我和谁一起度日，我想些什么，听些什么，吃些什么，但她把这一页撕下来，“我不在乎。”她说，我不知道她是真的不在乎还是怎么样，在下一页空白纸上我写道：“如果你想知道什么，我会告诉你。”她说：“我知道告诉我会让你的生活容易一点，但我什么都不想知道。”这怎么可能？我请她给我谈谈你，她说：“他不是我们俩的儿子，他是我一个人的儿子。”我请她给我谈谈她的儿子，她说：“每个感恩节我都做火鸡和南瓜派。我会到学校操场去问那些孩子他们都喜欢什么玩具。我给他买那些玩具。我不让任何人在家里说外语。但他还是变成了你。”“他变成了我？”“所有的事情都是是和否。”“他上大学了吗？”“我求他离家近一点，但他去了加州。这一点上他也像你。”“他学了什么专业？”“他想当律师，但他接管了家里的生意。他讨厌珠宝。”“你干吗不把珠宝店卖了？”“我求过他。我求他去当律师。”“那他为什么不当律师呢？”“他想成为自己的父亲。”对不起，如果这是真的。我最不希望看到的事情就是你像我，我离开了，只有这样你才能成为你自己。她说：“有一次他试过去找你。我把你发来的唯一一封信给了他。他对那封信着迷了，总是在读。我不知道你写了些什么，但那封信让他去找你了。”

在下一页空白上我写道："有一天我打开门，他就在那里。""他找到你了?""我们什么也没有谈。""我不知道他找到你了。""他不告诉我他是谁。他肯定觉得紧张。或者他一看见我就恨我了。他假装是一个记者。真可怕。他说他正在写一个关于德累斯顿爆炸幸存者的故事。""你跟他说了那天晚上发生在你身上的故事了吗?""都在信里。""你写了些什么?""你没读?""那封信不是寄给我的。""真可怕。所有我们没能分享的故事。房间里充满了我们没有进行的对话。"我没有告诉她，你走后我停止进食，我变得那么瘦，洗澡水会积攒在我的嶙峋瘦骨之间，怎么没有人问我为什么那么瘦？如果有人问了，那我永远也不会再吃一口东西。"但他没有说他是你的儿子，你怎么知道呢?""我知道，因为他是我的儿子。"她把手放在我胸前，放在我心口，我把手放在她的大腿上，我用手环住她，她解开我的裤子，"我紧张。"事与愿违，雕像还是越来越像安娜，她关上门之后，我的笔记本快用完了……白天大部分时间我在城里行走，重新熟悉这个城市，我到了老哥伦比亚的面包房但它已经不在那儿了，在它的原址现在开着一家九毛九分店，店里的东西价钱都不止九毛九。我走到那个我曾经让人帮我锁裤子边的裁缝店，但那里现在是一家银行，你要有一张卡才能打开门，我走了好多小时，沿着百老汇的一边走下去，又从另一边走上来，从前修表店的地方现在是一家录像店，从前的花市如今是一家录像游戏店，从前的肉铺现在是寿司店，寿司是什么，手表坏了怎么办？我在自然博物馆旁边的遛狗路上逛了几个小时，一只斗牛犬，一只拉布拉多，一只黄金猎犬，我是唯一一个没有带狗的人，我想啊想，我怎么能从远处接近奥斯卡，我怎么能对你公平，对你母亲公平，对我自己公平，我想把大衣柜门带在身边，这样我就可以一直从钥匙孔里看着他了。我退而求其次，我从远处了解他的生活，他什么时候上学，什么时候回家，他的朋友住在哪里，他喜欢去哪些商店，我跟着他走遍全城，但我不能背叛你母亲，所以我从来没有让他知道我就在他旁边。我以为可以就这样一直下去，但是我发现自己又错了。我不记得我是什么时候开始觉得奇怪的：他出门为什么这么频繁，他为什么去那么多街区，为什么我是唯一看管他的人，他的母亲怎么能让他一个人逛悠这么远。每个周末早上，他和一个老头儿离开公寓楼，在城里四处敲门，我把他们去的地方标成了一张地图，但我无法理解其中的意义，地图看起来毫无意义，他们在干什么？这个老头儿是谁，朋友，老师，失踪祖父的替代品？他们为什么在每家公寓只待几分钟，他们是在卖什么东西，搜集什么信息？他的奶奶知道多少，我是唯一担心他的人吗？他们离开斯塔滕岛上的一户人家后，我在附近等了一会儿然后敲门。“我简直无法相信，”那个女人说，“又有客人！”“对不起，”我写道，“我不能说话。刚才离开的是我的孙子。你能告诉我他在这儿干什么吗？”那个女人告诉我：“你们这家人真怪。”我想，我们是一家人。“我刚在电话里和他妈妈说完话。”我写道：“他为什么来这儿？”她说：“为了钥匙。”我问：“什么钥匙？”她说：“为了一把锁。”“什么锁？”“你不知道？”八个月了，我跟踪着他，和与他交谈过的人交谈，他在试着了解你的时候我试着了解他，就像你试着寻找我一样，这把我的心打成了碎片，碎成了比它包含着的碎片还要多的碎片，为什么人们不能坦诚相见，直抒胸臆？一天下午，我随着他进城，我们在地铁里面对面坐着，那个老头儿看着我，我是不是在瞪着他们，我是不是把胳膊伸到了前面，他知道我应该是坐在奥斯卡身边的那个人吗？他们进了一家咖啡店，回家的路上我和他们走散了，这样的事经常发生，很难就近跟踪又不被发现，而我又不愿意背叛她。回到西上区后我进了一家书店，我还不能回公寓，我需要一些时间来思考，在走道尽头我看到了一个人，我认为他有可能是西蒙·戈德堡，他也在童书部，我越看他，就越是不肯定，但又希望他是，他当时是去工作了，并没有死？我的手握着我兜里的硬币，我的手在颤抖，我尽量不去瞪着他，我尽量不把胳膊伸到前面，他认出我了没有，他写过："我最大的希望是，我们的人生之路，不管多么漫长曲折，还能够有交集。"五十年以后，他戴着同样的厚厚的眼镜，我从来没有看见过更洁白的衬衫，他很艰难地把书再放回去，我朝他走过去。"我不能说话，"我写道，"对不起。"他紧紧地抱了抱我，我能感到他的心脏贴着我的心脏跳动，它们在试着同时跳动，然后他一言不发地转过身从我身边匆匆走开，走出了书店，走上了大街，我差不多可以肯定那不是他，我要一本无限厚的空白笔记本和尚未消逝的所有时间……第二天，奥斯卡和那老头儿去了帝国大厦，我在大街上等着他们。我不停地往上看，试图寻找他，我的脖子在发烧，他在往下看我吗，我们是不是在分享什么东西而我们两个人都对此一无所知？一个小时后，电梯门开了，老头儿出来了，他要把奥斯卡留在那上面吗，那么高，那么孤单，谁能保证他安全呢？我恨他。我开始写什么东西，他朝我走来，抓住我的衣领。"听着，"他说，"我不知道你是谁，但我看见你跟踪我们，而我不喜欢你跟着。一点都不喜欢。我就告诉你这么一回，滚开。"我的笔记本掉到地上了，所以我什么也不能说。"如果我再看见你出现在离那个男孩很近的任何地方……"我指着门，他放开了我的衣领，我拿起笔记本来写道："我是奥斯卡的爷爷。我不能说话。对不起。""他的爷爷？"我把本子翻回去，指着我刚才写的话："他在哪儿？""奥斯卡没有爷爷。"我指着那一页。"他是走楼梯下来的。"我尽我所能快速地解释了事情的经过，我的笔迹开始变得无法辨认了，他说："奥斯卡不会对我撒谎。"我写道："他没有撒谎。他不知道。"老头儿从他的衬衣底下掏出一条项链来看着，挂件是一个指南针，他说："奥斯卡是我的朋友。我得告诉他。""他是我的孙子。请不要告诉他。""你该是那个陪着他四处走的人。”“我是在跟着他走。”“那他的妈妈呢？”“他妈妈怎么了？”我们听见奥斯卡在拐角的地方唱歌，他的声音越来越大，老头儿说：“他是个好孩子。”然后走开了。我直接回家了，公寓里空无一人。我想到了收拾好行李离开这里，我想到了从窗户跳下去，我坐在床上想，我想你。你喜欢吃哪些食物，你最喜欢的歌是哪一首，你亲吻过的第一个女孩子是谁，在哪里，是怎么吻的，我的空白不够了，我要一本无限厚的空白笔记本和永恒，我不知道过去了多长时间，这没有关系，我已经失去了所有记住过往的理由。有人在摁门铃，我没有起来，我不在乎是谁，我想独自待着，待在窗户的里面。我听见门开了，我听见了他的声音，我活着的理由，“奶奶？”他在公寓里，只有我们两个，爷爷和孙子。我听见他从一个房间走到另一个房间，搬动东西，打开什么东西又关上，他在找什么，他为什么总是在寻找？他走到我房间的门口，“奶奶？”我不想背叛她，我关了灯，让我这么害怕的究竟是什么？“奶奶？”他开始哭了，我的孙子在哭。“求你了。我真的需要人帮我。你要是在里面，就出来吧。”我开了灯，我为什么并不那么害怕？“求你了。”我打开门，我们面对着对方，我面对着我自己，“你是那个房客吗？”我走回房间，从壁橱里拿出这个笔记本，这个本子差不多用完了，我带着笔记本来到他面前，写道：“我不能说话。对不起。”他看着我，这令我满心感激，他问我我是谁，我不知道该告诉他些什么，他还在哭，我不知道怎么抱他。笔记本的空白页不够了。我把他带到床前，他坐下，我没有问他任何问题也没有告诉他我已经知道的事情，我们没有谈论不重要的事情，我们没有成为朋友，我可以是任何人，他从头开始，花瓶、钥匙、布鲁克林、皇后区，他所有的话我都记得。可怜的孩子，对一个陌生人倾盘托出，我想在他的四周盖上墙壁，我想把里面和外面分开，我想给他无限厚的空白笔记本和尚未消逝的所有时间，他告诉我他刚刚到过帝国大厦的顶层，他的朋友告诉他要撂挑子了，这不是我希望的，但如果这是要把我的孙子带来和我面对面所需要的条件，那这是值得的，什么事情都有可能发生。我想抚摸他，告诉他即使所有的人都离开了所有的人，我也永远都不会离开他，他说啊说啊，话在他的身体里向下滑落，试图找到他悲伤的终点，“我爸爸，”他说，“我爸爸，”他跑过大街，带着一只电话回来，“这是他的临终遗言。”

第五条留言。

上午十点二十二分。是爸　　　爸爸。你　　　爸爸。听到

**　　就知道　　　　　是我**

**　　喂?　　　　听见我了吗？我们　　　　到**

顶层　　　一切　　　没事　　很好　　　很快

**　　对不起　　　听见我　　　　　　很**

**　　发生，　　记住**

留言断了，你听起来那么平静，你听起来不像是个马上就要死的人，我真希望我们曾经面对面坐在一张桌前，几个小时几个小时地聊些无关紧要的事情，我真希望我们浪费过时间，我要一本无限厚的空白笔记本和尚未消逝的所有时间。我告诉奥斯卡，最好别告诉他奶奶我们已经见面了，他没有问为什么，我不知道他知道些什么，我告诉他如果他想和我说话，他可以冲着客房的窗户扔小石头子儿，然后我就会下楼在拐角的地方和他碰头，我担心我再也不能见他了，担心看不到他再来看我，那天晚上是我回来后你母亲和我第一次做爱，那是我们最后一次做爱，但感觉不像是最后一次，我最后一次亲吻安娜，我最后一次见到我的父母，最后一次说话，我为什么不能学会将所有的事情都当作最后一次，我最大的憾事是我太相信未来，她说：“我给你看样东西。”她把我带到另外一间卧室，她的手在捏我文着“是”的手，她打开门，指着床，“这是他睡觉的地方。”我抚摸着床单，我在地板上蹲下，闻着枕头的气息，我想要我本来可以得到的你的一切，我想要尘土，她说，“很多年很多年以前。三十年。”我躺在床上，我要感受你曾经感受的，我要告诉你一切，她挨着我躺下，她问：“你相信天堂和地狱吗？”我举起右手，“我也不信，”她说，“我想，你活过以后，就跟活过以前是一样的。”她的手张开着，我把文着“是”的手放进她的手里，她握起手指，我们的手指交叉在一起，她说，“想想所有那些还没有诞生的东西。所有未能出生的婴儿。一些永远不会诞生的东西。这不让人伤心吗？”我不知道这让不让人伤心，所有永远不相见的父母们，所有的流产，我闭上眼睛，她说：“爆炸之前几天，我爸爸把我带到小木棚里。他让我抿了一小口威士忌，让我试试他的烟斗。这让我觉得自己那么像个大人，那么特殊。他问我对性知道些什么。我咳嗽了又咳嗽。他笑了又笑然后就变得严肃了。他问我知不知道怎么装行李箱，问我知不知道永远不要接受第一次求婚，问我必要的时候会不会点火。我很爱我的父亲。我非常、非常爱我的父亲。但我永远都无法告诉他这一点。”我把头扭到一边，我把头靠在她肩头，她把手放在我脸颊上，就像我妈妈从前那样，她做的所有事情都让我回想起另外的人，“真可惜，”她

I've seen him every day for the past two months, we've been planning what's about to happen, down to the smallest detail, we've even practiced digging in Central Park, the details have begun to remind me of rules, I can't eat dinner my hands are so sore from digging, your mother feeds me. I know I won't be in his life, I won't be the grandfather he never had, he won't [illegible]

说，“生命是这么宝贵。”我转身侧躺着，用臂弯环住她，我快没有空白写字了，我的眼睛闭上了，我吻了她，她的嘴唇是我母亲的嘴唇，安娜的嘴唇，你的嘴唇。我不知道怎么和她在一起时只和她在一起。“生命让我们有这么多担忧，”她说，一边解开衬衣的扣子，我解开我衬衣的扣子，她脱下她的裤子，我脱下我的，“我们担忧太多，”我抚摸着她，抚摸着所有的人，“我们只会担忧。”我们最后一次做爱，我和她在一起，和所有的人在一起，她起来去洗手间时床单上有血，我回到客房去睡觉，有那么多你永远不会知道的事情。第二天早上我被窗户上的轻敲声唤醒，我告诉你母亲我要出去散步，她什么都没有问，她都知道些什么，她为什么允许我走出她的视线？奥斯卡在街灯下等待着我，他说：“我要挖开他的坟墓。”过去这两个月里我每天都见到他，我们一直在计划这件事，讨论了所有细节，我们甚至在中央公园练习怎么挖土，那些细节让我回想起那些规矩，我的手挖酸了，连饭都没法吃，你母亲喂给我吃。我知道我不会在他的生命里，我不可能成为他不曾有过的爷爷，他不会对我有什么看法，或想念我，但这两个月里我无怨无悔……

一个无解问题的简单答案

房客和我挖开爸爸的坟墓后的第二天，我去了布莱克先生的公寓。我觉得他应当知道事情的原委，即使他其实并不是身在其中。但是，我敲门的时候，来开门的不是他。“我能帮你什么忙吗？”一位女士问。她的眼镜挂在一条围在她脖子上的链子上，她手里还拿着一个夹子，里面有很多纸张。“你不是布莱克先生。”“布莱克先生？”“住在这儿的布莱克先生。他去哪儿了？”“对不起，我不知道。”

“他没事吧？”“我想是吧。我不知道。”“你是谁？”“我是个房产经纪。”“房产经纪是什么？”“我在卖这套公寓。”“为什么？”“我想房主想把它卖了吧。我只是今天顶个班。”“顶班？”“代理这个物业的房产经纪病了。”“你知道我怎么能找到房主吗？”“对不起，我不知道。”“他曾经是我的朋友。”

她告诉我：“今天上午什么时候他们要来把全部东西运走。”“他们是谁？”“他们。我不知道。合同商。垃圾工。他们。”“不是搬家公司？”“我不知道。”“他们要把他的东西都扔掉？”“或者是都卖掉。”如果我特有钱，我会把什么都买下来，即使我只不过是把它们都给储存起来。我告诉她：“哦，我把什么东西落在公寓里了。那是我的东西，所以他们不能卖它，也不能把它给别人。我要去拿。对不起。”

我找到了传记索引。我知道我显然不能救下全部的传记索引，但有些东西我用得着。我拉出 B 抽屉，翻开了那些卡片。我找到了布莱克先生的卡片。我觉得这是可以做的事情，所以我把它拿出来，放在了我的外套口袋里。

不过，虽然已经得到了我想要的，我还是去翻了 S 抽屉。安东宁·斯卡里亚，G.L. 斯卡波罗，莱斯利·乔治·斯卡曼，莫里斯·塞弗，安妮·威尔逊·谢弗，杰克·华纳·谢弗尔，埃里斯·夏梅尔，罗伯特·黑文·肖夫勒，巴里·谢克，约翰·谢夫勒，让·德·谢兰德……然后我就看见了：谢尔。

刚开始我觉得如释重负，因为我觉得我所做的一切都是值得的，因为我把爸爸变成了一个在传记上很重要的人物，人们会记住他。但我再仔细检查了一下卡片，然后我看见这张传记卡写的不是爸爸。

奥斯卡·谢尔：儿子

我真希望我们那天下午握手的时候，我就明白我再也不能见到布莱克先生了。如果当时就明白，我是不会让他走开的。或者我会强迫他和我一起继续搜寻。或者我会告诉他爸爸是怎么在我在家的时候打来电话。但我不知道，就像我不知道那是爸爸最后一次在我睡前给我掖被子，因为你永远不可能知道。所以当他说“我要收摊了。我希望你能理解”的时候，我说了“我理解”，尽管我并不理解。我从来没有到帝国大厦的观景台上去找他，因为相信他在那里，比去那里证实他确实在那里，还要让我高兴。

他告诉我他不干了以后，我还是继续在找锁，但一切都不同了。

我去了远洛克威和波拉姆山和长岛市。

我去了当博、哈莱姆西班牙裔区和肉类加工区。

我去了弗拉特布什和都铎城和小意大利。

我去了贝德福德-史岱文森、因伍德和雷德胡克。

我不知道是不是因为布莱克先生不再和我在一起的缘故，或者是因为我花了太多的时间和房客一起制定挖开爸爸坟墓的计划，或者只是因为我已经花了那么多时间搜寻却还是一无所获，反正我不再觉得我在朝着爸爸那个方向有所进展。我甚至不知道自己是否还想找到那把锁。

我拜访的最后一个姓布莱克的人名叫彼得。他住在糖山，糖山在汉密尔顿高地，汉密尔顿高地在哈莱姆区。我走向一所房子的时候，一个男人正坐在门廊里。他膝头上有个婴儿，他在和婴儿说话，尽管显然没有哪个婴儿能听得懂语言。“你是彼得·布莱克吗？”“你是谁？”“奥斯卡·谢尔。”他拍拍台阶，意思是如果我愿意，我可以挨着他坐下，我觉得这是好心，但我想站着。“这是你的小宝宝？”“是。”“我能摸摸这个小姑娘吗？”“他是个男孩。”“我能摸摸这个小男孩吗？”“当然可以。”他说。我难以相信，婴儿的脑袋是那么软，他的眼睛是那么小，他的手指头也那么小。“他很娇弱。”我说。“是，”彼得说，“不过我们可以保护他。”“他吃正常的饭吗？”“还没有。现在只喝奶。”“他老哭吗？”“我得说他是老哭。让人感觉是哭得很多。”“但婴儿不知道伤心，对不对？他只是饿了或怎么的。”“我们不会知道。”我喜欢看小宝宝们攥拳头。我在琢磨他会不会有思想，或者也许他更像一只非人的动物。“你想抱抱他吗？”“我觉得这个主意不太好。”“为什么？”“我不知道怎么抱小宝宝。”“你想学的话，我可以教你。很容易。”“好吧。”“你先坐下吧，”他说，“来。把一只手放在下面。就这样。好。再把你另一只手放在他脑袋后面。对了。你可以把他抱在你胸前。对。就这样。你抱对了。他高兴着呢。”“这样就行？”“你抱得太好了。”“他叫什么名字？”“彼得。”“我以为你叫彼得。”“我们都叫彼得。”这让我第一次想到，为什么我没有用爸爸的名字？尽管我没有想到为什么房客的名字是托马斯。我说：“嗨，彼得。我来保护你。”

那天下午我回家之后，经过八个月在纽约的搜寻，我觉得疲倦、沮丧、悲观，而我所要的是幸福。

我上楼到了我的实验室，但我不想做任何实验。我不想玩铃鼓，不想宠爱巴克敏斯特，不想整理我的收藏，也不想翻阅《发生在我身上的事》。

妈妈和罗恩在家庭起居室里待着，尽管罗恩并不是这个家里的成员。我到厨房去拿点脱水冰激凌。我朝电话机看去。新电话机。它朝着我看回来。每次电话一响，我就会大叫："电话！"因为我不想碰它。我甚至不想和它在同一个房间里。

我按了一下"播放录音"按钮，我从最坏的那一天以后就从来没有按过这个按钮了，我说的是以前那台电话。

> 第一条留言。星期六，上午十一点五十二分。嗨，这是给奥斯卡·谢尔的留言。奥斯卡，我是阿比·布莱克。你刚到我公寓里问过钥匙的事情。我没有跟你完全说实话，我觉得也许我能帮点忙。请给我——

然后留言就断了。

阿比是我访问的第二个姓布莱克的人，那还是八个月以前的事。她住在纽约最窄的一条街上。我对她说她很漂亮。她笑了。我对她说她很漂亮。她对我说我很可爱。我给她讲大象的超感知觉时她哭了。我问她我们可不可以亲个嘴。她没说她不想亲嘴。她的留言在这里等了我八个月。

"妈妈？""嗯？""我要出去。""行啊。""我晚点回来。""行啊。""我不知道啥时候回来。有可能特别晚。""行啊。"她干吗不多问问我？她为什么不阻止我，或者说保护我？

因为天已经开始黑了，因为街道上人很多，我撞见了成千上万的人。这都是些什么人啊？他们要去哪儿？他们在寻找什么？我想听见他们的心跳，我也想让他们听见我的心跳。

地铁站离她家只有几个街口，我走到她家时门开着一点，就像她知道我要来似的，尽管很显然她不可能知道。那么她的门为什么会是开着的呢？

“喂？有人吗？我是奥斯卡·谢尔。”

她来到门口。

我放心了，因为那条留言不是我想象出来的。

“你记得我吗？”“我当然记得，奥斯卡。你长个儿了。”“我长个儿了？”“长了很多。好几个英寸。”“我一直忙着寻找那把锁，没量过我自己。”“请进，”她说，“我以为你会回我的电话。那条留言还是我很久以前留下的。”我告诉她：“我怕电话。”

她说：“我一直想着你。”我说：“你的留言。”“几个月以前那条？”“你怎么没跟我说实话？”“我告诉你我不知道那枚钥匙有什么来历。”“但你其实知道？”“是。哦，不对。我不知道。我丈夫知道。”“那我们见面时你为什么不告诉我？”“我不能。”“为什么不能？”“我就是不能。”“这不算是回答了我的问题。”“我丈夫和我在吵架。”“他是我爸爸！”“他是我丈夫。”“他被谋杀了！”

“我想伤害他。”“为什么？”“因为他伤害了我。”“为什么？”“因为人们互相伤害。人们尽干这个。”“我不干这个。”“我知道。”“我花了八个月时间找我的东西，你八秒钟就可以告诉我！”“我给你打了电话。你一离开我就给你打了电话。”“你伤害了我！”“真对不起。”

“那么？”我问。“你丈夫怎么了？”她说：“他在找你。”“他在找我？”“对。”“但是我在找他！”“他会跟你解释一切的。我觉得你应该给他打个电话。”“我很生你的气，因为你没有跟我说实话。”“我知道。”“你差一点毁了我的一生。”

我们离得特别近。

我可以闻见她呼出的气。

她说：“如果你想亲我，你可以亲。”“什么？”“我们遇见的那一天，你问过我，我们能不能亲吻。我那时说不行，但我现在说可以。”“那一天我觉得尴尬。”“没什么可尴尬的。”“你用不着因为

75
1/2

可怜我，就让我亲你。”“亲亲我，”她说，“我也会亲你。”我问她：“要不我们就抱一抱？”

她把我抱着。

我开始哭泣，我紧紧地抱着她。她的肩膀开始湿了，我想，说不定你真的能够哭干眼泪。奶奶可能是对的。这么想很不错，因为我想要的就是空空如也。

然后，就像是凭空而出，我有了一个启示，地板从我的脚下消失了，我站在虚空之上。

我挣脱她的怀抱。

“你的留言怎么断了？”“你说什么？”“你留在我们家电话上的留言。它半截儿就断了。”“噢，那肯定是因为你妈妈拿起了电话。”

“我妈妈拿起了电话？”“对。”“然后呢？”“你什么意思？”“你跟她说话了吗？”“说了几分钟。”“你告诉她什么啦？”“我不记得了。”“但你告诉她我来找你啦？”“是，当然了。我不该说吗？”

我不知道她是不是该说。我也不知道为什么妈妈没有提起过她们说过话，为什么她没提起过阿比的留言。

“钥匙？你跟她说钥匙的事了吗？”“我以为她已经知道了。”“还有我的计划？”

这一切都毫无逻辑。

妈妈为什么没说什么？

或者做什么？

她什么都不在乎？

然后，突然之间，一切都逻辑分明了。

突然之间，我明白了，当妈妈问我去哪里的时候，我说“出去”，她就没有再问什么。她不用问，因为她知道。

这就能解释了，埃达知道我住在上西城，我敲门的时候，卡罗尔有热饼干在等着我，我和看门人（他的邮箱是 doorman215@

hotmail.com）告别时他跟我说："祝你好运，奥斯卡。"尽管我百分之九十九地肯定，我没有告诉他我叫奥斯卡。

他们知道我要去找他们。

在我跟他们说话之前，妈妈已经和他们全都说过话。

甚至布莱克先生也是其中之一。他肯定知道我会去敲他的门，因为妈妈肯定告诉他了。也许是妈妈请他和我一起去四处搜寻，和我做伴，保证我安全的。那他是真的喜欢我吗？他那些神奇的故事都是真的吗？他的助听器是真的吗？那张能吸引金属的床呢？那些子弹和玫瑰真是子弹和玫瑰吗？

自始至终。

每一个人。

每一件事。

说不定奶奶也知道。

说不定连房客也知道。

那个房客真是房客吗？

我的搜寻是妈妈写好的一个剧本，当我从头开始的时候，她已经知道结局了。

我问阿比："你的门开着，是因为你知道我要来吗？"她沉吟了几秒钟，然后说："对。"

"你丈夫在哪儿？""他不是我的丈夫。""我。什么。都。不。明白了！""他是我的前夫。""他在哪儿？""他在上班。""但现在是星期天晚上。"她说："他做外国市场。""什么？""在日本现在是星期天上午。"

"有个年轻人在这儿，他想见你。"桌子后面那位女士对着电话说道。想到他就在电话另一头，我就觉得怪兮兮的，尽管我知道我是因为不知道他是谁才会这么稀里糊涂。"对，"她说，"一个特别年轻的年轻人。”然后她说：“不是。”然后她说：“奥斯卡·谢尔。”然后她说：“行。他说要见你。”

“我能不能问问是什么事？”她问我。“他说是关于他的爸爸。”她对着电话里讲。然后她说：“他说的就是这个。”然后她说：“行。”然后她对我说：“沿着走道过去。左手边第三个门。”

墙上有些大概是著名艺术品的东西。窗外有特别美丽的景色，爸爸肯定会喜欢的。但是我什么都没有看，也没有拍任何照片。我这辈子还没这么专注过，因为我比任何时候都更接近那把锁。我敲了敲左手边第三个门，门上有个写着威廉·布莱克的牌子。屋里传出一个声音：“请进。”

“今天晚上我能帮你什么忙？”桌子后面的一个男人说。他和爸爸的年龄大概差不多吧，或者我猜是，如果死人还有年龄的话。他长着棕灰色的头发，一撮短胡须，戴着圆圆的棕色眼镜。有那么一会儿，他看着面熟，我琢磨着他会不会是我从帝国大厦的望远镜里看见的那个人。不过我明白这是不可能的，因为这里是在五十七街，算是很靠北边了。他的桌子上有一些相框照片。我很快地看了它们一眼，知道爸爸不在任何一张照片里。

我问：“你认识我爸爸吗？”他往后靠在椅子里说：“我说不好。你爸爸是谁？”“托马斯·谢尔。”他想了一会儿。我讨厌他还得想一会儿。“不认识，”他说，“我不认识姓谢尔的人。”“曾经认识。”“你的意思是？”“他死了，所以你现在不可能认识他。”“听到这个我很难过。”“不过，你以前肯定认识他。”“不认识。我肯定不认识他。”“但你肯定认识。”

我告诉他：“我找到了一个小信封，上面有你的名字，我以为那是你妻子的名字，我现在知道她已经变成你的前妻了，但她说她不知道这是什么，而你的名字是威廉，我离找到姓布莱克、名字以W开头的人还早着呢——”“我妻子？”“我去和她谈了。”“在哪儿和她谈的？”“纽约最窄的排屋。”“她怎么样？”“你什么意思？”“她看起来怎么样？”“忧伤。”“怎么个忧伤法？”“就是忧伤。”“她在干什么？”“什么也没干，事实上。她想给我吃的，尽管我告诉她我不饿。我们说话的时候，有个人在旁边的房间里。”“一个男人？”“对。”“你看见他了？”“他在门口晃过，但大部分时间他是在另外一个房间里嚷嚷。”“他在嚷嚷？”“嗓门倍儿大。”“他嚷嚷些什么？”“我听不清他嚷嚷的话。”“他听着很令人恐慌吗？”“我不知道令人恐慌是什么意思。”“他吓人吗？”“说说我爸爸吧。”“这是什么时候的事？”“八个月以前。”“八个月以前？”“七个月零二十八天。”他微笑了。“你为什么笑？”他把脸埋在手里，看起来像是要哭了似的，但他没哭。他抬起头来说：“那个男人是我。”

“你？”“八个月以前。对。我以为你说的是别的日子。”“但他没有留胡子。”“他开始蓄胡子了。”“他也不戴眼镜。”他摘下眼镜说：“他变了。”我开始想到那个下坠的人体形象的像素，还想到你看得越近，你能看到的就越少。“你在嚷嚷什么？”“说来话长。”“我的时间多得是。”我说，因为任何能让我更接近爸爸的事情，都是我想要知道的，即使它会伤害我。“真是说来话长。”“求你了。”他合上本来是在他桌子上打开着的笔记本，说：“真是说来话长。”

我说：“你不觉得奇怪吗？八个月以前我们同时在一个公寓里，而今天又同时在这间办公室里。”

他点点头。

“真怪，”我说，“我们倍儿近。”

他说：“那个信封有什么特殊的？”“没什么，怪就怪在这里。关键是信封里面的东西。”“里面是？”“里面是这个。”我拉了拉我脖子上的绳子，这样我们公寓的钥匙就挪到了我背后，而爸爸的钥匙躺在我外套的兜子上，在布莱克先生的传记上，在创可贴上，在我的心坎上。“我看看行吗？”他问。我把钥匙从脖子上取下来，递给

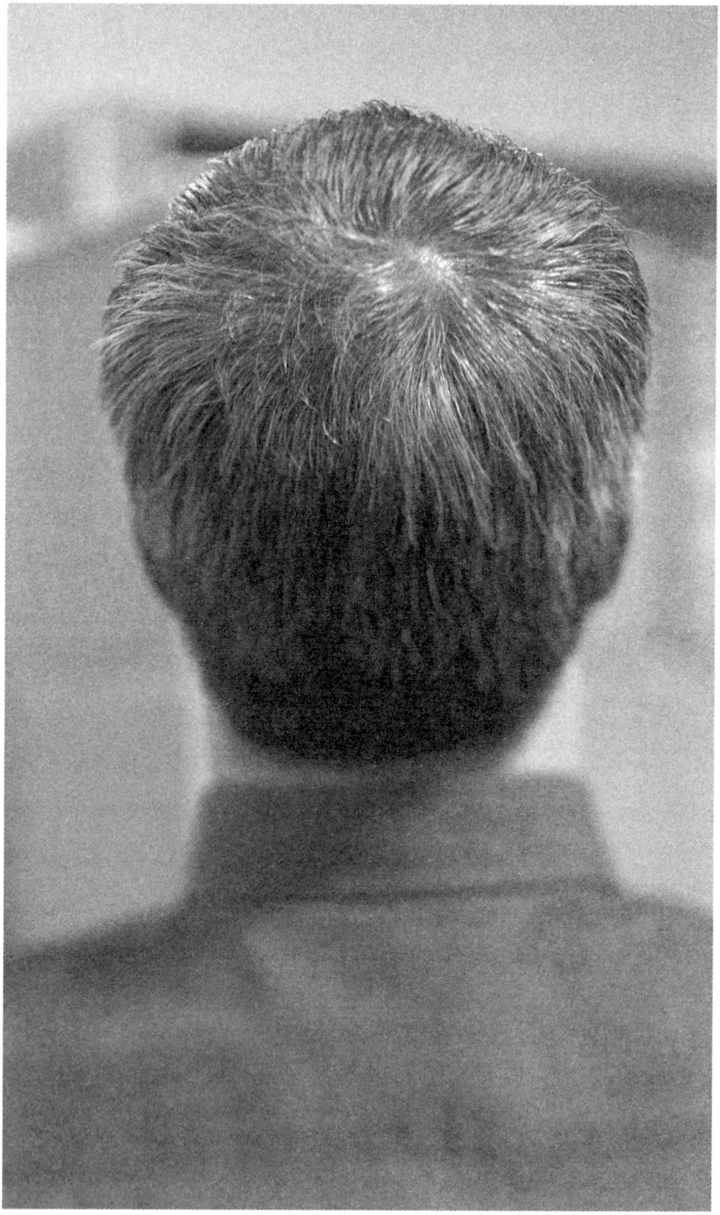

他。他仔细看了看，问："信封上写的是什么？""信封上写着'布莱克'。"他抬头看我。"你是在一个蓝花瓶里找到这枚钥匙的？""没门儿！"

他说："我简直难以相信。""你难以相信什么？""这是发生在我身上的最神奇的事情。""什么事情？""我花了两年的时间找这把钥匙。""我花了八个月时间找锁。""这等于说我们一直在互相寻找对方了。"我终于能够问我这辈子最重要的问题了。"那它是开什么锁的？"

"它是一把开保险箱的钥匙。""那么，这跟我爸爸有什么关系？""你爸爸？""这把钥匙的关键一点是，我是在我爸爸的壁柜里发现它的，因为他已经死了，我不能问他这把钥匙是用来开什么的，所以我得自己去把事情搞清楚。""你在他的壁橱里找到的？""是。""在一个长长的蓝色花瓶里？"我点点头。"底下有一个标签？""我不知道。我没有看见标签。我不记得了。"如果我是单独一个人，我会给我自己掐一个有生以来最大的伤痕。我会把我自己变成一个大伤痕。

"我父亲两年前过世了，"他说，"他去体检，医生告诉他，他只有两个月可以活了。他两个月后就死了。"我不想听到死亡。死亡是所有人都在谈论的东西，即使是在事实上没有人谈论它的时候。"我得想办法处理他所有的东西。书、家具、衣物。""你不想留着那些东西？""我什么都不想要。"我觉得这怪怪的，因为除了爸爸的东西，我什么也不想要。"长话短说——""你不用长话短说。""我搞了个财产拍卖。我不该去那儿。我应该雇个什么人来处理这件事。或者我应当把所有东西都送人。我没有这么做，而是把自己置于这样的处境之中，告诉人们他财物的价格没得商量。他婚礼服的价格没得商量。他太阳镜的价格没得商量。那是我生命中最糟糕的一天之一。可能是最最糟糕的一天。"

“你没事吧？”“我没事。这两年我过得很不容易。我父亲和我实际上并不很亲近。”“你要个拥抱吗？”“我应该没事的。”“为什么不？”“为什么不什么？”“你和你爸爸为什么不亲近？”他说：“说来话太长了。”“你现在能跟我说说我的爸爸吗？”

“我父亲发现自己有了癌症以后就写信。他以前不怎么爱写信。我都不知道他是不是写过信。在生命的最后两个月里，他像着了魔一样地写信。只要他醒着。”我问为什么，但我更想知道的是为什么爸爸死了以后我开始写信。“他在和人们告别。他给他交往不深的人写信。即使他没有真的生病，他的信也会成为他的疾病。那天我一个人开公务会议，谈话中间，那个人问我和埃德蒙·布莱克有没有关系。我告诉他有，他是我的父亲。他说：‘我跟你爸爸一起上的中学。他去世前给我写了一封最奇妙的信。十页。我勉强算是认识他。我们五十年没有说过话。那是我读过的最奇妙的信。’我问他我能不能看看。他说：‘我觉得这封信是不应该用来分享的。’我告诉他这对我来说有很重要的意义。他说：‘他在信里提到了你。’我告诉他我理解。”

“我翻阅我父亲的关系网——”“关系网是啥？”“电话本。我给每个人都打了电话。他的老表，他的生意伙伴，我从来没有听说过的人。他给每个人都写了信。每一个人。有些人让我看他们收到的信。有些人没有。”

“都是些什么样的信？”

“最短的只有一句话。最长的有二十多页。有些信差不多像是短剧。还有一些信只是些他向收信人提的问题。”“什么样的问题？”“‘你知道在诺福克的那个夏天我爱上你了吗？’‘他们会给我的财产征税吗，比如说我的钢琴？’‘灯泡是怎么发亮的？’”“这个我本来可以给他解释的。”“‘真的有人在睡眠中死去吗？’”

“他有些信很搞笑。我的意思是，非常、非常搞笑。我不知道他居然这么搞笑。有些信很有哲理。他还写到他有多么幸福，多么悲伤。他还写到了所有那些他想做而没有做的事情，还有所有那些他不想做却做了的事情。”

“他给你写信了吗？”“写了。”“信上说什么？”“我不能读。过了几个星期都不能读。”“为什么不能？”“太痛苦。”“我特别好奇。”“我妻子——我前妻——说我是疯了才不读信。”“她这么说可就太不体谅人了。”“不过她是对的。我是疯了。我不讲道理。我是在耍孩子脾气。”“对，但你确实是他的孩子。”

“但我是他的孩子。确实。我在胡说八道。长话短说——”“你不用长话短说。”我说。尽管我想让他给我讲我爸爸而不是他爸爸的故事，我还是想让他把这个故事讲得长长的，因为我害怕我爸爸故事的结局。他说：“我读了。或许我是在期待一些忏悔性的东西。我不知道。愤怒的东西，或者是请求原谅。某种让我重新思考一切的东西。但那封信只是就事论事。更像是一份文件，而不是一封信，如果这能说明点什么的话。”“我猜能吧。”“我不知道。或许我的期待是错的，但我期待他说他为某些事情感到抱歉，再告诉我他爱我。临终时的东西。但这些内容一概没有。他甚至没说‘我爱你’。他告诉我他的遗嘱，他的人寿保险，所有那些可怕的生意上的事情，某个人在去世之前特别不合适的那些东西。”

“你失望了？”“我很生气。”“对不起。”“别。没什么对不起的。我想过了。我一直在想。我父亲告诉我他把东西留在了哪里，还有他需要打理的事情。他很负责。他很好。感情冲动很容易。你总是可以大闹一场。记得八个月前的我吗？那样做很容易。”“听起来好像并不容易。”“很容易。情绪高低，让你觉得有些事情很重要，但实际上它们无关紧要。”“那重要的事情是什么呢？”“可靠很重要。要做个好人。”

“钥匙是怎么回事呢？”“他在信的末尾写道：‘我有点东西留给

你。有一枚钥匙，钥匙在一个蓝色花瓶里，花瓶在卧室的架子上。这把钥匙能打开我们放在银行的一个保险箱。我希望你能理解我为什么要让你得到它。’”“然后呢？里面有什么？”“我在卖了他所有的财物之后才读了这封信。我把花瓶给卖了。我把花瓶卖给了你爸爸。”“什么？”

“这就是为什么我一直在找你的原因。”“你见过我爸爸？”“只是短暂的见面，但我确实见过他。”“你记得他吗？”“我们只见了一会儿。”“但你记得他吗？”“我们聊了一会儿。”“然后呢？”“他是个很好的人。我觉得他能看得出来我在卖那些东西的时候是多么难过。”“你能形容形容他吗？”“天哪，我真的不记得什么了。”“求你了。”“他大概五英尺十英寸高吧。他的头发是棕色的。他戴眼镜。”“什么样的眼镜？”“很厚的眼镜。”“他穿着什么样的衣服？”“西服吧，我想。”“什么西服？”“灰色的，大概？”“这就对了！他穿灰色西服上班！他牙齿之间有条缝吗？”“我不记得了。”“再想想。”

“他说他正要回家，看见了拍卖的招牌。他告诉我下个星期是他的结婚纪念日。”“九月十四日！”“他要给你妈妈一个惊喜。花瓶正合适，他说。他说她会非常喜欢的。”“他要给她一个惊喜？”“他在她最喜欢的餐厅里订了座。那会是一场高级夜宴。”

燕尾服。

“他还说什么了？”“他还说什么了……”“什么都行。”“他的笑容很迷人。我记得这个。他笑起来很好看，也让我笑。他在为了我而笑。”

“还有呢？”“他很有眼光。”“眼光是什么？”“他知道自己喜欢什么。他找到了就知道。”“这倒是真的。他特有眼光。”“我记得他拿着花瓶。他看了看花瓶底，还把它翻转了几圈。他看起来像是一个很细心的人。”“他是个特别细心的人。”

我真希望他能记得更多的细节，比如爸爸衬衣最上面一颗纽扣是不是开着，或者他闻着是不是像刚刮过胡子，或者他是不是在用口哨吹着《我是海象》。他胳膊下夹着一份《纽约时报》吗？他的嘴唇干裂了没有？他口袋里有没有一支红笔？

“那天晚上，公寓空了以后，我坐在地板上，读了我父亲写给我的信。我读到了花瓶。我感觉我让他失望了。”“不过，难道你不能去银行告诉他们你把钥匙弄丢了吗？”“我试过。但他们说他们没有登记在他名下的保险箱。我报上我的名字。也没有登记在我名下的保险箱。我母亲的名字和我祖父母的名字下也都没有。我想不通为什么会是这样。”“银行的人什么忙都帮不上？”“他们很同情我，但没有钥匙的话，我就无计可施。”“这就是为什么你要找到我爸爸的原因。”

“我希望他发现花瓶里有一枚钥匙，然后找到我。但他怎么能找到我呢？我们把我父亲的公寓卖了，所以即使你爸爸回来，面对的也是条死胡同。而且我肯定他发现了钥匙也会马上把它给扔了，以为那钥匙是废物。我是会这么干的。而且我也不可能找到他。绝对不可能。我对他一无所知，连他的名字都不知道。有好几个星期，尽管不顺路，在下班回家的路上，我都会走那个街区。去那儿我得多花一个小时。我到处跑，找他。我知道发生了什么事以后就树了几个牌子：‘那位这个周末在七十五街的财产拍卖上买了花瓶的先生，请联系……’但那是九一一之后的那个周末。纽约到处都是招贴。”

“我妈妈给他贴了招贴。”“你什么意思？”“他是在九一一那天死的。他就是这么死的。”“我的天。我没想到。真对不起。”“没事。”“我不知道说什么好。”“你什么都不用说。”“我没看见那些招贴。如果我看见了……唉，我也不知道看见了我又能怎么着。”“看见了你就可以找到我们了。”“我猜是这样。”“我在想你的招贴和我妈妈的招贴会不会离得很近。”

他说："不管在什么地方，我都会找他：上城，下城，地铁上。我注视着每个人的眼睛，但没有哪双眼睛是他的。有一天在时代广场百老汇街对面我看见了一个有可能是你爸爸的人，但他随即就消失在了人群中。我可以大声叫他，但我不知道他的名字。""托马斯。""托马斯。要是那时候我知道就好了。"

他说："我在中央公园跟着一个人走了半个多小时。我以为他是你父亲。他走路的样子那么奇怪，十字形的步伐。他好像并不急于去什么地方。至少我想不明白他要去哪儿。""你干吗不叫住他？""最后我还是叫住他了。""然后呢？""我错了。不是你爸爸。""你问没问他为什么那么走路？""他丢了什么东西，正在地上找。"

"现在，你不用再找了。"我告诉他。他说："我花了这么长时间寻找这把钥匙。现在很难盯着它看。""你不想看看他给你留下了什么吗？""我觉得不是想不想的问题。"我问他："那是什么问题呢？"

他说："对不起。我知道你也在寻找什么东西。我也知道这不是你要找的东西。""没事。""最有价值的是，你父亲看起来是个大好人。我只和他说了几分钟的话，但那点时间也足够让我看出他很好。你有这样的父亲很幸运。我愿意用这把钥匙换一个那样的父亲。""你不应当做什么选择。""是，你不应当。"

我们坐在那里，什么也不说。我又看了看他桌子上的照片。所有的照片都是阿比的。

他说："要不你跟我一起到银行去？""你真好心，但我不去，谢谢。""真的不去？"倒不是我不好奇。我特别好奇。只是我害怕自己会犯糊涂。

他说："怎么啦？""没什么。""你没事吧？"我想噙住眼泪，但我忍不住。他说："真对不起，对不起。"

“我能告诉你一件我谁都没告诉过的事情吗？”

“当然。”

“那一天，我们一到学校他们就让我们回家。他们并没有告诉我们为什么，只是说出事了。我猜我们谁都不明白出了什么事。或者说我们还想不到能有什么坏事发生在我们头上。很多父母来接他们的孩子，但因为学校离我家只有五条街，所以我走回家了。我的朋友告诉我他会打电话来，所以我走到留言机前，发现灯在亮着。上面有五条留言。都是他留的。”“你朋友？”“我爸爸。”

他用手捂住嘴。

“他只是不停地说他没事，一切都好，我们不用担心。”

一颗泪珠从他的脸颊上滚下，停在他的手指上。

“但这件事我没对任何人说过。我听完那些留言以后，电话又响了。时间是十点二十二分。我看了看来电显示，知道是他用手机打来的。”“我的天。”“你能把你的手放在我身上，让我说完剩下的话吗？”“当然。”他说，他端起椅子绕过桌子，挪到我身旁。

“我不能拿起电话。我就是做不到。电话响啊响，而我却动弹不得。我想拿起电话，但我做不到。

“留言机响了，我听见了我自己的声音。

> 嗨，你打到了谢尔家。这是今天的今日事实：位于西伯利亚的尤卡地亚是如此寒冷，呼吸都会立即冻结，发出一种人称星星的耳语的碎裂声。在特别冷的日子里，村镇都笼罩在人和动物的呼气凝成的雾气中。请留言。

“然后是哔的一声。

“然后我听到了爸爸的声音。

你在家吗？你在家吗？你在家吗？

“他需要我，而我却不能接电话。我就是不能接电话。我就是不能。你在家吗？他问了十一遍。我知道，因为我数了。我的手指不够用了，多出一个数。他干吗一直问？他是在等着什么人回家吗？他为什么不说‘有人’？有人在家吗？‘你’只是一个人。有时候我想他知道我在家。说不定他不停地说，是为了让我有足够的时间变得勇敢，勇敢得能够接电话。还有，他每两次问话之间有很长的间隔。第三次和第四次之间间隔有十五秒，这是最长的一次间隔。你可以听见他的声音后面有人在尖叫、哭泣。你也可以听见玻璃在破碎，这就是让我想到人们是不是在跳下去的部分原因。

你在家吗？你在家吗？你在家吗？你在家吗？你在家吗？你在家吗？你在家吗？你在家吗？你在家吗？你在家吗？你在家吗？

“然后电话就断了。

“我计算出了留言的时间，总共是一分钟二十七秒。这就是说它是在十点二十四分结束的。这也是大楼倒塌的时间。说不定这也是他死去的时间。”

“真对不起。”他说。

“我从来没有跟任何人说过这件事。”

他紧紧地抱了抱我，差不多像是拥抱，我可以感觉到他在摇头。

我问他：“你原谅我吗？”

“我原谅你？”

“对。”

“因为你没能接电话？”

“因为我不能跟任何人说起。”

他说：“我原谅你。”

我把绳子从我脖子上取下，挂在他脖子上。

“另外那把钥匙是开什么的？”他问。

我告诉他：“那是我们家公寓的钥匙。”

我回家的时候，房客正站在街灯下。我们每天晚上都在那里碰头，讨论我们方案的细节，比如说我们什么时候出发，下雨时或者门卫问我们在干什么时，我们该怎么办。仅仅碰了几次头以后，我们就不再有什么现实的细节了，但不知什么原因，我们还是没有准备去。于是我们计划了一些不现实的细节，比如说假如五十九街桥塌了的话该走哪条路，假如墓地的铁丝网带电的话怎么翻过去，假如被警察逮捕了，怎样和他们斗智。我们有各种各样的地图、密码和工具。如果我那天晚上不碰见威廉·布莱克，不知道我得知的那些事情，我们可能会继续不停地永远制订计划。

房客写道：“你来晚了。”我耸耸肩，就像爸爸以前那样。他写道：“我给咱们弄来了一条绳梯，以防万一。”我点点头。“你去哪儿了？我担心着呢。”我告诉他：“我找到锁了。”

“你找到了？”我点点头。“那么？”

我不知道该说什么。我找到了，现在我可以停止寻找了？我找到了，而它和爸爸毫无关系？我找到了，从此以后我终生都会心情沉重？

“我真希望我没有找到它。”“那不是你一直在寻找的东西吗？”

“不是这么回事。”“那是什么呢？”“我找着它了，所以我就不能再去找它了。”我看得出来他没明白我的意思。“找钥匙让我可以

有更多的时间离他很近。”“但你以后不会一直离他很近？”我知道真相。“是。”

他点点头，好像他正在想什么事情，或者是想很多事情，或者是想所有的事情，如果这有可能的话。他写道：“或许现在是时候了，我们该去实施我们一直在计划的事情了。”

我打开我的左手，因为我知道如果我试图说点什么，我只会再次开始哭泣。

我们决定星期四晚上去，那是爸爸去世两周年的日子，日子似乎合适。

我走近大楼之前，他递给我一封信。“这是什么？”他写道：“斯坦去拿咖啡了。他告诉我，万一他没回来，让我把这个给你。”“这是什么？”他耸耸肩，穿过了街道。

亲爱的奥斯卡：

我读了你过去两年写给我的所有信件。我回了很多套用信函给你，希望某一天可以给你你应得的适当的回复。但你写给我的信越多，你对我吐露得越多，我的任务就越艰巨。

我坐在一株梨树下为你口述这封信，俯视着朋友家的果园。我在这里度过了过去几日，正在从令我生理和情绪上都耗尽了自己的某种治疗中恢复过来。今天早上心烦意乱、自怜自叹的时候，我突然意识到了，就像找到了一个对无解问题的简单答案：今天是我一直等待的日子。

你在给我的第一封信中问你能不能成为我的门徒。这个我不知道，但我很高兴让你来剑桥待上几天。我可以把你介绍给我的同事，请你吃印度之外最好的咖喱，然后给你看看一个天文物理学家的生活有多么乏味。

你可以在科学界有一个光明前程，奥斯卡。

我很乐意尽我的所能为你开辟这条道路。想想如果把你的想象用于科学的目的会发生什么事情，就会让人觉得美妙。

不过奥斯卡，很多聪慧的人给我写信。你在第五封信中问道："如果我永远不停止发明呢？"这个问题一直萦绕在我脑海里。

我真希望自己是个诗人。我从来没有对谁承认过自己有这种希望，而我在向你承认这一点，因为你给了我理由，让我感觉我可以相信你。我毕生都在观察宇宙，主要是用我大脑的眼睛。这是一种非常有意义的生活，一种美好的生活。我能够和一些伟大的同时代的思想家一起探索时间和空间的起源。但我希望自己是个诗人。

我的偶像阿尔伯特·爱因斯坦有一回写道："我们的局势如下所述。我们站在一个我们无法打开的关闭的盒子面前。"

我知道我用不着告诉你，宇宙的绝大部分是由黑色物质构成的。其中脆弱的平衡仰仗于我们永远也无法看见、听见、闻到、尝到和触碰到的东西。生命本身仰仗于它们。什么是真实的？什么是不真实的？或许这些都不是该问的问题。生命仰仗于什么？

我希望我制造出了生命能够仰仗的东西。

如果你永远不停止发明呢？

或许你什么都没有发明。

有人叫我去吃早饭了，所以我得在此结束这封信。我还有很多东西要告诉你，也还想再听你说更多的东西。很遗憾我们住在不同的大陆。很多遗憾中的一个。

这个时刻是这么美丽。太阳正低，疏影正长，空气正冷正清。你要再过五个小时才会醒来，但我不禁感觉到，我们正在分享这个清爽美丽的早晨。

你的朋友

斯蒂芬·霍金

我的感情

半夜时，敲门声把我吵醒了。

我正在梦见我来的地方。

我穿上睡袍，到了门口。

会是谁？　看门人为什么没有呼喊？　邻居？

但为什么？

敲门声又响起来。　我从门眼里看出去。　是你爷爷。

进来。　你去哪儿了？　你没事吧？

他裤腿上全是泥土。

你没事吧？

他点点头。

进来。　我帮你洗洗干净。　出什么事了？

他耸耸肩。

你被人打了？

他给我看看他的右手。

你受伤了吗？

我们走到厨房桌前坐下。　互相挨着。　窗户黑漆漆的。　他把手放在膝盖上。

我朝他蹭过去，直到我们的侧身互相触碰着。　我把头放在他肩头上。 我想要我们尽可能多地触碰。

我告诉他，你得告诉我发生了什么事，我才能帮助你。

他从衬衣口袋里掏出一支笔，但他没有什么地方可以写。

我把张开的手伸给他。

他写道，我要给你弄些杂志来。

在我的梦中，所有那些坍塌的天花板都重新在我们头上建构起来了。火焰回到了炸弹中，炸弹升上来，回到了飞机的肚皮里，飞机的螺旋桨往后倒转着，就像德累斯顿全城的钟表上的秒针一样，只不过要快一些。

我想用写着他的话的手抽打他。

我想喊叫，这不公平，然后像孩子一样用拳头捶桌子。

要什么特别的吗？他在我胳膊上问道。

所有特别的，我说。

艺术杂志？

对。

自然杂志？

对。

政治？

对。

名人？

对。

我告诉他带上手提箱，这样他可以每样都带一本回来。

我想让他能够带上他的东西。

在我的梦中，春天在夏天后面，在秋天后面，在冬天后面，在春天后面。

我为他做了早餐。 我试着把早餐做得很好吃。 我想让他留下美好的记忆，这样说不定哪一天他又会回来。或者至少想念我。

把盘子递给他之前，我先抹了一下盘子边沿。 我把餐巾铺在他腿上。

他一声不吭。

时间到了，我和他一起下了楼。

没有地方写字，于是他在我身上写。

我可能要很晚才回来。

我告诉他我明白。

他写道，我去给你买杂志。

我告诉他，我不要什么杂志。

现在可能不要，但你会庆幸你有些杂志的。

我眼神不好。

你眼神好得很。

答应我你会小心。

他写道，我只是去买杂志。

别哭，我说，把手指放在脸上，把想象中的眼泪从脸颊上推上去，推回我的眼睛里。

我很生气，因为它们是我的眼泪。

我告诉他，你只是去买杂志。

他给我看看他的左手。

我试着关注一切，因为我希望能够完整地记住一切。 我忘记了我生命中所有重要的东西。

我不记得我长大的那所房子的前面是什么样子。 或者是谁先停止亲吻的，我还是我姐姐。 或者是除了我的窗户以外其他任何一扇窗户外的景色。 有些晚上，我几个小时都无法入睡，试着回忆我母亲的脸。

他转过身，从我身边走开了。

我回到公寓里，坐在沙发上开始等待。 等待什么？

我不记得我父亲对我讲的最后一件事。

他被埋在天花板下。 盖住他的灰泥墙已经开始发红。

他说，我什么也感觉不到。

我不知道他是不是想说他什么也感觉不到。

他问，妈妈在哪儿?

我不知道他说的是我的妈妈还是他自己的妈妈。

我试着把天花板从他身上拉开。

他说，你能找到我的眼镜吗?

我告诉他我去给他找。 但所有东西都被埋起来了。

我以前从来没有见过我爸爸哭。

他说，有了眼镜，我就有用了。

我告诉他，我试试来把你弄出来。

他说，找我的眼镜。

他们在喊着让所有的人都出去。 剩下的天花板也快塌下来了。

我想留下来和他待在一起。

但我知道他想我离开他。

我告诉他，爸爸，我得离开你。

然后他说了些什么。

那是他对我说的最后一句话。

我不记得那句话。

在我的梦中，眼泪从他的脸颊流回去，回到了他的眼中。

我从沙发上站起来，把打字机和尽可能多的纸装进了一只手提箱。

我写了一张条子，把它贴在了窗户上。我不知道这条子是写给谁的。

我从一个房间走到另一个房间，关掉了所有的灯。 我确认了没有任何一只水龙头在滴水。 我关上暖气，拔掉了家用电器的插销。 我关上了所有的窗户。

出租车把我带走的时候，我看见了那张条子。 但我没法读它，因为我眼神不好。

在我的梦中，画家把绿色分成了黄色和蓝色。

棕色变成了彩虹。

孩子们用蜡笔把颜色从涂彩本上拉出来，失去了孩子的母亲用剪刀缝补她们的黑衣裳。

我想着我做过的所有事情，奥斯卡。 还有我没有做的所有事情。 我犯过的错误对我来说已经湮灭了。 但我不能挽回我没有做过的事情。

我在国际候机楼里找到了他。 他坐在一张桌子跟前，手放在膝盖上。

我看了他整整一个上午。

他跟人们打听几点钟了，每个人都指指墙上的大钟。

我一直是一个看他的专家。 这是我此生此世的工作。 从我卧室的窗户里。 从大树后面。 从厨房的桌子对面。

我想和他在一起。

或者和任何人。

我不知道我是不是曾经爱过你爷爷。

但我爱不必一人独处。

我离他很近。

我想把自己喊进他的耳朵。

我碰了碰他的肩膀。

他低下了头。

你怎么能这样?

他不愿意给我看他的眼睛。 我痛恨沉默。

说点什么。

他从衬衣口袋里拿出笔，从桌上的餐巾纸摞里拿出最上面一张。

他写道，我不在的时候你很幸福。

你怎么能这么想？

我们在对自己撒谎，也互相撒谎。

撒什么谎？　即使我们在撒谎，我也不在乎。

我是个坏人。

我不在乎。　我不在乎你是什么。

我不能。

什么东西正在杀死你？

他从纸摞里又抽出一张。

他写道，你在杀死我。

然后我就一言不发了。

他写道，你让我想起一些东西。

我把手放在桌子上，告诉他，你有我。

他拿起另一张餐巾纸，写道，安娜怀孕了。

我告诉他，我知道。她告诉我了。

你知道？

我不知道你知道。　她说这是一个秘密。　我很高兴你知道。

他写道，我很遗憾我知道。

失去，胜过从来不曾拥有过。

我失去了我从来不曾拥有过的东西。

你拥有一切。

她什么时候告诉你的？

我们躺在床上聊天的时候。

他指着，什么时候。

快到末了的时候。

她说什么了？

她说，我要有小宝宝了。

她高兴吗？

她喜出望外。

你怎么从来没有说起过？

你怎么也没说？

在我的梦中，人们为将要发生的事情道歉，用吸气点燃蜡烛。

我在和奥斯卡见面，他写道。

我知道。

你知道？

我当然知道。

他翻回去：你怎么从来没有说起过？

你怎么也没说？

字母表的顺序变成了 z，y，x，w……

钟表声变成了答滴，答滴……

他写道，昨天晚上我和他在一起。　我去那儿了。　我把信都埋了。

什么信？

那些我从来没有发出的信。

埋在哪儿了？

在地里。　我在那儿。　我把钥匙也埋了。

什么钥匙？

你公寓的钥匙。

我们公寓。

他把手放在桌子上。

情人们互相拉上对方的内裤，互相扣上对方的纽扣，穿啊穿啊穿啊。

我告诉他，说吧。

我最后一次见到安娜的时候。

说吧。

当我们。

说吧！

他把手放在膝盖上。

我想揍他。

我想抱住他。

我想把自己吼进他的耳朵里。

我问，现在怎么办呢？

我不知道。

你想回家吗？

他翻回到，我不能。

那么你要离开？

他指着，我不能。

这样我们就无所适从了。

我们坐在那儿。

我们周围有种种事情在发生，但我们之间没有任何事情在发生。

我们头上，屏幕上显示着哪些航班在降落，哪些航班在起飞。

马德里起飞。

里约抵达。

斯德哥尔摩起飞。

巴黎起飞。

米兰抵达。

所有的人都在来来去去。

世界上的人都在从一个地方移动到另一个地方。

没有人滞留。

我说，要不我们滞留下来？

滞留？

在这里。 要是我们就在机场这里滞留呢?

他写道，这又是一个玩笑吧?

我摇摇头说不是。

我们怎么能滞留在这里?

我告诉他，这儿有收费电话，所以我可以给奥斯卡打电话，让他知道我没事。 这儿有纸张店，你可以在里面买笔记本和笔。 有吃东西的地方。 有取钱机。 有厕所。 甚至还有电视。

既不来，也不去。

没有有事，也没有无事。

没有对，也没有不对。

我的梦想又一路回到了最初的起点。

雨升上天去成了云，动物们走下了斜坡。

两个两个地。

两头长颈鹿。

两只蜘蛛。

两头山羊。

两头狮子。

两只老鼠。

两只猴子。

两条蛇。

两头大象。

雨在彩虹之后降落。

我打出这些字的时候，我们面对面坐在一张桌子前。 桌子不大，但我们两个人用够大了。 他有一杯咖啡，我在喝茶。

纸张在打字机里的时候，我看不见他的脸。

这样的话，我就选择了你，而不是他。

我不需要看见他。

我不需要知道他是不是在抬头看我。

我也不相信他不会离开。

我知道这样长久不了。

我情愿我是我，而不是他。

文字来得是这么容易。

一页一页来得是这么容易。

在我梦的结尾，夏娃把苹果放回了苹果树枝。 苹果树往地里缩。 它变成了一株树苗，树苗又变成了一粒种子。

上帝把土地和水、天和水、水和水、夜晚和白天、有事和无事都放在了一起。

他说，要有光。

然后就有了黑暗。

奥斯卡。

我失去一切的那个晚上，和任何其他晚上一模一样。

安娜和我到很晚都没有睡。 我们笑啊笑。 年轻的姐妹们躺在她们儿时屋顶下的床上。 窗前有风。

比不上这些的东西还值得毁灭吗?

我以为我们会彻夜不眠。 整个余生都不再睡眠。 我们的话语之间的间隔开始变长。

很难说我们什么时候在说话，什么时候在沉默。

我们胳膊上的绒毛互相触碰着。

天很晚了，我们累了。

我们以为还有别的夜晚。

安娜的呼吸开始变得舒缓，但我还想说话。

她翻过身去侧躺着。

我说，我要告诉你一件事。

她说，你可以明天再说。

我从来没有告诉她我有多么爱她。
她是我的姐姐。
我们在一张床上睡觉。
从来没有合适的时间说这句话。
总是没有必要。
我父亲的小棚子里的书在叹息。
随着安娜的呼吸，床单在我的周围一升一降。
我想叫醒她。
但这没有必要。
你怎么对你所爱的人说我爱你?
我翻过身侧躺着，挨着她睡着了。
这是我一直想告诉你的一切的关键一点，奥斯卡。
说我爱你永远都是必要的。
我爱你，
奶奶。

美与真

那天晚上，妈妈做了面条。罗恩和我们一起吃。我问他是不是还有兴致给我买一套带齐尔德日安牌钹的五件套铃鼓。他说："可以。我觉得那太棒了。""那低音提琴踏板呢?""我不知道那是什么东西，不过我想我们可以买。"我问他为什么他没有自己的家。妈妈说："奥斯卡!"我说："怎么了?"罗恩放下他的刀叉，说："没关系。"他说："我以前有家，奥斯卡。我有妻子，有一个女儿。""你离婚了?"他笑了，说："不是。""那她们在哪儿?"妈妈看着她的盘子。罗恩说："她们出了事故。""什么样的事故？""交通事故。""我原来不知道。""你妈妈和我是在一个失去了家人的团体里认识的。我们就是在那儿成了朋友。"我没有看妈妈，她也没有看我。她为什么不告诉我她参加了一个团体？

"你怎么没有死于那次交通事故呢？"妈妈说："够了，奥斯卡。"罗恩说："我不在车里。""你为什么不在车里？"妈妈看着窗外。罗恩把手指划过盘子边沿，说："我不知道。""奇怪的是，"我说，"我从来没见你哭过。"他说："我老是哭。"

我的背包已经装好了，我也已经把别的用品准备好了，比如说高度计、燕麦条和我在中央公园里挖出来的瑞士军刀，所以我也没有别的事情可做。妈妈九点三十六分给我掖好了被子。

"你想让我给你读书吗？""不用，谢谢。""你想谈点儿什么吗？"如果她不说什么，我也不会说什么，于是我摇摇头说不想。"要不我编个故事？""不用，谢谢。""或者是在《纽约时报》上找错误？""谢谢，妈妈，不过算了吧。""罗恩真不错，对你讲了他的家人。""我猜是吧。""试着对他好点儿吧。他一直都是个很好的朋友，而且他也需要帮助。""我累了。"

我把闹钟上到晚上十一点五十分，尽管我知道我不会睡着。

我躺在床上。等着那个时刻到来的时候，我做了很多发明。

我发明了一种可以生物降解的车。

我发明了一本可以罗列每一门语言的每一个词的书。这本书不会很有用，但你可以抱着它，并且知道所有你能说的话都在你手里。

如果全世界有古戈尔普勒克斯个电话会怎么样？

如果到处都安上安全网会怎么样？

十一点五十分的时候，我特别轻地起床了，从床下拿出我的东西，一毫米一毫米地打开门，这样它就不会发出任何响声。夜班看门人巴特趴在桌子上睡着了，这是运气，因为这就意味着我不用撒更多的谎。房客在街灯下等着我。我们互相握手，怪吧。十二点整，杰拉尔德开着加长轿车来了。他给我们打开门，我告诉他："我知道你会准时。"他拍拍我的背说："我不会迟到。"这是我有生以来第二次坐加长轿车。

我们的车前进时，我想象着我们在静止不动，而世界在向我们走来。房客远远地坐在自己那一边，什么也没做，我看见了川普大楼，爸爸说那是美国最难看的建筑，还有联合国大厦，爸爸觉得联合国大厦特别好看。我摇下窗户，把胳膊伸了出去。我把我的手像飞机机翼那样弯曲着。如果我的手足够大，我可以让轿车飞起来。发明一种特别大的手套怎么样？

杰拉尔德从后视镜里冲我笑，问我们要不要听点音乐。我问他有没有孩子。他说他有两个女儿。"她们喜欢什么？""她们喜欢什么？""对呀。""我想想。凯丽，我家老幺，喜欢芭比娃娃、小狗和珠手链。""我可以给她做一条珠手链。""我敢肯定她会喜欢。""还有呢？""只要是又软又是粉色的东西，她都喜欢。""我也喜欢又软又是粉色的东西。"他说："嗯，那很好。""那你另外一个女儿呢？""珍妮特？她喜欢体育。她最喜欢的运动是篮球，我告诉你，她打得好。我的意思还不是说，就一个女孩子来说她打得好。我的意思是，她真的打得好。"

"她们都很特别吧？"他笑了，说："她们的老爹当然会说她们特别了。""但客观地说呢。""客观地说是什么意思？""就是，实事求是。诚实。""事实是我是她们的老爹。"

我又朝窗外看着。我们开过了桥上那一段不属于任何区的地方，我转过身，看着那些大楼变得越来越小。我搞清了哪只摁钮打开天窗，然后我站了起来，我的上半身从车里伸出去。我用爷爷的相机给星星拍照，在我的脑子里，我把它们连成了词句，连成了我想要的任何词句。到了我们要进入桥下或者过隧道的时候，杰拉尔德叫我缩回车里，这样我就不会掉脑袋了，我知道掉脑袋是怎么回事，但我真希望，真的巴不得我不知道。在我的脑子里，我把星星连成了“鞋”和“惯性”和“无敌”。

杰拉尔德开过草地、把轿车直接开进目的地旁边的时候，时间已经是十二点五十六分了。我背上我的背包，房客拿过铁锹，我们爬上了轿车顶，这样我们便可以翻过围墙。

杰拉尔德耳语道：“你真要这么干吗？”

我隔着围墙告诉他：“大概用不了二十分钟。要么三十分钟。”他把房客的手提箱扔过来，说：“我在这儿等你们。”

因为天太黑，我们得借助我的手电的光线。

我把手电对着很多墓碑，找爸爸的。

马克·克劳福德

戴安娜·斯特雷特

小杰森·巴克尔

莫里斯·库珀

梅·古德曼

海伦·斯泰因

格雷戈里·罗伯逊·贾德

约翰·菲尔德

苏珊·基德

我一直在想，这都是死人的名字，而名字是死人能够留下的唯一东西。

找到爸爸的坟时，已经是一点二十二分了。

房客把铁锹递给我。

我说：“你先来。”

他把铁锹放到我手里。

我把铁锹挖进土里，用我全身的重量踏上去。我都不知道自己有多少磅，因为我一直在忙着找爸爸。

这个活儿很累人，而我每回只能挖出一点点土。我的胳膊累极了，但这也没有关系，因为既然我们只有一把铁锹，我们就轮着来。

二十分钟过去了，然后又是另外二十分钟。

我们不停地挖，但毫无进展。

又是二十分钟过去了。

然后手电筒上的电池用光了，眼前伸手不见五指。这可不是我们计划的一部分，备用电池也不是，尽管这些显然都应当包括在我们的计划里。我怎么能忘记这么简单、这么重要的东西呢？

我给杰拉尔德的手机打电话，问他能不能回去给我们拿点大号电池。他问我们是不是一切都好。天那么黑，甚至连听觉也衰弱了。我说："是，我们没事，我们只是需要一些大号电池。"他说他能记得的唯一一个商店离这里大约有十五分钟车程。我告诉他："我给你多付钱。"他说："不是钱的事。"

幸运的是，因为我们正在做的是挖爸爸的坟，我们不需要看见我们的手。我们只需要感到铁锹在铲土就行。

于是我们在黑暗和沉默中挖掘着。

我想着地下的一切：虫子，根茎，泥土，和埋藏的宝物。

我们挖着。

我在琢磨，自从第一件东西诞生以来，有多少东西已经死去。一万亿？一古戈尔普勒克斯？

我们挖着。

我琢磨着房客在想什么。

一会儿以后，我的手机响起了《大黄蜂的飞行》，于是我看了看来电显示。"杰拉尔德。""搞到了。""你能给我们带过来吗？这样

我们就不用浪费时间回到轿车那里了？”他沉吟了几秒钟。“我猜我能这么干吧。”我不知道怎么跟他讲清我们在哪里，于是我不停地叫他的名字，而他则听到了我的声音。

能够看见感觉好多了。杰拉尔德说：“看起来你们俩进展不大。”我告诉他：“我们不怎么会使铁锹。”他把开车手套放进夹克口袋里，吻了吻他脖子上挂着的十字架，然后从我手里拿过铁锹。他很强壮，他可以一会儿就挖掉很多土。

铁锹碰到棺材的时间是两点五十六分。我们都听见了声音，然后面面相觑。

我对杰拉尔德说谢谢。

他冲我挤挤眼，然后回汽车那儿去，然后就消失在黑暗中。“噢，对了，”我听见他说，尽管我用手电找不到他，“珍妮特，我的大丫头，她喜欢麦片。如果我们答应，她巴不得一天三餐都吃那玩意儿。”

我告诉他：“我也喜欢麦片。”

他说：“不错。”他的脚步声变得越来越轻了。

我跳到洞里，用我的画笔刷掉剩下的土。

让我惊奇的是，棺材是湿的。我猜我没有预想到这个，因为怎么会有这么多水流到地底下呢？

另一件让我惊奇的事情是，棺材有好几个地方有裂缝，大概是因为泥土的分量吧。如果爸爸在这里面，蚂蚁和蚯蚓会从裂缝里钻进去把他吃了，或者至少微生物会进去的。我知道这其实没什么关系，因为一旦你死了，你不会有任何感觉。但为什么我又觉得有关系呢？

还有一件让我惊奇的事情是，棺材没有上锁，甚至都没有钉牢。棺材盖只是盖在棺材上，任何一个想打开它的人都可以把它打开。这有点不太对。但话又说回来，谁又想打开一口棺材呢？

我打开了棺材。

我又惊奇了，尽管我不应当惊奇。爸爸不在里面，这让我吃惊。显然，在我的脑子里我知道他不会在那里，但我猜我的心的想法不同。或者我是惊异于它是这么空落落。我觉得我是在看着字典里定义的空空如也。

我是在遇见房客的那个晚上生出把爸爸挖出来的念头的。我躺在床上，得到了这个启示，这个启示就像对一个无解问题的简单答案。第二天早上，我朝客房的窗户上扔小石子儿，就像他在他的小本本上告诉我的那样，但我扔得不是很准，于是我让斯坦给我扔。房客在街角和我碰头后，我跟他说了我的主意。

他写道："你干吗要这么干？"我告诉他："因为这是真相，而爸爸喜欢真相。""什么真相？""就是他死了。"

从那以后，我们每天下午见面，讨论细节，仿佛我们在策划一场战争。我们讨论如何进入墓地，从哪些方法可以爬过围墙，去哪儿弄一把铁锹，还要其他所有必需的工具，比如说手电筒、剪电线的剪子和饮料盒。我们计划啊计划，但因为某种原因，我们从来没有讨论过，一旦打开棺材以后我们该干什么。

直到我们要去的前一天，房客才问起了这个显而易见的问题。

我告诉他："很简单，我们往棺材里放东西。"

他又问了另外一个显而易见的问题。

开始，我建议用爸爸在世时的东西填棺材，比如他的红笔或者他的珠宝商放大镜，这玩意儿的名字叫强力放大镜，或者甚至是他的燕尾服。但我们越讨论，就越觉得这事离谱，因为这么做到底又有什么好处？爸爸不能用这些东西，因为他已经死了，但房客指出，把他的东西留在他身边大概也还是不错的。

"我可以把珠宝填进棺材里，就像他们给著名的埃及人做的那样，我知道埃及人。""但他不是埃及人。""他也不喜欢珠宝。""他不喜欢珠宝？”

“也许我可以埋下让我觉得羞耻的东西。”我自我建议道。在我的脑子里我在想着那部旧电话，还有我因为它而冲着奶奶发过脾气的那一套美国发明家的邮票，《哈姆莱特》的脚本，我从陌生人那里收到的来信，我给自己做的傻卡片，我的铃鼓，和没有织完的围巾。但这也不靠谱，因为房客提醒我，埋掉什么东西，并不代表你真的埋葬了它。“那咋办呢？”我问。

“我有个主意，”他写道，“我明天告诉你。”

我怎么这样信任他？

第二天晚上，我十一点五十分在街角和他碰头时，看见他带着两只手提箱。我没有问他箱子里是什么，因为不知道为什么我觉得我应当等着他告诉我，尽管棺材是我爸爸的，这也就意味着棺材是我的。

三个小时以后，我爬进坑里、拂去泥土、打开棺盖的时候，房客打开了手提箱。手提箱里装满了纸。我问他这都是些什么。他写道：“我失去了一个儿子。”“你失去了一个儿子？”他给我看看他的左手掌。“他是怎么死的？”他写道：“我害怕。”“害怕什么？”“害怕失去他。”“你怕他死去吗？”“我害怕他活着。”“为什么？”他写道：“活着比死亡更可怕。”

“这些都是什么纸？”

他写道：“我本来没想告诉他的事情。信。”

老实说，我不知道自己那时明白了些什么。

我不觉得自己意识到了他就是我的爷爷，即使是在我脑子的最深处也没有。我肯定没有将他手提箱里的信和奶奶的衣柜里的空信封联系起来，即使我本来应当这么联想的。

但我肯定是明白什么了，我肯定明白了，因为要不然我为什么会打开我的左手？

我回家时，已经是凌晨四点二十二分，妈妈在门旁的沙发上坐着。我以为她会跟我大发脾气，但她什么也没说。她只是亲了亲我的头。

“你不想知道我去哪儿了？”她说：“我信任你。”“可你不好奇吗？”她说：“我认为，你想让我知道的事情，你会告诉我的。”“你会给我掖被子吗？”“我想我会在这儿多待一会儿。”“你生我气吗？”她摇摇头说不。“罗恩生我的气吗？”“不。”“你肯定？”“肯定。”

我进了自己的房间。

我的手很脏，但我没有洗手。我想让它们就这样脏着，至少是脏到第二天早上。我希望有些泥土在我指甲缝里留很长时间，或许某些微观物质会永远留在那里。

我关了灯。

我把背包放在地上，脱了衣服，上了床。

我盯着那些假星星。

在每一座摩天大楼的顶上都装上大风车怎么样？

做一串用风筝线穿着的手链怎么样？

用钓鱼线穿着的手链呢？

要是摩天大楼有根会怎么样？

要是你得给摩天大楼浇水，得为它们演奏古典音乐，知道它们是喜欢太阳还是阴凉会怎么样呢？

做一个茶壶怎么样？

我下了床，穿着内衣跑到了门口。

妈妈还在沙发上。她没有读书，或者是听音乐，或者是做任何事情。

她说：“你醒了。”

我开始哭。

她张开手臂，说："怎么啦？"

我跑向她，说："我不想住院。"

她把我拉过去，让我的头靠着她肩膀上柔软的地方，然后她紧紧地抱了抱我。"你不会住院的。"

我告诉她："我保证我会好起来。"

她说："你本来就没有毛病。"

"我会高兴、正常。"

她用手指环住我脖子后面。

我告诉她："我会特别努力。你都不知道我已经有多么努力。"

她说："爸爸会为你感到非常自豪的。"

"你这么认为？"

"我知道他会的。"

我又哭了一会儿。我想告诉她我对她撒过的所有的谎。然后我想让她告诉我这都没关系，因为有时候你得做些坏事才能成为一个好人。然后我会告诉她电话的事。然后我要她告诉我，爸爸还是会为我自豪的。

她说："爸爸那天从大楼里给我打电话了。"

我从她身上抽开身子。

"什么？"

"他从大楼里给我打了电话。"

"给你手机打的？"

她点点头说是，这是爸爸死后我第一次看见她没有试着控制住眼泪。她觉得如释重负吗？她觉得抑郁吗？感激？筋疲力尽？

"他说什么啦？"

"他告诉我他在街上，他出了大楼。他说他正在往家里走。"

"但他没有。"

"没有。"

我生气吗？我高兴吗？

“他这么编，这样你就不会着急。”

“就是这样。”

沮丧？恐慌？乐观？

“但他知道你知道。”

“他知道。”

我把手指环在她的脖子上，她的发际上。

我不知道天已经有多晚。

我可能睡着了，但我不记得。我哭了那么久，所有的东西都模糊成一片。后来什么时候她把我抱到了我房间里。然后我就在床上了。她俯身看着我。我不信仰上帝，但我相信所有事情都是十分复杂的，而她俯身看我，这比世间万事都要更复杂。但它也特别简单。在我唯一的生命里，她是我的妈妈，我是她的儿子。

我告诉她：“你再爱上一个人也没关系。”

她说：“我不会再爱上什么人。”

我告诉她：“我要你爱上一个人。”

她亲亲我，说：“我永远不会再爱上什么人。”

我告诉她：“你不用为了不让我担心来编谎话。”

她说：“我爱你。”

我侧翻过身，听着她走回到沙发旁。

我听见她在哭。我想象着她的湿衣袖。她疲倦的眼睛。

一分钟五十一秒……

四分钟三十八秒……

七分钟……

我在床和墙之间的缝隙里寻摸，找到了《发生在我身上的事》。本子上全满了。我很快就得再买个本子。我读到过，是那些纸让那两座塔楼一直燃烧的。所有那些记事本、复印纸、打印出来的电子邮件、孩子的照片、书、钱包里的纸币、案卷里的文件……这一切都是燃料。说不定，如果我们生活在一个没有纸的社会里——很多科学家说我们哪天指不定就生活在那样的社会里——爸爸就还会活着。或许我不该再搜集一本这些东西。

我从背包里拿出手电筒，用它来照着这个本子。我看见了地图和绘画，来自杂志、报纸和网络的照片，我用爷爷的照相机拍下的照片。整个世界都在那里。最后，我找到了那个正在下落的人体。

那是爸爸吗？

也许吧。

不管他是谁，他是一个人。

我把那些纸张从本子里撕了下来。

我把顺序倒了过来，这样最后一页成了第一页，第一页成了最后一页。

我翻过纸张的时候，看起来那个人是在空中飘升。

如果我还有更多的照片，他便可以飞过一扇窗户，回到大楼里，烟雾会回到飞机将要撞出来的那个大洞里。

爸爸会倒着留言，直到留言机都空了，然后飞机会倒着飞离他身旁，一直回到波士顿。

他会坐电梯到街上去，按那个上到顶楼的按钮。

他会倒着回到地铁站，列车会倒着开过地道，回到我们这一站。

爸爸会倒着走过十字转门，然后倒着刷他的地铁票，然后一边从右到左读《纽约时报》，一边倒着走回家。

他会把咖啡吐回他的杯子里，倒着刷他的牙，然后用剃须刀把胡子再放回他脸上。

他会回到床上，闹钟倒转，鸣响，他会倒着做梦。

然后时间回到最坏一天的前一晚，他会从床上爬起来。

他会倒着走进我的房间，倒着吹《我是一头海象》的口哨。

他会和我一起上床。

我们会看着我天花板上的星星，星星会从我们眼里拉回它们的光芒。

我会倒着说“没什么”。

他会倒着说“嗯，哥儿们”。

我会倒着说“爸爸”，这和顺着说“爸爸”是一样的。

他会给我讲第六区的故事，从结尾的罐头盒里的声音到开头，从“我爱你”到“从前……”

我们会平安无事。

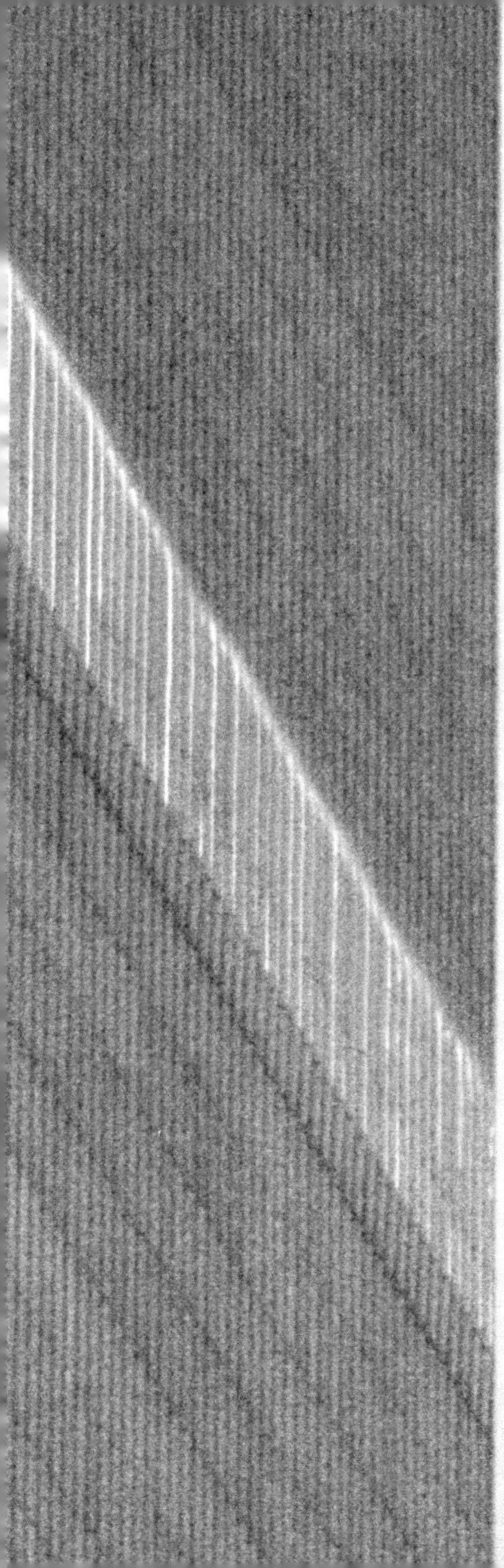

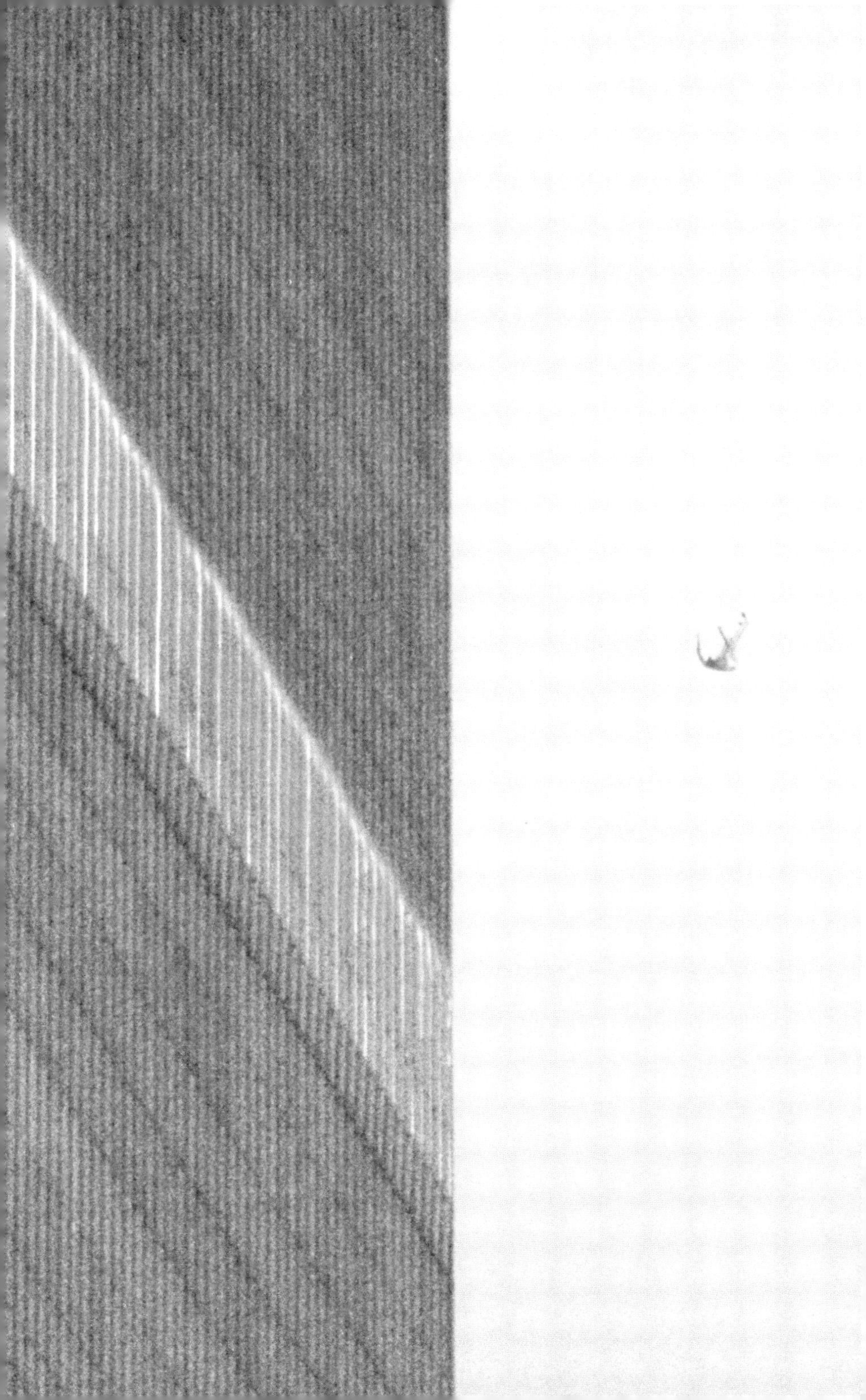